NORA ROBERTS

Un puerto de abrigo

punto de lectura

Título origina
© 1999, Nora
Traducción: Ju
© De esta edic
2006, Santillan
Torrelaguna, 6
Teléfono 91 7
www.puntodel

ISBN: 978-84-
Depósito legal
Impreso en Es

Fotografía de

Primera edició
Segunda edicio
Tercera edición
Cuarta edición

Impreso por L

78 / 06

Prólogo

Phillip Quinn murió a los trece años. El personal del servicio de urgencias del hospital municipal de Baltimore, mal pagado y con exceso de trabajo, lo había trasladado en menos de noventa segundos, por lo que no llevaba mucho tiempo muerto.

Para él, era tiempo más que de sobra.

Lo mataron dos balas del calibre 25 disparadas desde la ventanilla de un Toyota Celica robado. El dedo que apretó el gatillo era de un íntimo amigo suyo; al menos tan íntimo como se puede ser de un ladrón de trece años en las peligrosas calles de Baltimore.

Las balas no le acertaron en el corazón, pero por poco. Sin embargo, al cabo de los años, a Phillip le pareció que fue por bastante.

El corazón, joven, fuerte aunque lamentablemente agotado, siguió latiendo mientras él estaba tumbado y desangrándose sobre condones usados y frascos de crack en el repugnante bordillo de la esquina de Fayette y Paca.

El dolor era brutal, como si unos carámbanos ardientes y penetrantes se le clavaran en el pecho; un dolor también desdeñoso que le negaba el alivio de la inconsciencia. Permaneció despierto y consciente mientras oía los gritos de las otras víctimas o de los testigos, los chirridos de los frenazos, las aceleraciones de los motores y su respiración entrecortada y anhelante.

Acababa de pasar un pequeño botín de objetos electrónicos que había robado en una tienda a menos de cuatro manzanas de allí. Tenía doscientos cincuenta dólares en el bolsillo y se había pavoneado para hacerse con un poco de marihuana que le ayudase a pasar la noche. Acababa de salir de pasar noventa días en un correccional de menores por otro robo que no le había salido tan bien, así que estaba fuera de onda y sin blanca.

Al parecer, la suerte tampoco le había acompañado esa vez.

Al cabo del tiempo, recordó haber pensado: «Mierda, mierda, ¡cómo duele!», pero no conseguía pensar en otra cosa. Lo habían pillado en medio y lo sabía. Las balas no eran para él. Había llegado a ver los colores de la banda en ese instante congelado que pasó antes de que dispararan. Eran sus propios colores, los colores de la banda en la que había entrado, la banda que merodeaba por las calles y callejones de la ciudad.

Si no se hubiera apartado del sistema, él no habría estado en esa esquina en ese momento. Le habrían dicho que no se metiera en líos y no estaría tirado en un charco de sangre con la mirada clavada en la boca de la alcantarilla.

Hubo un destello de luces azules, rojas y blancas. El aullido de las sirenas se abrió paso entre los gritos de la gente. Policías. Su primer impulso fue echar a correr, a pesar del dolor que le nublaba las ideas. En su cabeza, se levantó de un salto y se perdió entre las sombras con agilidad y astucia callejera. Sin embargo, sólo el pensarlo le empapó el rostro con un sudor frío.

Notó una mano en el hombro y unos dedos le tantearon hasta encontrar el casi inapreciable pulso en el cuello.

—Respira. Que venga una ambulancia de urgencias.

Alguien le dio la vuelta. El dolor era indescriptible, pero no pudo soltar el grito que le abrumaba por dentro. Vio unas caras que se inclinaban sobre él; los ojos implacables de un policía y los fríos de un médico. Las luces azules, rojas y blancas le abrasaban los ojos. Alguien sollozó penetrantemente.

—Aguanta, no te largues, muchacho.

¿Por qué? Quiso preguntar por qué. Quedarse le dolía mucho. Nunca escaparía como una vez se había prometido hacer. La poca vida que le quedaba estaba desapareciendo, teñida de rojo, por la alcantarilla. Lo que tenía delante era espantoso. Sólo le quedaba dolor.

¿Qué sentido tenía?

Se largó un rato, se sumergió en el dolor, donde el mundo era igual de oscuro y de un rojo sucio. De algún sitio, lejos de su mundo, le llegaron el estruendo de las sirenas, la presión en el pecho y la velocidad de la ambulancia.

Otra vez las luces, blancas y brillantes, que le quemaban los párpados cerrados mientras flotaba en el aire entre voces que gritaban a su alrededor.

—Heridas de bala en el pecho. Presión, ochenta, cincuenta y bajando, pulso débil y rápido. Entrada y salida.

Las pupilas están bien. Comprobar el grupo sanguíneo. Radiografías. A la de tres. Uno, dos y tres.

El cuerpo subió y volvió a bajar. Dejó de preocuparse. Hasta el rojo sucio estaba poniéndose gris. Un tubo le entraba por la garganta y ni siquiera hizo el esfuerzo de expulsarlo con una tos. Casi ni lo notaba. Casi no notaba nada y se lo agradeció a Dios.

—La presión sigue bajando. Lo perdemos.

Él pensó que hacía mucho tiempo que estaba perdido.

Los observó con bastante poco interés. Era media docena de personas con batas verdes alrededor de un chico alto y rubio que estaba tumbado en una mesa. Había sangre por todos lados. Se dio cuenta de que era su sangre. Estaba en la mesa de operaciones con el pecho abierto. Se miró a sí mismo con cierta lástima e indiferencia. Ya no sentía dolor y el sereno alivio hizo que estuviera a punto de sonreír.

Se elevó hasta que la escena se convirtió en un difuso brillo nacarado y los sonidos eran ecos lejanos.

Entonces, el dolor lo atravesó y sintió un sobresalto que hizo que se retorciera. Su intento de alejarse fue breve e inútil. Volvía a estar en su cuerpo, volvía a sentir, volvía a estar perdido.

Lo siguiente que supo fue que estaba sumido en un aturdimiento fruto de los fármacos. Alguien roncaba. La cama era estrecha y dura. Un destello se coló por el panel de cristal con marcas de dedos. Las máquinas zumbaban y succionaban monótonamente. Se dio la vuelta para escapar de los ruidos.

Pasó dos días en la cuerda floja. Le dijeron que había tenido mucha suerte. Había una enfermera muy guapa con ojos cansados y un médico con el cabello gris y los labios finos. No estaba preparado para creerlos, no podía creerlos cuando estaba tan débil que ni siquiera podía levantar la cabeza, no podía creerlos cuando el dolor más espantoso lo invadía cada dos horas con la precisión de un reloj.

Los policías entraron cuando estaba despierto y la morfina le había amortiguado el dolor. Supo que eran policías nada más verlos. No estaba tan atontado como para no reconocer los andares, los zapatos y la mirada. No necesitaba la identificación que le enseñaron.

—¿Tiene tabaco?

Se lo preguntaba a todo el que veía. Necesitaba un poco de nicotina aunque no creía que pudiera absorber el humo de un cigarrillo.

—Eres demasiado joven para fumar.

El primer policía le sonrió como si fuera su tío y se colocó en un costado de la cama.

Phillip, cansinamente, pensó que ése era el poli bueno.

—Cada minuto que pasa soy más viejo.

—Tienes suerte de estar vivo.

El segundo policía mantuvo el gesto implacable y sacó un bloc de notas.

Phillip decidió que ése era el poli malo. Casi le divertía la situación.

—No dejan de repetírmelo. ¿Qué demonios ha pasado?

—Dínoslo tú…

El poli malo apoyó el lápiz en el bloc.

—Me pegaron un tiro de mierda.

13

—¿Qué hacías en la calle?

—Creo que iba a casa —ya había decidido cómo plantearlo y mantuvo los ojos cerrados—. No lo recuerdo exactamente. Había ido… ¿al cine?

Le dio un tono interrogativo mientras abría los ojos. Sabía que el policía malo no iba a tragárselo, pero no podía hacer otra cosa.

—¿Qué película viste? ¿Con quién fuiste?

—Mire, no lo sé. Todo es un barullo. Iba andando y de repente estaba tumbado boca abajo.

—Cuéntanos lo que recuerdes. —El policía bueno le puso una mano en el hombro—. Tómatelo con calma.

—Todo pasó muy deprisa. Oí disparos…, tuvieron que ser disparos. Alguien gritó y fue como si algo explotara dentro de mi pecho.

Eso se parecía bastante a la verdad.

—¿Viste un coche? ¿Viste quién hizo los disparos?

Tenía las dos cosas grabadas a fuego en el cerebro.

—Creo que vi un coche… negro. Fue un destello.

—Tú eres de los Flames.

Phillip desvió la mirada hacia el policía malo.

—A veces voy con ellos.

—Los otros tres cuerpos que encontramos tirados en la calle eran de los Tribe. Ellos no tuvieron tanta suerte como tú. Los Flames y los Tribe se tienen muchas ganas.

—Eso dicen.

—Te metieron dos balas, Phil. —El policía bueno hizo un gesto de preocupación—. Si llegan a darte un centímetro más allá, hacia cualquier lado, habrías muerto antes de tocar el suelo. Pareces un chico listo y los

14

chicos listos no se engañan creyendo que tienen que ser leales a unos gilipollas.

—No vi nada.

No era lealtad, era supervivencia. Si cantaba, era hombre muerto.

—Tenías más de doscientos dólares en la cartera.

Phillip se encogió de hombros, pero se arrepintió al sentir un dolor de mil demonios.

—¿Sí...? Bueno, entonces podré pagar la factura de los días que he pasado aquí en el Hilton.

—No te hagas el listo conmigo, mocoso —dijo el policía malo inclinándose sobre la cama—. Todos los días me las veo con capullos como tú. No te conviertes en un marginado veinte horas antes de acabar sangrando con la cara metida en la boca de una alcantarilla.

Phillip ni se inmutó.

—¿He violado la condicional porque me han pegado un tiro?

—¿De dónde has sacado el dinero?

—No me acuerdo.

—¿Fuiste a trapichear?

—¿Me encontrasteis drogas encima?

—Es posible. No te acordarías, ¿verdad?

Phillip se dijo que tenía razón.

—La verdad es que no me vendrían nada mal ahora.

—Tranquilo. —El policía bueno se movió con cierta inquietud—. Mira, hijo, si colaboras, nosotros nos portaremos bien contigo. Llevas bastante tiempo entrando y saliendo del sistema y sabes cómo funciona.

Si el sistema funcionara, él no estaría aquí. No podía hacer nada por él que no hubieran hecho ya. Por el amor de Dios, si hubiera sabido que se estaba cociendo algo, no habría estado allí.

Un repentino tumulto en el vestíbulo distrajo a los policías. Phillip se limitó a cerrar los ojos. Había reconocido la voz que gritaba con una furia reconcentrada.

Lo único que pensó Phillip fue que estaba colocada. Ella irrumpió en la habitación, y entonces él abrió los ojos y comprobó que había acertado de pleno.

También comprobó que se había vestido para la ocasión. Se había cardado el pelo amarillo y se había maquillado a conciencia. Debajo de todo aquello, podría ser una mujer guapa, aunque la máscara era casi impenetrable. Tenía un cuerpo bonito, pero era con lo que trabajaba. Las mujeres que se desnudaban en *striptease* y que se pluriempleaban como pelanduscas necesitaban un buen envoltorio. Se había embutido en un top y unos vaqueros y se abrió paso hasta la cama sobre unos tacones de diez centímetros.

—¿Quién coño crees que va a pagar todo esto? Sólo das problemas.

—Hola, mamá, yo también me alegro de verte.

—No seas impertinente. Han venido unos polis a casa por tu culpa. —Miró de soslayo a los hombres que había a los lados de la cama y, al igual que su hijo, supo que eran policías—. Tiene casi catorce años. No quiero saber nada de él. Esta vez, no va a volver conmigo. No me da la gana de tener a la poli y a los asistentes sociales encima de mí todo el día.

Se zafó de la enfermera que la tenía agarrada del brazo y se inclinó sobre la cama.

—¿Por qué coño no te has muerto?

—No lo sé —contestó Phillip sin parpadear—. Lo he intentado.

—Siempre has sido un desastre —bufó cuando el poli bueno la apartó un poco—. Un desastre. Que no se te ocurra venir por casa cuando salgas de aquí —gritó mientras la sacaban de la habitación—. No quiero saber nada de ti.

Phillip esperó y la oyó maldecir, gritar y pedir documentos para echarlo de su vida. Luego, miró al policía malo.

—¿Cree que puede asustarme? Ésta es mi vida y no hay nada peor que esta vida.

Dos días después, unos desconocidos entraron en la habitación. El hombre era enorme, tenía los ojos azules y una cara muy ancha. La mujer tenía un moño pelirrojo y medio deshecho en la nuca y la cara llena de pecas. Ella agarró el historial de Phillip de los pies de la cama, le echó una ojeada, y le dio unos golpecitos con la palma de la mano.

—Hola, Phillip. Soy la doctora Stella Quinn. Él es mi marido, Ray.

—¿Y?

Ray acercó una silla a la cama y se sentó con un suspiro de placer. Ladeó la cabeza y miró un momento a Phillip.

—Te has metido en un buen lío, ¿verdad? ¿Quieres salir de él?

1

Phillip se aflojó el nudo de la corbata de Fendi. El viaje de Baltimore a la costa este de Maryland era bastante largo y lo había tenido en cuenta al programar el CD. Empezó con algo suave de Tom Petty y los Heartbreakers.

El tráfico de ese jueves por la tarde era tan malo como habían dicho las predicciones y todavía era peor por la llovizna y los mirones que no podían evitar echar una ojeada, entre fascinada y asombrada, a un accidente de coches en la circunvalación de Baltimore.

Cuando enfiló la entrada de la autopista 50, ni las canciones más clásicas de los Rolling Stones podían levantarle el ánimo.

Se había llevado trabajo y durante el fin de semana tendría que buscar un hueco para los neumáticos Myrestone. Querían un planteamiento nuevo de la campaña publicitaria. Los neumáticos felices hacen felices a los conductores, pensó Phillip mientras tamborileaba con los dedos al ritmo de la guitarra desgarrada de Keith Richards.

Eso era una majadería, se dijo. Nadie era feliz cuando conducía en hora punta; llevara los neumáticos que llevara.

Sin embargo, se le había ocurrido algo para que los conductores que llevaran neumáticos Myrestone creyeran que eran felices y sexys, además de ir seguros. Era su trabajo y le gustaba.

Le gustaba tanto que hacía malabarismos con cuatro cuentas importantes, supervisaba otras seis más pequeñas y parecía que nunca soltaba una gota de sudor por los elegantes pasillos de Innovations, la próspera empresa de publicidad para la que trabajaba. La empresa que exigía que sus ejecutivos fueran creativos, entusiastas y, además, tuvieran estilo.

No le pagaban para que sudara.

Estaba solo, pero eso era otro asunto.

Sabía que llevaba meses trabajando como un verdadero mulo. Gracias a un revés del destino, había pasado de vivir para Phillip Quinn a preguntarse qué había sido de su vida urbana y feliz en la que cada día ascendía más en la escala social.

Su padre había muerto hacía seis meses y su vida había dado un vuelco; la vida que Ray y Stella Quinn habían enderezado hacía diecisiete años cuando entraron en aquella sórdida habitación del hospital y le ofrecieron una oportunidad y una alternativa. Aceptó la oportunidad porque fue suficientemente listo como para saber que no tenía otra alternativa.

Volver a las calles ya no era tan atractivo después de que le hubieran agujereado el pecho. Ya ni se planteaba la posibilidad de volver a vivir con su madre, aunque ella hubiera cambiado de opinión y le hubiera dejado entrar en su destartalado apartamento. Los servicios sociales miraban con lupa su situación y sabía que se lo tragarían en cuanto pusiera un pie en la calle.

No estaba dispuesto a volver con los servicios sociales, ni con su madre, ni a la alcantarilla. Lo había decidido. Notaba que lo único que necesitaba era un poco de tiempo para trazar un plan.

En aquel momento, el tiempo pasaba entre los efluvios de unas drogas deliciosas, fármacos lo llamaban otros, que no había tenido que comprar ni robar, pero no se imaginó que sus pequeñas ventajas durarían para siempre.

El Demerol le recorría todo el organismo, miró con sus ojos astutos a los Quinn y los clasificó como una pareja extravagante de benefactores. Para él era perfecto. Querían ser unos samaritanos y ofrecerle un sitio donde quedarse hasta que estuviera al cien por cien; todos contentos.

Le dijeron que tenían una casa en la costa este, lo cual, para un chico de barrio, era el otro extremo del mundo. Sin embargo, pensó que cambiar de aires no le haría ningún daño. Tenían dos hijos aproximadamente de su edad. Phillip decidió que no tendría que preocuparse por dos niñatos criados por unos buenazos.

Le dijeron que tenían sus normas y que la educación era prioritaria. El colegio tampoco le preocupaba. No se lo pensó mucho.

—Nada de drogas.

Stella lo dijo con un tono gélido que hizo que Phillip cambiara su opinión sobre ella.

—No, señora —replicó él con su expresión más angelical.

Sabía que si quería meterse algo, encontraría la forma aunque fuera en un coñazo de pueblo de la bahía.

Stella se inclinó sobre la cama con unos ojos penetrantes y una sonrisa casi imperceptible.

—Tienes una cara que parece sacada de un cuadro renacentista, pero no por eso eres menos ladrón, holgazán y mentiroso. Te ayudaremos si quieres que te ayudemos, pero no nos trates como si fuéramos imbéciles.

Ray soltó una carcajada estruendosa y estrechó entre sus brazos los hombros de Stella y de Phillip. Phillip recordó que entonces se había dicho que verlos darse de cabezazos durante una temporada iba a ser un placer único en el mundo.

Volvieron varias veces durante las dos semanas siguientes. Phillip habló con ellos y con la asistenta social, que había sido más fácil de persuadir que los Quinn.

Al final se lo llevaron a casa, a la preciosa casa a orillas del mar. Conoció a sus hijos, Cameron y Ethan, y analizó la situación. Cuando se enteró de que los habían recogido como a él, se convenció de que estaban como cabras.

Pensó que aprovecharía el tiempo. Para ser una doctora y un catedrático de universidad, no habían acumulado demasiadas cosas que merecieran la pena robarse, pero se fijó bien en todo lo que había.

En vez de robarles, se enamoró de ellos. Adoptó su apellido y pasó los diez años siguientes en la casa a orillas del mar.

Stella murió y con ella se fue parte de su vida. Se había convertido en la madre que nunca había creído que existiera. Firme, fuerte, cariñosa y penetrante. La lloró y fue la primera pérdida verdadera de su vida. Enterró parte de su dolor en el trabajo. Pasó por la universidad y se puso como meta el éxito y un lustre de sofisticación, además de un puesto de principiante en Innovations.

22

No pensaba quedarse abajo durante mucho tiempo.

Entrar en Innovations, en Baltimore, era un pequeño triunfo personal. Volvía a la ciudad de sus desdichas, pero volvía como un hombre refinado. Nadie que lo viera con su traje hecho a medida podría adivinar que había sido un ladrón de poca monta, un traficante de drogas ocasional y un prostituto circunstancial.

Todo lo que había conseguido durante los últimos diecisiete años partía del momento en que Ray y Stella Quinn entraron en su habitación del hospital.

Un día, Ray murió y lo dejó sumido en unas sombras que no se habían disipado. El hombre al que había querido como solamente un hijo puede querer a su padre se había matado al estrellarse con su coche contra un poste de teléfono, a plena luz del día y a toda velocidad.

Otra habitación de hospital. Esa vez era el poderoso Quinn quien estaba destrozado en la cama y rodeado de aparatos zumbantes. Phillip y sus hermanos habían prometido ocuparse del último de los descarriados de Ray Quinn. Sin embargo, ese niño guardaba secretos y miraba con los ojos de Ray.

En el paseo marítimo y en los barrios del pueblecito de St. Christopher, en la costa este de Maryland, se insinuaba el adulterio, el suicidio y el escándalo. Durante los seis meses que pasaron desde que empezaron las habladurías, Phillip tuvo la sensación de que él y sus hermanos no se habían acercado a la verdad. ¿Quién era Seth DeLauter y qué había significado para Raymond Quinn?

¿Era otro descarriado? ¿Era otro chico que se hundía en un mar de violencia y abandono y que necesitaba una tabla de salvación? ¿Sería más? ¿Sería un Quinn por sangre y por casualidad?

Lo único que Phillip sabía con seguridad era que Seth, de diez años, era tan hermano suyo como Ethan y Cameron. A todos ellos los habían librado de una pesadilla y les habían dado la oportunidad de cambiar sus vidas.

En el caso de Seth, Ray y Stella no estaban para ofrecerle esa alternativa.

Una parte de Phillip, una parte que había crecido dentro de un ladrón joven e imprudente, no aceptaba ni siquiera la posibilidad de que Seth fuera hijo de Ray, un hijo fruto del adulterio y abandonado en la deshonra. Habría sido una traición para todo lo que le habían enseñado los Quinn, para todo el ejemplo que le habían dado con sus vidas.

Se detestó por planteárselo, por ser consciente de que de vez en cuando observaba a Seth con ojos fríos y analíticos y se preguntaba si aquel niño habría sido el motivo de la muerte de Ray Quinn.

Cuando esa idea se adueñaba de su cabeza, Phillip dirigía la atención hacia Gloria DeLauter. La madre de Seth fue la mujer que acusó al catedrático Raymond Quinn de abuso sexual. Dijo que había ocurrido unos años antes, cuando ella era una estudiante en la universidad. Sin embargo, no había constancia de que ella hubiera ido a esa universidad.

Era la misma mujer que había vendido su hijo a Ray como si fuera un trozo de carne. La misma mujer, Phillip lo sabía con certeza, que Ray había visitado en Baltimore antes de matarse.

Se había escabullido. Las mujeres como Gloria eran demasiado hábiles como para conseguir que algo les salpicara. Unas semanas antes, le había mandado una carta con un chantaje nada sutil: si quería conservar el niño, ella necesitaba más. Phillip apretó la mandíbula al acordarse de la cara de espanto que puso Seth cuando se enteró.

Se dijo que esa mujer no tocaría a Seth. Iba a comprobar que los hermanos Quinn eran más duros de pelar que un anciano bondadoso.

No sólo los hermanos Quinn, pensó mientras tomaba la carretera comarcal que le llevaría a casa. Pensó en la familia mientras conducía deprisa por la carretera flanqueada de campos de soja, de guisantes y de un maíz más alto que una persona. Cam y Ethan estaban casados y Seth podía contar con dos mujeres que no se arrugaban fácilmente.

Casados. Phillip sacudió la cabeza divertido con la idea. ¿Quién iba a haberlo dicho? Cam se había casado con la seductora asistenta social y Ethan con Grace, la de los ojos dulces, convirtiéndose instantáneamente en el padre de la angelical Aubrey.

Bueno... mejor para ellos. Tenía que reconocer que Anna Spinelli y Grace Monroe eran la horma de los zapatos de sus hermanos. Serían un apoyo muy firme cuando se celebrara la audiencia para la custodia definitiva de Seth. Y el matrimonio les sentaba de maravilla, aunque a él, la palabra le daba escalofríos.

Phillip prefería la vida de soltero con todas sus ventajas. Aunque durante los últimos meses no había tenido mucho tiempo para disfrutar de esas ventajas. Pasaba los fines de semana en St. Chris supervisando los deberes de

Seth, haciendo el casco de un barco para la incipiente empresa Barcos Quinn, repasando las cuentas y cargando material, todo lo cual se había convertido en responsabilidad suya sin saber por qué y le cortaba las alas.

Había prometido a su padre, en el lecho de muerte, que se ocuparía de Seth y había pactado con sus hermanos mudarse a la costa para compartir la custodia y las responsabilidades. Para Phillip, el pacto significaba dividir su tiempo entre Baltimore y St. Chris y sus energías entre conservar su profesión y sus ingresos, y atender a un hermano nuevo y a veces problemático y un negocio que acababan de poner en marcha.

Era un verdadero riesgo. Se imaginaba que educar a un niño de diez años suponía dolores de cabeza y meteduras de pata, en el mejor de los casos. Seth DeLauter, que se había criado con una prostituta a tiempo parcial, una drogadicta a jornada completa y una extorsionista aficionada, no había vivido en las condiciones ideales.

Sacar adelante una empresa de construcción de barcos suponía toda una serie de detalles engorrosos y de trabajo agotador. Aun así, funcionaba, y si descontaba la ridícula exigencia de tiempo y energía, funcionaba bastante bien.

Hacía poco tiempo, los fines de semana los pasaba cenando en sitios de moda o yendo al teatro con una serie de mujeres atractivas e interesantes y, si se entendían, desayunando el domingo en la cama.

Phillip se había prometido que volvería a hacerlo. Cuando todo estuviera encauzado, volvería a esa vida. Sin embargo, como decía su padre, durante los próximos minutos…

Giró para entrar en el camino. Había dejado de llover y la hierba y las hojas tenían un brillo especial. La luz del crepúsculo empezaba a teñirlo todo. La luz del salón prometía un recibimiento cálido y sereno. Las flores de verano que había cuidado Anna languidecían y entre las sombras relucían los brotes de principios de otoño. Oía los ladridos del cachorrillo, aunque a los nueve meses, *Tonto* había crecido tanto que ya no se le podía llamar cachorrillo.

Se acordó de que esa noche le tocaba cocinar a Anna. Afortunadamente. Eso significaba que los Quinn cenarían de verdad. Se desentumeció los hombros, pensó en que se serviría una copa de vino y vio que *Tonto* salía por una esquina de la casa detrás de una pelota de tenis.

El perro, al ver que Phillip se bajaba del coche, dejó lo que estaba haciendo e intentó pararse, pero se resbaló y organizó un alboroto de ladridos como si estuviera aterrado.

—Idiota —dijo Phillip con una sonrisa mientras sacaba el maletín del jeep.

Al oír la voz, los ladridos pasaron a ser de alegría incontenible. *Tonto* se acercó con una mirada de felicidad y con las patas mojadas y llenas de barro.

—¡No saltes! —le gritó Phillip con el maletín como escudo—. Lo digo en serio. ¡Siéntate!

Tonto vaciló, pero apoyó los cuartos traseros en el suelo y levantó una pata. Tenía la lengua fuera y los ojos resplandecientes.

—Buen perro.

Phillip le estrechó la repugnante pata y le rascó las sedosas orejas.

—Hola.

Seth apareció en el jardín. Tenía los vaqueros sucios de jugar con el perro y la gorra de béisbol torcida dejaba ver su pelo rubio y lacio. Phillip se dio cuenta de que sonreía con más facilidad que unos meses antes, pero le faltaba un diente.

—Hola. —Phillip le dio un golpecito en la visera de la gorra—. ¿Has perdido algo?

—Mmm…

Phillip se señaló los dientes blancos y perfectos.

—Ah, sí.

Seth sonrió, se encogió de hombros, un gesto típico de los Quinn, y pasó la lengua por el hueco del diente. Tenía la cara más llena que hacía seis meses y sus ojos eran menos cautelosos.

—Estaba flojo. Hace un par de días tuve que darle un tirón. Sangró como un cabrón.

Phillip no se molestó en reprenderle por su lenguaje. Había decidido que no se ocuparía de ciertas cosas.

—¿Y te ha traído algo el ratoncito Pérez?

—Sé realista.

—Eh, si no le has sacado un pavo a Cam, no eres hermano mío.

—He sacado un par de pavos. Uno a Cam y otro a Ethan.

Phillip le pasó un brazo por los hombros y fueron hacia la casa entre risas.

—Pues a mí no vas a sacarme nada. ¿Qué tal te ha ido la primera semana de colegio?

—Aburrida.

Seth se dijo para sus adentros que no lo había sido, que había sido apasionante. Anna lo había llevado a comprar lápices, cuadernos y bolígrafos. Rechazó la tartera de *Expediente X* que ella quería comprarle. Sólo los empollones llevaban tarteras, pero burlarse de la tartera había sido una chulada.

Llevaba ropa a la última y unas zapatillas gastadas. Además, lo mejor de todo era que, por primera vez en su vida, estaba en el mismo sitio, el mismo colegio y con la misma gente de la que se había despedido en junio.

—¿Los deberes? —le preguntó Phillip mientras arqueaba las cejas y abría la puerta.

Seth puso los ojos en blanco.

—Tío, ¿no piensas en otra cosa?

—Chaval, yo vivo para los deberes. Sobre todo, cuando son los tuyos.

Tonto pasó como una exhalación y casi los tiró al suelo.

—Todavía tienes mucho trabajo con ese perro. —Sin embargo, el leve enfado se le disipó en cuanto olió la salsa de tomate de Anna—. Dios bendiga esta casa —susurró.

—Manicotti —le informó Seth.

—¿De verdad? Tengo un chianti que he estado reservando para una ocasión como esta —dijo dejando el maletín a un lado—. Después de cenar nos las veremos con los libros.

Su cuñada estaba en la cocina rellenando con queso unos cilindros de pasta. Tenía remangada la impecable camisa blanca que usaba para trabajar y un delantal blanco le protegía la falda azul marino. Se había quitado los zapatos de tacón y movía los pies descalzos al ritmo del aria que canturreaba. *Carmen*, se dijo Phillip. Todavía tenía recogida la maravillosa mata de pelo negro y rizado.

Phillip le guiñó un ojo a Seth y se puso detrás de ella, la agarró de la cintura y le dio un sonoro beso en la coronilla.

—Fúgate conmigo. Nos cambiaremos de nombres. Tú serás Sofía y yo Carlo. Te llevaré al paraíso donde sólo cocinarás para mí. Ninguno de estos paletos te aprecia como yo.

—Espera que rellene el último e iré a hacer el equipaje. —Volvió la cara con una sonrisa en sus oscuros ojos italianos—. La cena estará dentro de media hora.

—Descorcharé el vino.

—¿No hay nada para comer todavía? —le preguntó Seth.

—Hay entremeses en la nevera.

—Sólo son verduras y porquerías —se quejó Seth cuando sacó la fuente.

—Sí.

—¡Jo…!

—Lávate las manos antes de tocar la comida.

—La saliva de los perros es más limpia que la saliva de las personas —le comunicó Seth—. He leído que si te muerde una persona, es peor que si te muerde un perro.

—Estoy impresionada por una información tan fascinante, pero lávate las babas del perro en cualquier caso.

—Humanos…

Seth, enojado, se fue dando una patada en el suelo y con *Tonto* pegado a sus talones.

Phillip eligió el vino entre unas botellas que tenía en la despensa. Los vinos buenos eran una de sus debilidades y poseía un paladar muy exigente. En su piso de Baltimore tenía una amplia y selecta bodega que guardaba en un armario, remodelado expresamente para eso.

En la costa, sus adoradas botellas de Burdeos y Borgoña hacían compañía a las cajas de cereales crujientes y las bolsas de harina.

Se había acostumbrado.

—¿Qué tal la semana? —le preguntó a Anna.

—Atareada. Habría que fusilar a quien dijo que las mujeres lo tienen todo. Llevar una profesión y una familia es una paliza. —Levantó la mirada con una sonrisa resplandeciente y añadió—: Me encanta.

—Se nota. —Sacó el corcho, lo olió y dejó la botella en la encimera para que se oxigenase—. ¿Dónde está Cam?

—Debería estar viniendo del astillero. Ethan y él querían aprovechar una hora más. Han terminado el primer barco de los Quinn. El propietario viene mañana. ¡Está terminado, Phillip! —La sonrisa fue un destello rebosante de orgullo—. Está en el muelle, es marinero e impresionante.

Él sintió una punzada de decepción por no haber estado el último día.

—Tendríamos que tomar champán.

Anna arqueó una ceja mientras miraba la etiqueta del vino.

—¿Una botella de Fonolari, Ruffino?

Consideraba que uno de los rasgos más apreciables de Anna era que sabía reconocer el buen vino.

—Del setenta y cinco.

—Yo no voy a quejarme. Enhorabuena por su primer barco, señor Quinn.

—No he hecho nada. Sólo me he ocupado de los detalles.

—Claro que has hecho. Los detalles son necesarios y ni Cam ni Ethan los cuidan tanto.

—Creo que ellos lo llaman incordiar.

—Necesitan que los incordien. Tendrías que estar orgulloso de lo que habéis conseguido los tres durante los últimos meses. No sólo por el negocio, sino también por la familia. Cada uno de vosotros ha renunciado a algo importante por Seth y cada uno de vosotros ha recibido algo importante a cambio.

—Nunca me esperé que el crío fuese a ser tan importante. —Anna cubrió la pasta con salsa y Phillip buscó unas copas en el armario—. Todavía hay momentos en los que todo me saca de quicio.

—Es natural, Phillip.

—No me consuela —se encogió de hombros y sirvió dos copas—, pero, en general, lo miro y pienso que no está mal para ser un hermano pequeño.

Anna espolvoreó queso por encima de la pasta. Por el rabillo del ojo vio que Phillip levantaba la copa y apreciaba el aroma. Pensó que era muy guapo. Físicamente, era lo que se imaginaba como más cercano a la perfección masculina. Pelo castaño oscuro, abundante y tupido; ojos más dorados que marrones; rostro largo, estrecho y pensativo, sensual y angelical; alto y esbelto, parecía hecho para llevar trajes italianos, aunque lo había visto con el torso desnudo y unos vaqueros, y sabía que no tenía nada de blando.

Sofisticado, rudo, erudito y penetrante. Un hombre interesante, se dijo para sus adentros.

Metió la cazuela en el horno y se dio la vuelta para tomar su copa. Le sonrió y chocó la copa con él.

—Tú tampoco estás mal para ser un hermano mayor.

Se inclinó para besarla delicadamente cuando entró Cam.

—Aparta tu bocaza de mi mujer.

Phillip sonrió y rodeó la cintura de Anna con el brazo.

—Ella me la ha ofrecido. Le gusto.

—Yo le gusto más.

Para demostrarlo, Cam tiró de la cinta del delantal, la abrazó y la besó apasionadamente. Sonrió, le mordisqueó el labio inferior y le dio un azote en el trasero.

—A que sí, cariño…

A ella le daba vueltas la cabeza.

—Seguramente —resopló—. En términos generales… —se zafó de él—. Estás asqueroso.

—Venía a por una cerveza para la ducha. —Cam, alto, delgado, moreno y peligroso, fue hasta la nevera—. Y a por un beso de mi mujer —añadió con una mirada vanidosa hacia Phillip—. Búscate una mujer para ti.

—Quién tuviera tiempo… —replicó Phillip pesarosamente.

Después de haber cenado y de haberse dejado las pestañas con divisiones, batallas de la Revolución y vocabulario de sexto curso, Phillip se sentó en su dormitorio con el ordenador portátil.

Era el mismo cuarto que le habían dado cuando Ray y Stella lo llevaron a casa. Entonces, las paredes eran verde claro. Cuando cumplió dieciséis años, algo se le trastornó en la cabeza y lo pintó de color magenta. Sabe Dios por qué. Recordaba que su madre, porque Stella ya era su madre entonces, le había advertido que tendría pesadillas. A él le parecía atractivo. Pero duró tres meses. Luego pasó por una fase de blanco absoluto con fotos en blanco y negro con marcos negros. Siempre buscaba un ambiente, pensó burlonamente Phillip. Volvió al verde claro antes de mudarse a Baltimore.

Ellos siempre habían tenido razón. Sus padres solían tener razón.

Le habían dado aquella habitación en aquella casa en aquel pueblo. Él no se lo había puesto fácil. Los tres primeros meses fueron un continuo enfrentamiento de voluntades. Pasaba drogas, se metía en peleas, robaba alcohol y llegaba a casa al amanecer dando tumbos.

Él ya tenía claro que había estado poniéndolos a prueba, retándolos a que lo echaran; a que pudieran con él.

No sólo pudieron con él sino que lo amoldaron.

—Phillip —le dijo una vez su padre—, no sé por qué quieres desperdiciar una buena cabeza y un buen cuerpo; por qué quieres dejar que ganen los cabrones.

A Phillip, que tenía el estómago de punta y le reventaba la cabeza por la resaca de drogas y alcohol, le importaba un comino.

Ray lo llevó al barco y le dijo que navegar un rato le aclararía la cabeza. Phillip, completamente mareado, sacó la cabeza por la borda y arrojó los restos del veneno que se había metido la noche anterior.

Acababa de cumplir catorce años.

Ray echó el ancla en un estrecho brazo de mar. Sujetó la cabeza de Phillip, le mojó la cara y le ofreció un refresco frío.

—Siéntate.

Él, más que sentarse, se desplomó. Le temblaban las manos y se le revolvieron las tripas cuando dio el primer sorbo de la lata. Ray se sentó enfrente, con las enormes manos sobre las rodillas, el pelo plateado agitado por la ligera brisa y los ojos azules serenos y pensativos.

—Has tenido un par de meses para orientarte por aquí. Stella dice que te has recuperado físicamente. Eres fuerte y tienes buena salud, pero la perderás si sigues así.

Frunció los labios y se quedó callado un buen rato. Había una garza entre la hierba sin cortar; estaba quieta, como si fuera un cuadro. El aire estaba muy transparente y hacía frío, era finales de otoño y los árboles sin hojas dejaban ver el cielo de un azul profundo. El viento rizaba el agua y ondulaba la hierba.

Ray parecía satisfecho del silencio y de la escena. Él estaba derrumbado, pálido y con la mirada impenetrable.

—Phil, podemos lidiarlo de muchas maneras —siguió Ray—. Podemos ser unos cabrones. Podemos atarte en corto, no quitarte la vista de encima y darte una patada en los huevos cada vez que nos jodas, que es la mayoría de las veces. —Ray, pensativo, agarró una caña de pescar y puso cebo en el anzuelo—. También podemos decidir que este experimento ha sido un desastre y que vuelvas a donde estabas.

A Phillip se le encogió el estómago e hizo un esfuerzo para tragarse lo que era miedo aunque él no lo reconociera.

—No os necesito. No necesito a nadie.

—Claro que necesitas a alguien —dijo Ray lanzando el sedal—. Si vuelves a la calle, te quedarás allí. Dentro de un par de años ya no serás menor. Acabarás en una celda con los malos de verdad, unos tíos a los que les encantará esa cara tan bonita que tienes. Un día, uno de ellos, de dos metros y con las manos como jamones, te agarrará en la ducha y te hará su novia.

Phillip necesitaba un cigarrillo. Las palabras de Ray le producían un sudor frío.

—Sé cuidarme solo.

—Hijo, te pasarán como si fueras una fuente de canapés, y lo sabes perfectamente. Te defendiste muy bien, pero hay cosas que son inevitables. Hasta ahora, tu vida ha sido una mierda. No eres responsable de eso, pero sí eres responsable de lo que pase en adelante.

Volvió a quedarse en silencio, sujetó la caña con las rodillas y agarró una lata de Pepsi. Sin prisas, la abrió y dio un sorbo que parecía interminable.

—Stella y yo creímos ver algo especial en ti —continuó—. Seguimos creyéndolo —añadió mientras miraba a Phillip—, pero no llegaremos a ninguna parte si no lo crees tú.

—¿Y qué te importa? —Phillip echó la cabeza hacia atrás con un gesto de desdicha.

—Por el momento no puedo decirlo. Quizá no valgas la pena. Quizá acabes otra vez en las calles buscándote la vida de mala manera.

Durante tres meses había dormido en una buena cama, había comido tres veces al día y había tenido a su disposición todos los libros que quería, una de sus pasiones secretas. Sólo de pensarlo se le encogió el estómago otra vez, pero se limitó a encogerse de hombros.

—Me las apañaré.

—Si sólo quieres apañártelas, es asunto tuyo. Aquí puedes encontrar un hogar y una familia. Puedes encontrar una vida y hacer algo con ella. Pero también puedes seguir el camino que llevas.

Ray estiró el brazo para agarrarlo y Phillip levantó los puños para defenderse, pero Ray sólo le levantó la camisa para dejar a la vista las cicatrices de su pecho.

—Puedes volver a eso —concluyó sin perder la calma.

Phillip le miró a los ojos. Vio compasión y esperanza, pero también se vio reflejado, cubierto de sangre y tirado en el bordillo de una calle donde la vida no valía nada.

Phillip, mareado, cansado y aterrado, se sujetó la cabeza con las manos.

—¿De qué se trata?

—Se trata de ti, hijo —Ray le acarició el pelo—. Se trata de ti.

Las cosas no cambiaron de la noche a la mañana, pero sí empezaron a cambiar. Sus padres habían conseguido que creyera en sí mismo, a pesar de sí mismo. Empezó a sentirse orgulloso de ir bien en el colegio, de aprender y de convertirse en Phillip Quinn.

Creía que le había salido muy bien. Había dado un barniz de clase al chico de la calle. Tenía una profesión sensacional, un piso con unas vistas impresionantes de la dársena del puerto y un guardarropa en consonancia.

Era como si hubiera cerrado el círculo. Pasaba los fines de semana en su habitación con paredes verdes y muebles sólidos, con las ventanas que daban a las copas de los árboles y a las marismas.

Pero esta vez se trataba de Seth.

2

Phillip estaba en la cubierta del *Neptune's Lady*, que todavía estaba sin bautizar. Había dedicado casi dos mil horas de sudor y sufrimiento para que el diseño se convirtiera en un balandro. La cubierta era de teca y su esmerado acabado resplandecía al suave sol de septiembre.

El camarote sería el orgullo de cualquier carpintero, desde luego lo era de Cam, pensó Phillip. Los armarios eran de madera sin teñir, hechos a mano y a medida del dormitorio para cuatro amigos muy bien avenidos.

A Phillip le pareció un barco fiable y hermoso. Tenía el casco estilizado, la cubierta resplandeciente y la línea de flotación larga. El sistema que eligió Ethan para hacer el forro de madera supuso más horas de trabajo, pero el resultado era una joya.

Aquel podólogo iba a pagar generosamente cada centímetro de barco.

—¿Qué te parece?

Ethan, con las manos en los bolsillos de los vaqueros gastados y los ojos entrecerrados por el sol, dejó la pregunta en el aire.

Phillip deslizó la mano por la borda, una parte que había pasado muchas horas lijando y puliendo para darle aquel acabado satinado.

—Se merece un nombre menos manido.

—El dueño tiene más dinero que imaginación. Navega como los ángeles. —Ethan esbozó una de sus sonrisas lentas y solemnes—. No veas cómo vuela, Phil. Cuando Cam y yo lo probamos, no estaba seguro de que Cam fuera a traerlo de vuelta. Tampoco estaba seguro de que yo quisiera que lo hiciera.

Phillip se pasó el pulgar por la barbilla.

—Tengo un amigo que es pintor. Casi todo lo que hace son cosas comerciales para hoteles y restaurantes. Sin embargo, también hace cuadros maravillosos. Cada vez que vende uno, se pone enfermo. Detesta perder un cuadro. Yo no entendía lo que sentía, hasta ahora.

—Y es el primero.

—Pero no el último.

Phillip no había pensado que se sentiría tan implicado. La idea de hacer barcos no había sido suya. Le gustaba pensar que sus hermanos lo habían arrastrado. Él les dijo que era absurdo, una locura, y que estaba destinado al fracaso.

Luego, naturalmente, se metió hasta dentro, negoció el alquiler de la nave, solicitó los permisos e hizo los pedidos necesarios. Durante la construcción de lo que sería el *Neptune's Lady*, se clavó astillas en los dedos, se quemó con creosota y dejó de sentir los músculos después de horas transportando tablones; y no sufrió en silencio.

Sin embargo, al estar en la cubierta del barco que se balanceaba elegantemente, tenía que reconocer que todos los meses de penalidades habían merecido la pena.

Además, estaban a punto de empezar otra vez.

—Cam y tú habéis avanzado con el siguiente barco.

—Queremos tener el casco preparado para finales de octubre. —Ethan sacó un pañuelo y limpió cuidadosamente las huellas que había dejado Phillip en la borda—. Si queremos seguir el calendario demencial que has preparado. Sin embargo, hay algo más que hacer en éste.

—¿En éste? —Phillip entrecerró los ojos—. Maldita sea Ethan, dijiste que estaba listo para entregarlo. El propietario va a venir a buscarlo. Yo ya iba a preparar los últimos documentos.

—Falta un pequeño detalle. Tenemos que esperar a Cam.

—¿Qué pequeños detalles? —Phillip miró el reloj con impaciencia—. El cliente llegará en cualquier momento.

—Será un minuto. —Ethan señaló con la cabeza hacia las puertas del edificio—. Aquí está Cam.

—Es demasiado bueno para este patán —dijo Cam mientras se acercaba con un taladro a pilas—. Os digo que deberíamos montar a nuestras mujeres e hijos y llevárnoslo a Bimini.

—Te digo que en cuanto nos dé el cheque conformado, él será el capitán. —Phillip esperó a que Cam llegara hasta ellos—. Además, cuando me vaya a Bimini, no quiero veros a ninguno de los dos.

—Está rabioso porque nosotros estamos casados —le dijo Cam a Ethan—. Toma. —Le dio el taladro a Phillip.

—¿Qué demonios tengo que hacer con esto?

—Terminar el barco —sonriendo, Cam sacó una cornamusa de latón—. Hemos reservado la última pieza para ti.

—¿De verdad?

Phillip, emocionado, tomó la cornamusa y miró cómo brillaba con el sol.

—Lo empezamos juntos —le recordó Ethan—. Es lo justo. Va a babor.

Phillip tomó los tornillos que le dio Cam y se inclinó sobre las marcas que había en la borda.

—Había pensado en celebrarlo. —El taladro giraba entre sus manos—. Había pensado en una botella de Dom Perignon —gritó para que se le oyera—, pero luego decidí que sería un desperdicio que os la bebierais vosotros. De modo que hay tres cervezas en la nevera.

Pensó que se lo perdonarían cuando recibieran la sorpresa que les tenía preparada para esa tarde.

Casi era mediodía cuando el cliente dejó de inspeccionar cada centímetro de su nuevo barco. Habían elegido a Ethan para que le diera un paseo de prueba antes de montar el balandro en su nuevo remolque. Desde el muelle, Phillip miraba las velas llenas de viento, las velas de color amarillento que había elegido el propietario.

Pensó que Ethan tenía razón: volaba.

El balandro cortaba el agua hacia el paseo marítimo escorado como en un sueño. Se imaginaba a los turistas de finales de verano que se paraban para mirarlo y lo señalaban. Pensó que no había mejor publicidad que un producto de calidad.

—Lo encallará la primera vez que navegue solo —le dijo Cam a sus espaldas.

—Seguro, pero se divertirá —dijo dando una palmada a Cam en el hombro—. Voy a preparar la factura.

La vieja nave de ladrillo que habían alquilado como astillero no tenía muchas comodidades. Casi toda estaba ocupada por un espacio abierto iluminado por tubos fluorescentes que colgaban del techo. Las ventanas eran pequeñas y siempre estaban cubiertas de polvo.

Las herramientas, los maderos, los litros de cola, los barnices y la pintura estaban al alcance de todos. En ese momento, el espacio estaba ocupado por el esqueleto del casco de un barco de pesca deportiva que iba a ser su segundo encargo. Las paredes eran de ladrillo visto con trozos de yeso. En lo alto de una escalera de hierro muy inclinada había una habitación diminuta y sin ventanas que servía de oficina. Phillip la tenía meticulosamente ordenada a pesar del tamaño y situación. La mesa metálica la había comprado en un mercadillo, pero estaba lustrosa. Encima había un calendario, su ordenador portátil, un teléfono de dos líneas con contestador automático y un cubilete de plástico para los lápices y bolígrafos.

Encajados en la mesa había dos archivadores, una fotocopiadora pequeña y un fax.

Se sentó y encendió el ordenador. La parpadeante luz del teléfono le llamó la atención. Fue a escuchar los dos mensajes, pero no habían dejado ninguno.

Al cabo de unos segundos, se abrió el programa que había adaptado para la empresa y sonrió al ver el logotipo.

Quizá estuvieran empezando la casa por el tejado, se dijo mientras metía los datos de la venta, pero no tenía que planteárselo así. La calidad del papel la justificaba como gasto de publicidad. Él dominaba la edición por ordenador, y hacer facturas, recibos o impresos no le suponía ninguna dificultad. Sólo insistía en que había que tener clase.

Mandó imprimir la factura justo cuando sonó el teléfono.

—Barcos Quinn...

Hubo un instante de duda y oyó a alguien que se aclaraba la garganta.

—Perdón, me he equivocado —dijo una amortiguada voz de mujer antes de colgar.

—No pasa nada, cariño —replicó Phillip al silencio del otro lado de la línea mientras recogía la factura.

—Ahí tenemos a un hombre feliz —comentó Cam una hora más tarde mientras veían cómo se alejaba el cliente con su balandro en el remolque.

—Más felices estamos nosotros. —Phillip sacó el cheque del bolsillo y lo agitó en el aire—. Si descontamos material, trabajo, gastos generales, suministros... —Volvió a doblar el cheque—. Bueno, hemos sacado suficiente como para ir tirando.

—¡No te dejes llevar por el entusiasmo! —ironizó Cam—. Tienes un cheque con cinco cifras en tu manita. Vamos a abrir esas cervezas.

—Casi todos los beneficios hay que reinvertirlos en la empresa —les avisó Phillip mientras volvían a entrar—. Cuando haga frío, las facturas de electricidad van a dispararse y la semana que viene toca pagar los impuestos trimestrales.

Cam abrió una cerveza y se la dio a su hermano.

—Cierra el pico, Phil.

—En cualquier caso —continuó Phillip sin hacerle caso—, es un gran momento en la historia de los Quinn. —Levantó la cerveza y brindó con sus hermanos—. Por nuestro médico de los pies, el primero de muchos clientes satisfechos. Para que los vientos le sean propicios y que cure muchos juanetes.

—Para que diga a todos sus amigos que nos llamen —añadió Cam.

—Para que navegue en Annapolis y no entre en esta parte de la bahía —terminó Ethan mientras sacudía la cabeza.

—¿Quién se viene a comer? —preguntó Cam—. Me muero de hambre.

—Grace ha preparado unos sándwiches —dijo Ethan—. Están en mi nevera portátil.

—Que Dios la bendiga.

—A lo mejor hay que posponer la comida un rato. —Phillip había oído el sonido de los neumáticos sobre la gravilla—. Creo que ha llegado lo que estaba esperando.

Salió encantado de ver el camión de transporte.

El conductor asomó la cabeza por la ventanilla.

—¿Quinn?

—Somos nosotros.

—¿Qué has comprado?

Cam frunció el ceño al ver el camión y se preguntó qué porción del cheque habría volado.

—Algo necesario. Va a necesitar que le echemos una mano.

—Tiene toda la razón —le agradeció el conductor mientras se bajaba—. Lo hemos tenido que cargar entre tres. El hijo de perra pesa más de noventa kilos.

Abrió las puertas traseras. Estaba en el suelo sobre una tela acolchada. Por lo menos medía cuatro metros de largo, dos de ancho y ocho centímetros de grueso. Unas letras mayúsculas talladas en roble tratado decían: BARCOS QUINN. En la esquina superior se veía un balandro a todo trapo. En la esquina inferior se leían los nombres de Cameron, Ethan, Phillip y Seth Quinn.

—Es precioso —consiguió decir Ethan cuando encontró las palabras.

—He aprovechado uno de los dibujos de Seth. El mismo que hemos usado para el logotipo. —Phillip pasó el pulgar por el roble y añadió—: La empresa de rótulos lo ha reproducido muy bien.

—Es fantástico. —Cam apoyó una mano en el hombro de Phillip—. Era uno de los detalles que nos faltaban. Seth va alucinar cuando lo vea.

—El orden es tanto cronológico como alfabético. Quería que fuera sencillo y claro. —Se apartó un poco con las manos en los bolsillos, una postura idéntica en los tres hermanos—. Creía que iba con el edificio y con nuestra actividad.

—Es perfecto. —Ethan asintió con la cabeza.

—Muy bien, amigos, ¿van a quedarse todo el día admirándolo o quieren bajar a este cabrón del camión? —les preguntó el camionero con cierta impaciencia.

Eran todo un espectáculo, pensó ella. Tres ejemplares sensacionales de hombres haciendo un trabajo físico en una calurosa tarde de principios de septiembre. Encajaban perfectamente con la nave. Era tosca, con los viejos

45

ladrillos gastados y agujereados, y los alrededores cubiertos de maleza…

Los tres eran distintos. Uno era moreno y con el pelo tan largo que podía hacerse una coleta. Llevaba unos vaqueros negros que ya parecían grises. Su aspecto tenía algo de europeo. Decidió que tenía que ser Cameron Quinn, el hombre que se había hecho un nombre en el circuito de carreras.

El segundo llevaba unas botas de trabajo que parecían antiguas. Su pelo quemado por el sol le rebosaba de una gorra con visera azul. Se movía con agilidad y levantaba un extremo del cartel sin esfuerzo aparente. Sería Ethan Quinn, el hombre de mar.

Eso significaba que el que quedaba tenía que ser Phillip Quinn, el ejecutivo de publicidad que trabajaba en una empresa puntera de Baltimore. Botas de caminar y vaqueros. Un pelo castaño que tenía que ser un placer para su peluquero. Un cuerpo largo y estilizado que seguramente visitaba el gimnasio con bastante frecuencia.

Era muy interesante. No se parecían nada físicamente y gracias a sus investigaciones sabía que compartían el apellido, pero no la sangre. Aun así, había algo en sus gestos y en la forma de moverse en equipo que decía que eran hermanos.

Su intención había sido pasar por allí para echar una ojeada al edificio donde se habían instalado. Sabía que uno de ellos estaría porque había contestado el teléfono, pero no había contado con tener la oportunidad de verlos en grupo.

Era una mujer a la que le gustaba lo inesperado.

Sintió un cosquilleo de nervios en el estómago. No estaba acostumbrada y se desentumeció los hombros. No tenía motivos para estar nerviosa. Al fin y al cabo, tenía ventaja. Ella los conocía pero ellos no la conocían a ella.

Era algo muy normal que una persona fuera paseando y se quedara mirando a tres hombres que colgaban un cartel enorme. Sobre todo una turista que paseaba por un pueblo pequeño, como lo era ella a todos los efectos. También era una mujer soltera y ellos eran tres hombres atractivos.

Aun así, cuando llegó delante de la nave, se quedó apartada. Parecía un trabajo muy arduo. El cartel estaba sujeto por unas cadenas negras. Habían hecho un sistema de poleas con el ejecutivo de publicidad de director subido en el tejado; y sus hermanos, en el suelo tirando. Empleaban el mismo entusiasmo para animar, maldecir y dar órdenes.

Desde luego, había mucho músculo en tensión, se dijo ella con una ceja arqueada.

—Por tu extremo, Cam. Un par de centímetros más, maldita sea.

Phillip, tumbado boca abajo, asomó medio cuerpo y ella contuvo la respiración.

Sin embargo, consiguió agarrar la cadena. Ella podía ver el esfuerzo que hacía para meter la argolla en el gancho, pero no podía oír lo que decía. Supuso que podía ahorrárselo.

—Ya está. Aguantad con fuerza —les ordenó mientras cruzaba por el alero hasta el otro lado.

El sol se reflejaba en su cabello y la piel le resplandecía. Se dio cuenta de que tenía los ojos fuera de las órbitas. Era un ejemplo perfecto de belleza masculina.

Él volvió a tumbarse, a asomarse y a agarrar la cadena para ponerla en su sitio... y para jurar en arameo. Cuando se levantó, pudo ver que tenía la camisa rasgada.

—Acababa de comprármela.

—Era preciosa —le gritó Cam.

—Tócame los huevos —le propuso Phillip mientras se quitaba la camisa para secarse el sudor de la cara.

Decidió que era un dios americano ideado para que las mujeres babearan.

Se enganchó la camisa rota en el bolsillo trasero del pantalón y fue hacia la escalera. Entonces, la vio. Ella no podía ver sus ojos, pero supo, por la pequeña pausa y porque ladeó la cabeza, que estaba mirándola. Ella sabía que era un análisis instintivo. Los hombres miraban, veían una mujer, la analizaban, se lo planteaban y tomaban una decisión.

Él ya la había visto de pies a cabeza y, antes de empezar a bajar las escaleras, ya estaba buscando la forma de poder observarla desde más cerca.

—Tenemos visita —comentó Phillip.

Cam miró por encima del hombro.

—Mmm. Muy guapa.

—Lleva diez minutos ahí. —Ethan se limpió las manos en los muslos—. Mirando el espectáculo.

Phillip se bajó de la escalera y se dio la vuelta.

—¿Y bien? —gritó a la chica—. ¿Qué te ha parecido? Se levantaba el telón. Se acercó a ellos.

—Muy impresionante. Espero que no os haya importado. No pude resistirme.

—En absoluto. Es un gran día para los Quinn —dijo alargando una mano—. Me llamo Phillip.

—Yo Sybill. Construís barcos…

—Eso dice el cartel.

—Fascinante. Estoy pasando un tiempo por aquí. No esperaba toparme con unos constructores de barcos. ¿Qué tipo de barcos hacéis?

—Barcos de vela con casco de madera.

—¿De verdad? —Dirigió la sonrisa hacia los otros hermanos—. ¿Sois todos socios?

—Yo soy Cam —dijo, devolviéndole la sonrisa—. Él es mi hermano Ethan.

—Encantada de conocerte, Cameron. —Empezó a leer el cartel—. Ethan, Phillip… —El corazón le latía a toda velocidad, pero no alteró la sonrisa—. ¿Dónde está Seth?

—En el colegio —le respondió Phillip.

—Ah, ¿en el colegio?

—Tiene diez años.

—Entiendo. —Se dio cuenta de que Phillip tenía unas viejas cicatrices muy cerca del corazón—. El cartel es impresionante. Me encantaría pasarme alguna vez para veros trabajar.

—Cuando quieras. ¿Hasta cuándo te quedas en St. Chris?

—No lo sé todavía. Encantada de conoceros. —Era el momento de retirarse. Tenía la garganta seca y el pulso acelerado—. Suerte con los barcos.

—Pásate mañana —le propuso Phillip mientras ella se alejaba—. Nos encontrarás a los cuatro en plena faena.

Ella lo miró por encima del hombro con la esperanza de que sólo pareciera divertida e interesada.

—A lo mejor lo hago.

Ella pensó en Seth sin dejar de mirar hacia delante. Le había dado la oportunidad de ver a Seth al día siguiente.

Cam dejó escapar un murmullo varonil.

—Debo decir que es una mujer que sabe caminar.

—Y tanto.

Phillip se metió las manos en los bolsillos y disfrutó de la visión. Tenía unas caderas estrechas, unas piernas esbeltas cubiertas por unos pantalones color maíz y una ceñida camisa color lima metida en el pantalón. El pelo, liso, lustroso y de color castaño oscuro, le ondulaba justo por encima de unos hombros fuertes.

La cara era igual de atractiva. Tenía un óvalo clásico, una piel pálida con reflejos melocotón y una boca bien dibujada y expresiva pintada de un color rosa muy pálido. Las cejas eran sexys, se dijo a sí mismo, oscuras y con una curva preciosa. No había podido verle los ojos por culpa de unas gafas con montura metálica y muy a la moda. Podían ser oscuros, como el pelo, o claros, para contrastar con él.

La suave voz de contralto remataba un buen conjunto.

—¿Vais a quedaros todo el día mirando el trasero de esa mujer? —les preguntó Ethan.

—Claro, tú ni te has fijado —gruñó Cam.

—Me he fijado, pero no me he quedado embobado. ¿No tenemos nada más que hacer?

—Ahora mismo —murmuró Phillip mientras se sonreía a sí mismo al ver que ella desaparecía por la esquina—. Sybill. Espero que te quedes algún tiempo en St. Chris.

Ella no sabía cuánto tiempo iba a quedarse. Disponía de todo su tiempo. Podía trabajar donde quisiera y había elegido ese pequeño pueblo de la costa este de Maryland. Había pasado casi toda su vida en ciudades, primero porque lo habían decidido sus padres y luego porque había sido así.

Nueva York, Boston, Chicago, Londres, Milán. Entendía el paisaje urbano y a sus habitantes. La realidad era que para la doctora Sybill Griffin, el estudio de la vida urbana era su profesión. Se había licenciado en antropología, sociología y psicología. Hizo una carrera de cuatro años en Harvard, una especialización en Oxford y un doctorado en Columbia.

Le había ido muy bien en el mundo académico y en ese momento, seis meses antes de cumplir treinta años, ya podía escribir su propio porvenir; que era precisamente lo que pensaba hacer para ganarse la vida: escribir.

Su primer libro, *Paisaje urbano*, había sido bien recibido, había cosechado buenas críticas y le había proporcionado unos ingresos modestos. Sin embargo, el segundo, *Desconocidos de toda la vida*, la había lanzado a las listas nacionales y al torbellino de la promoción, charlas y programas de televisión. La PBS estaba produciendo una serie documental que se basaba en sus observaciones y teorías sobre la vida y costumbres en la ciudad, y eso le daba cierta seguridad económica. Era independiente.

Su editor había aceptado la idea de un libro sobre las tradiciones y pautas de conducta en los pueblos. Al principio lo había considerado una excusa para ir a St. Christopher y pasar allí un tiempo dedicándose a asuntos personales.

Sin embargo, luego empezó a pensarlo mejor y decidió que podía ser una investigación interesante. Al fin y al cabo, era una observadora experta y documentaba muy bien sus observaciones.

Además, el trabajo podía calmarle los nervios, se dijo a sí misma mientras iba de un lado a otro de la habitación del hotel. Sería mucho más fácil y productivo plantearse el viaje como un trabajo de investigación. Necesitaba tiempo, objetividad y acceso a los sujetos implicados.

Al parecer, gracias a una circunstancia favorable, ya tenía las tres cosas.

Salió al balcón de metro y medio que el hotel, generosamente, llamaba terraza. Tenía una vista impresionante sobre la bahía de Chesapeake y le permitía vislumbrar la vida en el paseo marítimo. Ya había visto los barcos de pesca descargar los cangrejos azules que habían hecho famosa a aquella zona. Había observado el trabajo de los cangrejeros, el alboroto de las gaviotas y el vuelo de las garcetas, pero todavía tenía que dar un paseo por las tiendas.

No estaba en St. Chris para comprar recuerdos.

Quizá acercara una mesa a la ventana y trabajara con aquella vista. Cuando la brisa soplaba hacia ella, podía captar retazos de voces que hablaban un dialecto más fluido que el de las calles de Nueva York, donde había vivido los últimos años. No era un acento sureño, como el que se oía en Atlanta, Mobile o Charleston, pero era muy distinto del hablar atropellado y las consonantes ásperas del norte.

Las tardes soleadas podía sentarse en un banco de hierro de los muchos que había por el puerto y observar el pequeño mundo que se había formado alrededor del agua, los peces y el trabajo humano.

Comprobaría cómo se relacionaban los turistas y esa pequeña comunidad. Sus tradiciones, sus costumbres y sus expresiones. La forma de vestir, de moverse y la manera de hablar. Las personas casi nunca se daban cuenta de que seguían normas de conducta tácitas dictadas por el lugar donde vivían.

Normas, normas, normas. Hay normas en todos lados. Sybill creía ciegamente en ellas.

¿Qué normas dirigían la vida de los Quinn? ¿Qué aglutinante los había convertido en una familia? Naturalmente, tendrían sus códigos, su lenguaje propio y su criterio en cuanto a la disciplina.

¿Cómo y dónde encajaría Seth?

Su prioridad era descubrirlo discretamente.

No había ningún motivo para que los Quinn supieran quién era ni para que sospecharan su relación con él. Sería mejor para las dos partes que no lo supieran. Si no, podrían intentar y conseguir mantenerla alejada de Seth. Él ya llevaba unos meses con ellos. Ella no podía saber lo que le habían dicho, qué interpretación habían dado a lo sucedido.

Tenía que observar, analizar, pensar y sacar una conclusión. Luego, actuaría. Se impuso actuar sin presión. No se sentiría culpable ni responsable. Se lo tomaría con calma.

Después del encuentro con ellos, había decidido que era ridículamente fácil llegar a conocer a los Quinn.

Le bastaba con entrar en el edificio de ladrillo y mostrar cierto interés en la fabricación de barcos.

Phillip Quinn le franquearía el acceso. Había exhibido todos los comportamientos típicos de una fase inicial de atracción. No tendría ninguna dificultad en sacar partido de eso. Él sólo pasaba unos días a la semana en St. Chris y no había peligro de que un coqueteo circunstancial se convirtiera en algo más serio.

Tampoco le costaría mucho que la invitaran a su casa. Tenía que saber dónde y cómo vivía Seth, quién se ocupaba de su bienestar.

¿Era feliz?

Gloria había dicho que ellos le habían robado a su hijo. Que habían utilizado su dinero e influencias para arrebatárselo.

Sin embargo, Gloria era una mentirosa. Sybill cerró los ojos con fuerza, intentó serenarse, ser objetiva y no sentirse dolida. Efectivamente, Gloria era una mentirosa, se dijo otra vez. Una manipuladora. Sin embargo, también era la madre de Seth.

Sybill se fue hasta la mesa, abrió la agenda y sacó la fotografía. Un niño con pelo rubio y resplandecientes ojos azules le sonreía. La había sacado ella misma la única vez que lo vio.

Debía de tener cuatro años. Phillip había dicho que ya tenía diez y Sybill recordó que habían pasado seis años desde que Gloria se había presentado en su casa de Nueva York con el niño a cuestas.

Estaba desesperada, naturalmente. Arruinada, furiosa, llorosa e implorante. El niño la miraba con aquellos ojazos asustados y ella no tuvo más remedio que acogerla.

Sybill no sabía nada de niños. Nunca había estado rodeada de ellos. Quizá por eso se enamoró tan rápida y profundamente de él.

Se sintió desolada cuando, tres semanas después, volvió un día y comprobó que habían desaparecido con todo el dinero que había en la casa, sus joyas y la valiosa colección de porcelana Daum.

En esos momentos pensaba que debería habérselo imaginado. Había sido un comportamiento típico de Gloria. Sin embargo, ella había creído, había tenido que creer, que podrían entenderse; que el niño sería fundamental; que ella podría ayudarlos.

Esa vez, pensó mientras volvía a guardar la foto, tendría más cuidado, se dejaría llevar menos por los sentimientos. Sabía que Gloria decía parte de la verdad. Lo que hiciera a partir de ese momento sólo dependería de su criterio.

Empezaría a formarse un criterio cuando volviera a ver a su sobrino.

Se sentó, encendió el ordenador portátil y empezó a escribir las primeras anotaciones.

Parece que los hermanos Quinn tienen una relación cómoda con patrones masculinos. A juzgar por mi única observación, creo que trabajan bien juntos. Necesitaré un análisis más profundo para definir las funciones de cada uno en la sociedad laboral y en la sociedad familiar.

Cameron y Ethan llevan poco tiempo casados. Tendré que conocer a sus mujeres para entender las pautas de conducta de la familia. Lógicamente, una de ellas representará la figura de la madre. Dado que Anna Spinelli Quinn, la mujer de Cameron, trabaja a jornada completa, supongo que Grace

Monroe Quinn ejercerá esa función. No obstante, es un error generalizar sobre estas cuestiones y tendré que observarlo con mis propios ojos.

Me ha parecido significativo que el cartel que han colgado esta tarde llevara el nombre de Seth, como un Quinn más. No sé si la utilización de su nombre es en beneficio del niño o de ellos.

Seguro que el niño sabe que los Quinn están litigando por su custodia. No sé si ha recibido alguna de las cartas que le ha escrito Gloria. Quizá los Quinn se hayan quedado con ellas. Si bien entiendo y me identifico con su sufrimiento y desesperación por recuperar a su hijo, es mejor que no sepa que he venido aquí. Me pondré en contacto con ella cuando haya documentado mis hallazgos. Si en el futuro hay una batalla legal, plantear el asunto con hechos es mejor que hacerlo sólo con sentimientos.

Es de esperar que el abogado que ha contratado Gloria se ponga en contacto pronto con los Quinn por los cauces legales adecuados.

En cuanto a mí, espero ver a Seth mañana y hacerme una idea de la situación. Me vendrá bien determinar cuánto sabe sobre sus padres. Yo acabo de enterarme de todo y todavía no he asimilado completamente ni los hechos ni sus repercusiones.

Pronto comprobaré si los pueblos pequeños son un semillero de información. Antes de terminar, tengo intención de saber todo lo que pueda sobre el profesor Raymond Quinn.

3

Sybill comprobó que el bar era el típico sitio donde reunirse con gente, recabar información y celebrar rituales de emparejamiento, fuera en un pueblo pequeño o en una gran ciudad.

Estuviera decorado con latón y helechos o con cáscaras de cacahuetes y ceniceros de hojalata, pusieran música country o un rock estruendoso, era el punto donde se recogía y se intercambiaba información.

El pub Shiney de St. Christopher no era una excepción. La decoración consistía en madera oscura, cromados baratos y carteles desteñidos de barcos. La música era atronadora y ella no pudo distinguir el estilo que salía de unos amplificadores que había a los lados de un pequeño escenario donde cuatro jóvenes aporreaban unas guitarras y una batería con más entusiasmo que talento.

En la barra había tres hombres con los ojos clavados en una pequeña pantalla de televisión que retransmitía un partido de béisbol. Parecían satisfechos de ver en silencio las jugadas mientras apuraban unas botellas de cerveza oscura y comían puñados de galletas saladas.

La pista de baile estaba abarrotada. Sólo había cuatro parejas, pero la pista era tan pequeña que no paraban de darse golpes con los codos y las caderas, aunque a nadie le importaba.

Las camareras iban vestidas al gusto de la estúpida fantasía masculina: faldas cortas y negras, blusas diminutas con escote, medias de rejilla y zapatos con un tacón altísimo.

Sybill sintió lástima.

Se sentó en una mesa bamboleante que estaba lo más lejos posible de los amplificadores. El humo y el ruido no le importaban, como tampoco le importaban el suelo pringoso y la mesa coja. Desde allí podía ver perfectamente a todo el mundo.

Había llegado a tener verdaderas ganas de dejar la habitación del hotel durante un par de horas. Iba a tomar una copa de vino y a observar a los lugareños.

La camarera que la atendió era una morena menuda con una delantera envidiable y una sonrisa alegre.

—Hola, ¿qué le pongo?

—Una copa de Chardonnay y hielo aparte.

—Marchando.

Dejó un cuenco de plástico lleno de galletas saladas y volvió hacia la barra tomando pedidos por el camino.

Sybill se preguntó si habría conocido a la mujer de Ethan. Según su información, Grace Quinn trabajaba en aquel bar, pero el dedo anular de la morena no llevaba anillo y Sybill dio por sentado que una recién casada lo llevaría.

¿Sería la otra camarera? Decidió que ésa parecía peligrosa. Era rubia y de formas generosas. Sin duda, era atractiva, pero de una forma demasiado evidente. Tampoco tenía ningún rasgo que dijera que estaba recién casada, y menos la forma que tenía de inclinarse sobre la mesa de un cliente para que tuviera una buena perspectiva de su escote.

Sybill frunció el ceño y se comió una galleta. Si era Grace Quinn, desde luego no desempeñaba la función de madre.

Algo pasó en el partido de béisbol y los tres hombres empezaron a gritar y a felicitar a un tal Eddie.

Desacostumbrada, sacó la libreta y empezó a tomar notas. Las palmadas en la espalda y los puñetazos en los brazos de los hombres. El lenguaje corporal de las mujeres, que se inclinaban para ganar intimidad. Las miradas, los gestos con las manos, cómo se apartaban el pelo y, naturalmente, el ritual de apareamiento de la pareja moderna mediante el baile.

Así la encontró Phillip cuando entró. Sonreía ensimismada mientras no se perdía ningún detalle y escribía en la libreta. Pensó que parecía muy fría y distante. Era como si ella estuviera detrás de un cristal que fuera transparente sólo por un lado.

Se había agarrado el pelo en una cola de caballo lisa y lustrosa que le dejaba la cara despejada. De sus orejas colgaban unas gotas doradas con piedras de color. Vio cómo dejaba el bolígrafo para quitarse una chaqueta de ante amarillo claro.

Había entrado por un impulso, dejándose llevar por la agitación, y en ese momento bendecía ese estado de ánimo levemente desasosegante que le había dominado toda la noche. Ella era exactamente lo que había estado buscando.

—Sybill, ¿verdad?

Phillip pudo ver la sorpresa en sus ojos cuando los levantó para mirarlo. También pudo ver que eran cristalinos como un remanso de agua.

—Efectivamente. —Ella se repuso, cerró la libreta de notas y sonrió—. Tú eres Phillip, de Barcos Quinn.

—¿Estás sola?

—Sí…, a no ser que quieras sentarte a tomar algo.

—Me encantaría. —Phillip agarró una silla y señaló la libreta con la cabeza—. ¿Te he interrumpido?

—La verdad es que no —dijo mirando a la camarera que le traía la copa de vino.

—¿Quieres una cerveza de grifo, Phil?

—Me has leído el pensamiento, Marsha.

Marsha…, pensó Sybill. Eso eliminaba a la morena descarada.

—Es una música muy poco corriente.

—La música de aquí es espantosa por definición. —Phillip esbozó una sonrisa fugaz, encantadora y burlona—. Es una tradición.

—Entonces…, por las tradiciones.

Sybill levantó la copa, dio un sorbo, murmuró algo y empezó a echar hielo al vino.

—¿Cómo calificarías el vino?

—Bueno, es elemental y primitivo. —Dio otro sorbo y sonrió atractivamente—. Espantoso.

—Es otra tradición de la que Shiney se encuentra orgulloso. Tiene Sam Adams de grifo. Es una alternativa mejor.

—Lo tendré en cuenta. —Inclinó la cabeza sin dejar de sonreír—. Dado que conoces las tradiciones, daré por supuesto que has vivido algún tiempo por aquí.

—Así es. —Él entrecerró los ojos como si algo le rondara en lo más remoto de su memoria—. Te conozco.

A ella se le paró el pulso. Volvió a tomar la copa sin prisas. No le temblaba la mano y la voz era firme y tranquila.

—Me extrañaría.

—Estoy seguro. He visto esa cara. Antes no caí en la cuenta por las gafas de sol. Hay algo… —Alargó una mano, la puso debajo de su barbilla y le levantó un poco la cara—. Hay algo en esa mirada.

Las yemas de los dedos eran un poco ásperas y el contacto muy firme y seguro de sí mismo. El gesto le advertía de que era un hombre acostumbrado a tocar a las mujeres, y ella era una mujer que no estaba acostumbrada a que la tocaran.

Sybill arqueó una ceja como defensa.

—Una mujer resabiada diría que intentas ligar, y que no eres muy original.

—No suelo hacerlo —murmuró él sin dejar de mirarla—. Salvo que se me ocurra algo original. Tengo buena memoria para las caras y ésta la he visto. Ojos inteligentes y claros, una sonrisa un poco burlona… Sybill… —La miró con más atención y sonrió lentamente—. Griffin. La doctora Sybill Griffin, *Desconocidos de toda la vida*.

Ella soltó el aire que retenía en los pulmones. Hacía tan poco tiempo que las cosas le iban bien que seguía sorprendiéndose cuando la reconocían. En ese caso, la alivió. No había ninguna relación entre la doctora Griffin y Seth DeLauter.

—No está mal… —dijo ella con desenfado—. ¿Has leído el libro o has visto mi fotografía en la solapa?

61

—Lo he leído. Es fascinante. Es más, me gustó tanto que he comprado tu primer libro. Aunque no lo he leído todavía.

—Estoy halagada.

—Eres buena. Gracias, Marsha —añadió cuando la camarera le dejó la cerveza en la mesa.

—Dame un grito si necesitas algo más. —Marsha le guiñó un ojo.

—Será un alarido. Este grupo está batiendo el récord de ruido.

Eso le dio la excusa de acercar la silla a Sybill e inclinarse un poco. Notó que su aroma era sutil. Un hombre tenía que acercarse mucho para captar su mensaje.

—Dígame, doctora Griffin, ¿qué hace una renombrada urbanita en un pueblo de la costa y descaradamente rural como St. Chris?

—Investigar. Pautas de conducta y tradiciones —contestó ella mientras levantaba la copa en un brindis a medias—. De los pueblos pequeños y comunidades rurales.

—Un cambio de línea bastante considerable.

—La sociología y el interés cultural no se limitan, y no deberían limitarse, a las ciudades.

—¿Tomas notas?

—Algunas. El bar del pueblo —empezó a decir con algo más de tranquilidad—. Los habituales. Los tres de la barra, obsesionados con el ritual de los deportes masculinos hasta mantenerse al margen del ruido y de todo lo que les rodea. Podrían estar en casa repanchigados en una butaca, pero prefieren establecer vínculos mediante la participación pasiva en el acontecimiento. Así, tienen compañía, alguien con quien discutir o estar de acuerdo, alguien con quien compartir intereses. Da igual cuál. Lo que importa es la pauta.

A Phillip le pareció divertido que su voz adoptara un tono didáctico que sacaba a relucir un acento claramente yanqui.

—Los Orioles están luchando por el campeonato y estás en pleno territorio de los Orioles. Quizá sea el partido.

—El partido es el medio. La pauta se mantendría casi constante independientemente de que el medio fuera el béisbol o el baloncesto. —Se encogió de hombros—. El hombre típico disfruta más de los deportes si los ve acompañado de por lo menos otro hombre que piense igual. Sólo tienes que fijarte en los anuncios dirigidos a hombres. La cerveza, por ejemplo —dijo dando un golpecito en su vaso—. Muchas veces se vende mediante un grupo de hombres atractivos que comparten una experiencia. El hombre compra esa marca de cerveza porque cree que le mejora su posición en el grupo. —Él sonreía y ella arqueó las cejas—. ¿No estás de acuerdo?

—Sí, completamente. Trabajo en publicidad y has dado en el clavo.

—¿Publicidad...? —No hizo caso del remordimiento por fingir de aquella manera—. No me imaginaba que hubiera mucha demanda aquí.

—Trabajo en Baltimore. Vengo un rato los fines de semana. Un negocio familiar y una historia muy larga.

—Me encantaría oírla.

—Más tarde. —Aquellos ojos semitransparentes tenían algo que le hacía casi imposible mirar hacia otro lado—. Dime qué más ves.

—Bueno...

Era muy hábil. Una obra maestra. Podía mirar a una mujer como si fuera lo más importante del mundo en aquel momento. Notó un agradable vuelco del corazón.

—¿Ves aquella camarera? —continuó Sybill.

Phillip miró y vio el contoneo del trasero de la mujer mientras iba hacia la barra.

—No pasa desapercibida.

—Efectivamente. Ella cumple los requisitos de ciertas fantasías primitivas y típicamente masculinas. Pero yo me refiero a la personalidad, no al físico.

—De acuerdo. —Phillip se pasó la lengua por los dientes—. ¿Qué ves?

—Es eficiente, pero ya está contando el tiempo que le queda para irse a casa. Sabe elegir a los clientes que dejan más propina y engatusarlos. Ha desdeñado completamente a la mesa de universitarios. Una camarera experta y con el colmillo retorcido de Nueva York utilizaría las mismas tácticas de supervivencia.

—Se llama Linda Brewster —le informó Phillip—. Acaba de divorciarse y está a la caza de un nuevo marido más provechoso. Su familia es la dueña de la pizzería y ella lleva años de camarera eventual. ¿Quieres bailar?

—¿Cómo? —Entonces, tampoco era Grace, pensó Sybill mientras intentaba reordenar sus ideas—. ¿Cómo dices?

—El grupo se ha calmado o por lo menos ha bajado el volumen. ¿Quieres bailar?

—De acuerdo.

Dejó que él la tomara de la mano para llevarla a la pista de baile, donde se metieron con calzador entre la multitud.

—Creo que esto pretende ser una versión de *Angie* —susurró Phillip.

—Si Mick y sus muchachos lo oyeran, les pegarían un tiro.

—¿Te gustan los Rolling Stones?

—¿Por qué no iban a gustarme? —Sólo podían balancearse un poco y ella apartó la cabeza para mirarlo. No era un sacrificio encontrarse con su cara tan cerca ni sentirse estrechada contra su cuerpo—. Rock and roll puro y duro, sin adornos ni tonterías. Puro sexo.

—¿Te gusta el sexo?

Ella se rió.

—¿Por qué no iba a gustarme? Pero aunque agradezco la idea, no tengo intención de tener una relación sexual esta noche.

—Siempre queda un mañana.

—Sin duda.

Ella se imaginó besándolo y dejando que él la besara. El experimento tendría algún aspecto placentero. Sin embargo, volvió la cabeza hasta que las mejillas se rozaron. Era demasiado atractivo para correr riesgos temerarios.

Se recordó que era preferible ser prudente a ser estúpida.

—¿Puedo invitarte a cenar mañana? —Diestramente, él le acarició la espalda de arriba abajo—. Hay un sitio muy agradable en el pueblo. Tiene una vista maravillosa de la bahía y el mejor marisco de la costa. Podremos charlar en un tono normal y podrías contarme la historia de tu vida.

Él le había rozado la oreja con los labios y ella se había estremecido hasta la punta de los dedos de los pies.

Tendría que haber sabido que alguien como él sería un especialista en maniobras de aproximación.

—Lo pensaré. —Decidió dar lo mejor de sí misma y le pasó los dedos por la nuca—. Ya te lo diré.

Cuando terminó la canción y la siguiente estalló con un estruendo, ella se separó.

—Tengo que irme.

—¿Cómo...? —Él se inclinó para gritarle al oído.

—Tengo que irme. Gracias por el baile.

—Te acompaño fuera.

Volvieron a la mesa y él sacó unos billetes mientras ella recogía sus cosas. Sybill soltó una carcajada en cuanto salieron al aire fresco y tranquilo de la noche.

—Vaya, ha sido toda una experiencia, gracias por unirte a ella.

—Me alegro de no habérmela perdido. No es tarde —añadió Phillip mientras la agarraba de la mano.

—Suficientemente tarde. —Ella sacó las llaves de su coche.

—Pásate mañana por al astillero. Te lo enseñaré.

—Es posible. Buenas noches, Phillip.

—Sybill... —No hizo ningún esfuerzo por contenerse y se llevó la mano de ella a los labios sin dejar de mirarla a los ojos—. Me alegro de que hayas elegido St. Chris.

—Yo también.

Se metió en el coche aliviada de tener que concentrarse en poner el motor en marcha, encender las luces y soltar el freno de mano. Conducir era lo más natural del mundo para una mujer que casi toda su vida había dependido del transporte público o de su propio coche.

Dio marcha atrás para poder dar la vuelta hacia la carretera e hizo un esfuerzo para olvidarse de la sensación que notaba en los nudillos donde él había apoyado sus labios.

Sin embargo, no pudo resistir la tentación de mirar por el retrovisor para volver a verlo antes de alejarse.

Phillip decidió que volver al bar no tenía sentido. Se montó en el coche y pensó en ella de camino a su casa; en sus cejas arqueadas cuando hacía una afirmación o algo le divertía. En ese aroma íntimo y sutil que indicaba que si un hombre se acercaba lo suficiente como para captarlo, quizá, sólo quizá, tuviera la oportunidad de acercarse más.

Se dijo que era la mujer perfecta para dedicarle algo de su tiempo. Era guapa, inteligente, culta y sofisticada.

Además, era tan sexy que sus hormonas ya se habían fijado en ella.

Le gustaban las mujeres y lamentaba no tener tiempo para hablar con ellas. Le gustaba hablar con Anna y Grace, pero, evidentemente, no era lo mismo que hablar con una mujer que te despertaba las ganas de acostarte con ella. Y, últimamente, había echado de menos esa parcela de la relación entre hombre y mujer. Pocas veces tenía tiempo de hacer algo que no fuera arrastrarse hasta su piso después de una jornada de diez o doce horas de trabajo. Su intensa vida social había cambiado drásticamente desde que Seth había entrado en la familia.

Dedicaba la semana a las cuentas y a las consultas con el abogado. La batalla con la compañía de seguros por el pago de la indemnización empezaba a ser una pesadilla. Además, dentro de noventa días se decidiría la custodia definitiva de Seth. Él tenía la responsabilidad de ocuparse de la montaña de papeleo y de las llamadas que generaba todo eso; su especialidad era ocuparse de los detalles.

Pasaba los fines de semana entre los deberes de Seth, el astillero y todo lo que se hubiera colado por las rendijas que había dejado abiertas durante la semana. Todo ello dejaba poco tiempo para cenas agradables con mujeres atractivas y mucho menos para el ritual que exigía acostarse con esas mujeres.

Eso explicaba su desasosiego y los cambios de estado de ánimo, al menos eso suponía él. Cuando la vida sexual de un hombre se esfumaba, acababa poniéndose algo nervioso.

Entró en el camino de su casa y sólo vio la luz del porche. Era viernes por la noche y todavía no habían dado las doce, pensó con un suspiro. Qué bajo había caído. Hubo un tiempo en el que sus hermanos y él estarían divirtiéndose de aquí para allá. Bueno, Cam y él habrían tenido que arrastrar a Ethan, pero una vez convencido, habría llegado hasta el final.

Los Quinn no habían pasado en casa muchos viernes por la noche. En ese momento, se dijo mientras bajaba del jeep, Cam estaría en el piso de arriba acurrucado en los brazos de su mujer y Ethan en la casita de Grace. Los dos estarían sonrientes.

Cabrones afortunados...

Sabía que no podría dormirse y dio la vuelta a la casa para ir a donde los árboles se encontraban con la orilla del mar.

La luna era una esfera perfecta en medio de la oscuridad. La luz blanca iluminaba tenuemente el agua, las hierbas que crecían en la orilla y las gruesas hojas de los árboles.

Las cigarras cantaban con voces monótonas y estridentes, y en la espesura del bosque un búho ululaba incansablemente.

Quizá prefiriera los sonidos de la ciudad, las voces y el tráfico amortiguados por los cristales de las ventanas. Sin embargo, ese sitio siempre le parecía atractivo. Echaba de menos el ritmo de la ciudad, los espectáculos y los museos, la mezcla de comidas y de gente, pero todos los días, todos los años, podía captar la paz y serenidad de aquel lugar.

Estaba seguro de que sin él habría vuelto a la calle y estaría muerto.

—Siempre has querido algo más que eso.

Sintió un escalofrío por todo el cuerpo. Había dejado de mirar a la luna y a la luz que se filtraba entre las hojas, y ahora miraba a su padre. Al padre que había enterrado hacía seis meses.

—Sólo he tomado una cerveza —oyó que decía.

—No estás borracho, hijo. —Ray se acercó, su impresionante melena blanca resplandeció a la luz de la luna y los ojos lanzaron un destello guasón—. Será mejor que tomes aliento antes de que te desmayes.

Phillip soltó todo el aire con un resoplido, pero seguía oyendo un pitido.

—Voy a sentarme —dijo lentamente, como un anciano, mientras se dejaba caer sobre la hierba—. No creo en los fantasmas —dijo dirigiéndose al agua—, ni en las reencarnaciones ni en los espectros ni en las apariciones o cualquier otro fenómeno mental.

—Siempre has sido el más pragmático de todos. Para ti nada era real si no podías verlo, tocarlo y olerlo.

Ray se sentó a su lado con un suspiro contenido y estiró las largas piernas cubiertas por unos vaqueros desgastados. Cruzó los tobillos y en los pies llevaba unas zapatillas viejísimas que el propio Phillip había dado al Ejército de Salvación hacía unos seis meses.

—Bueno —dijo Ray despreocupadamente—. Estás viéndome, ¿no?

—No. Estoy viendo una alucinación fruto de la abstinencia sexual y del exceso de trabajo.

—No voy a discutir contigo. Hace una noche preciosa.

—Todavía no he llegado a una conclusión —se dijo Phillip—. Sigo enfadado por la forma en que murió, el motivo y todas las preguntas sin respuestas. Esto es una proyección.

—Sabía que eres el más cabezota de los tres. También sé que te quedan preguntas sin responder y que estás irritado. Tienes derecho a estarlo. Has tenido que cambiar de vida y aceptar responsabilidades que no te corresponden, pero lo has hecho y te lo agradezco.

—Ahora mismo no tengo tiempo para terapias. No me queda ni un hueco para las sesiones.

Ray dejó escapar una risotada.

—No estás borracho ni loco, sólo eres terco. ¿Por qué no empleas esa mente tan flexible que tienes y te planteas la posibilidad?

Phillip reunió todas sus fuerzas y giró la cabeza. Era la cara de su padre, ancha, arrugada por la vida y resplandeciente de humor. Los ojos azules chisporroteaban y la melena plateada se agitaba con el viento.

—Esto es imposible.

—Cuando tu madre y yo nos hicimos cargo de ti y de tus hermanos, hubo gente que dijo que era imposible que formáramos una familia. Estaban equivocados. Si les hubiéramos hecho caso, si hubiéramos hecho lo lógico, ninguno de vosotros habría estado con nosotros. Sin embargo, al destino, la lógica le importa un carajo. Sencillamente se produce. Y vosotros estabais destinados a ser nuestros.

—De acuerdo. —Phillip alargó una mano y volvió a retirarla por el susto—. ¿Cómo es posible? ¿Cómo puedo tocarte si eres un fantasma?

—Porque lo necesitas. —Ray, desenfadadamente, le dio una palmada en el hombro—. Me quedaré un rato.

Phillip notó que se atragantaba y que se le hacía un nudo en el estómago.

—¿Por qué?

—No terminé. Os lo endosé a ti y a tus hermanos. Lo siento, Phillip.

Phillip se dijo para sus adentros que aquello no estaba pasando; que seguramente era la fase inicial de algún trastorno mental. Notaba el aire cálido y húmedo en el rostro. Las cigarras seguían chirriando y el búho canturreando.

Pensó que si tenía una alucinación, lo normal sería seguirle el juego.

—Intentan decir que fue un suicidio —dijo lentamente—. La compañía de seguros nos discute la reclamación.

—Espero que sepas que eso es una majadería. Iba distraído. Fue un accidente. —La voz de Ray reflejaba nerviosismo, una impaciencia y una indignación que

Phillip reconoció—. Yo no habría elegido el camino más fácil y, además, tenía que pensar en el chico.

—¿Es Seth hijo tuyo?

—Puedo decirte que me pertenece.

Sintió una punzada en el corazón y en la cabeza mientras volvía a mirar el mar.

—Mamá estaba viva cuando se concibió.

—Lo sé. Nunca fui infiel a tu madre.

—Entonces cómo…

—Tienes que aceptarlo por él mismo. Sé que te preocupas por él. Sé que haces todo lo posible por él. Tienes que dar ese último paso. La aceptación. Os necesita a todos vosotros.

—No va a pasarle nada —aseguró Phillip sombríamente—. Nosotros nos ocuparemos de eso.

—Te cambiará la vida si le dejas.

Phillip soltó una risa forzada.

—Créeme, ya lo ha hecho.

—De una forma que mejorará tu vida. No te cierres a esas posibilidades y no te preocupes demasiado por esta visita. —Ray le dio una palmada amistosa en la rodilla—. Habla con tus hermanos.

—Claro, voy a contarles que he estado charlando a la luz de la luna con… —Se dio la vuelta y sólo vio los árboles con un aire fantasmal—. Nadie. —Se tumbó en la hierba para ver las estrellas—. Dios mío, necesito unas vacaciones.

4

No resultaría si parecía demasiado interesada, se recordó Sybill. O si llegaba demasiado pronto. Tenía que ser algo normal. Tenía que estar tranquila.

Decidió no ir en coche. Si se acercaba por el paseo marítimo, parecería que pasaba por allí. Además, si visitaba el astillero en medio de una tarde de compras y paseo, parecería más una idea repentina que algo premeditado.

Para tranquilizarse, fue hasta el paseo marítimo. Era una mañana de sábado preciosa que había atraído a muchos turistas. Iban de un lado a otro, como ella, entraban en las tiendecitas y se detenían a ver los barcos en la bahía. Nadie parecía tener prisa ni un destino concreto. Era muy distinto a los sábados en la ciudad, donde incluso los turistas parecían tener prisa para llegar a los sitios.

Lo pensaría y lo analizaría, y quizá desarrollara alguna teoría en el libro. Realmente le parecía interesante y sacó una grabadora del bolso para esbozar algunas observaciones.

Las familias parecen tranquilas y sin prisas por encontrar la diversión que han venido a buscar. Los lugareños parecen amigables y pacientes. La vida transcurre lentamente para adaptarse al ritmo que ha fijado la gente que se gana la vida aquí.

Las tiendas pequeñas no estaban haciendo una caja memorable, como lo llamó ella, pero los tenderos tampoco tenían la mirada ansiosa y recelosa que tienen donde hay muchedumbres con las carteras a buen recaudo.

Compró unas postales para amigos y colegas de Nueva York y luego, más por costumbre que por necesidad, un libro sobre la historia de la zona. Supuso que le ayudaría en su investigación. Se fijó en un hada de aluminio con una lágrima de cristal que le colgaba de un elegante dedo, pero se contuvo y se recordó que en Nueva York podía comprar todo tipo de cosas inútiles.

Crawford's parecía un punto de reunión y entró para comprarse un helado de cucurucho. Le tendría las manos ocupadas mientras recorría las pocas manzanas hasta el astillero.

Reconocía que los puntos de apoyo eran necesarios. Todo el mundo los utilizaba en la representación diaria que era vivir. Una copa en una fiesta, un libro en el metro, los adornos, se dio cuenta de que en ese momento estaba dando vueltas al collar con los dedos.

Lo soltó y se concentró en el helado de frambuesa.

No tardó mucho en llegar a las afueras del pueblo. Calculó que todo el paseo marítimo no tendría mucho más de una milla de un extremo a otro.

Los barrios avanzaban hacia el oeste desde la costa. Eran calles estrechas con casas muy cuidadas y diminutos jardines de césped con vallas muy bajas que estaban pensadas tanto para el cotilleo como para fijar los límites. Los árboles eran grandes y frondosos y todavía conservaban el verde profundo del verano. Pensó que serían preciosos cuando llegara el otoño.

Los niños jugaban en los jardines o montaban en bicicleta por las aceras en cuesta. Vio un joven que enceraba con esmero un viejo Chevrolet y cantaba a gritos y desafinadamente algo que escuchaba por unos auriculares.

Cuando ella pasó, un perro sin raza de piernas largas y orejas colgantes corrió hasta la valla entre ladridos roncos y graves. A Sybill se le alteró un poco el pulso cuando el animal apoyó sus patazas en la valla, pero siguió andando.

No sabía mucho de perros.

Vio el jeep de Phillip en el aparcamiento que había junto al astillero. Una camioneta bastante vieja lo acompañaba. Las puertas y algunas ventanas del edifico estaban abiertas de par en par y a través de ellas se oía el rugido de las sierras y el ritmo sureño de John Fogerty.

Sybill tomó aliento mientras terminaba el cucurucho. Había llegado la hora.

Entró y, por un instante, el lugar la dejó perpleja. Era enorme, polvoriento y luminoso como si estuviera en un escenario. Los Quinn estaban en pleno trabajo. Ethan y Cam estaban colocando un tablón largo y curvado en lo que suponía que era el armazón de un casco. Phillip cortaba madera con una sierra mecánica de aspecto bastante amenazador.

No vio a Seth.

Se quedó atónita un momento y se preguntó si no debería irse por donde había llegado. Si no estaba su sobrino, sería más sensato dejar la visita para otro momento, cuando estuviera segura de que lo encontraría.

Quizá hubiera ido a pasar el día con algún amigo. ¿Tendría amigos? También podría estar en casa. ¿La consideraba su casa?

Antes de responderse, la sierra mecánica se quedó en silencio y sólo se escuchó a John Fogerty que cantaba algo sobre un apuesto hombre de ojos marrones. Phillip se apartó, se levantó las gafas de protección, se dio la vuelta y la vio.

La sonrisa de bienvenida fue tan franca e inmediata que ella sintió verdadero remordimiento.

—Os interrumpo —gritó para que la oyera por encima de la música.

—Gracias a Dios. —Phillip se limpió las manos en los vaqueros y fue hacia ella—. Llevo todo el día sin ver otra cosa que a estos tíos. La mejoría es considerable.

—He decidido hacer turismo. —Sacudió la bolsa que llevaba en la mano—. Y he pensado que podía aceptar tu oferta de enseñarme esto.

—Esperaba que lo hicieras.

—Así que… eso es un barco.

Desvió la mirada hacia el casco. Le pareció más seguro que seguir mirando aquellos ojos color caramelo.

—Es el casco. O lo será. —La tomó de la mano y la llevó hacia allí—. Va a ser un barco de pesca deportiva.

—¿Y qué es eso?

—Uno de esos barcos preciosos donde se montan los hombres para comportarse como hombres y pescar peces espada mientras beben cerveza.

—¡Eh, Sybill! —Cam le lanzó una sonrisa—. ¿Quieres un trabajo?

Ella miró las herramientas afiladas y los tablones.

—Creo que no. —No le costó nada devolverle la sonrisa y mirar hacia Ethan—. Me parece que vosotros tres sabéis lo que hacéis.

—Nosotros sabemos lo que hacemos. —Movió el pulgar entre Ethan y él—. A Phillip lo tenemos para que se entretenga.

—No me aprecian.

Ella se rió y empezó a rodear el casco. Podía entender la estructura básica, pero no el proceso de construcción.

—Supongo que está boca abajo.

—Muy perspicaz. —Phillip sonrió cuando ella arqueó una ceja—. Una vez colocados los tablones, le damos la vuelta y empezamos con la cubierta.

—¿Tus padres construyen barcos?

—No, mi madre era médico y mi padre catedrático de universidad. Pero nos criamos entre barcos.

Notó en su voz el cariño y el dolor que todavía no había asimilado del todo. Había pensado hacerle más preguntas sobre sus padres, pero no pudo.

—Nunca he montado en un barco.

—¿Nunca?

—Supongo que debe de haber millones de personas en el mundo que no han montado en un barco.

—¿Quieres montar?

—Quizá. Me ha gustado ver los barcos desde la ventana de mi habitación. —Cuanto más lo miraba, más ganas tenía de resolver el rompecabezas del casco—.

¿Cómo sabes por dónde empezar a construirlo? Supongo que empiezas por un proyecto, un plano, un esquema o como se llame.

—Ethan plantea el proyecto, Cam enreda y Seth lo dibuja.

—Seth... —Agarró con fuerza el asa del bolso y pensó otra vez en los puntos de apoyo—. ¿No habías dicho que tiene diez años?

—Sí. El chico tiene verdadero talento para el dibujo. Mira esto.

Esa vez captó orgullo y eso la puso nerviosa. Hizo un esfuerzo por mantener la compostura y lo siguió hasta el muro, donde había unos dibujos enmarcados con madera natural. Eran muy, muy buenos. Eran unos esbozos hechos a lápiz y con mucho cuidado y talento.

—Él... ¿Esto lo ha dibujado un niño?

—Sí. No está mal, ¿verdad? Éste es el barco que acabamos de terminar —dijo señalando un dibujo— y éste es el que estamos construyendo.

—Tiene mucho talento —murmuró ella a pesar del nudo que tenía en la garganta—. Maneja muy bien la perspectiva.

—¿Tú dibujas?

—Un poco, de vez en cuando. Como afición. —Tuvo que darse la vuelta para reponerse—. Me tranquiliza y me ayuda en el trabajo. —Se apartó el pelo y se obligó a esbozar una sonrisa resplandeciente—. ¿Y dónde está el artista?

—Ah, está...

Se calló al ver que dos perros entraban como balas en el edificio. Sybill retrocedió instintivamente cuando el más pequeño fue directamente hacia ella. Dejó escapar un sonido de fastidio y Phillip levantó un dedo y se dirigió al perro.

—¡Alto, idiota! No saltes. No saltes.

Sin embargo, la velocidad de *Tonto* era excesiva y ya estaba con las patas delanteras justo debajo de los pechos de Sybill. Se tambaleó un poco ante la visión de unos dientes afilados que ella tomó por fiereza y no por la sonrisa de un perro un poco empalagoso.

—Que perro… más… simpático —balbució Sybill.

—Más estúpido —le corrigió Phillip mientras lo bajaba agarrándole del collar—. Mal educado. Siéntate. Lo siento —le dijo a Sybill mientras el perro se sentaba y le daba la pata—. Es *Tonto*.

—Bueno…, un poco impulsivo.

—No, se llama *Tonto*, y también lo es. Se quedará así hasta que le des la mano.

—Ah, ¡mm! —Tomó la pata con dos dedos.

—No muerde. —Phillip inclinó la cabeza al notar que los ojos de ella mostraban más miedo que enfado—. Lo siento… ¿Te dan miedo los perros?

—Yo…, un poco, los perros desconocidos…

—Claro. El otro perro es *Simon* y es mucho más educado. —Phillip rascó las orejas de *Simon* que se había sentado para observar tranquilamente a Sybill—. Es de Ethan. El idiota es de Seth.

—Entiendo. —Seth tenía un perro que volvía a darle la pata mientras la miraba con aparente veneración—. Me temo que no sé mucho de perros.

—Son retrievers de la bahía de Chesapeake. Bueno, *Tonto* tiene algo de mezcla. Seth, llama a tu perro antes de que llene de babas los zapatos de la señora.

79

Sybill levantó la cabeza y vio a un niño en la puerta. Estaba a contraluz y no podía verle la cara. Sólo podía distinguir a un niño alto y un poco delgado que llevaba una bolsa marrón bastante grande y una gorra de béisbol negra y naranja.

—Tampoco babea tanto. ¡Eh, *Tonto*!

Los perros se levantaron al instante y cruzaron la nave a toda velocidad. Seth se abrió paso entre ellos y llevó la bolsa hasta una mesa hecha con una tabla y unos caballetes.

—No sé por qué tengo que ir siempre a por la comida y vuestros recados —se quejó.

—Porque somos mayores que tú —replicó Cam antes de lanzarse a por la bolsa—. ¿Me has traído el barniz con poco plomo?

—Sí, sí…

—¿Dónde está mi cambio?

Seth sacó una lata de Pepsi, la abrió y dio un sorbo.

—¿Qué cambio? —le preguntó con una sonrisa.

—Mira, ladronzuelo, me sobran por lo menos dos dólares.

—No sabes lo que dices. Te has vuelto a olvidar de los gastos por entrega en mano.

Cam intentó agarrarlo, pero Seth se escabulló ágilmente entre risas.

—Amor de hermanos —dijo Phillip—. Yo sólo le doy el dinero exacto, si no, nunca vuelves a ver un céntimo de cambio. ¿Quieres comer algo?

—No, yo…

No podía apartar los ojos de Seth, aunque sabía que tenía que hacerlo. Estaba hablando con Ethan y gesticulaba mucho con la mano que le quedaba libre mientras el perro daba saltos para agarrarle los dedos.

—Yo ya he comido algo, pero come tú —terminó de decir Sybill.

—¿Y algo de beber? ¿Me has traído el agua, chaval?

—Sí, agua de diseño… Eso es tirar el dinero. Crawford's estaba a tope, tío.

Crawford's. Sybill sintió algo que no pudo definir al darse cuenta de que podían haber estado a la vez en la tienda. Quizá hubieran ido uno al lado del otro. Ella podría haberse cruzado con él sin reconocerlo.

Seth desvió la mirada de Phillip a Sybill y la observó con cierta curiosidad.

—¿Va a comprar un barco?

—No.

Él no la había reconocido. Naturalmente, no tenía por qué. La única vez que se vieron, él era poco más que un bebé. Sus ojos no indicaban ningún asombro por haber reconocido a un familiar, como no lo habrían indicado los de ella. Aunque ella lo sabía.

—Estoy echando una ojeada —añadió Sybill.

—Eso mola.

Seth volvió a la bolsa y sacó su sándwich.

—Ah… —Sybill hizo un esfuerzo para que se le ocurriera algo que decir—. Phillip me ha enseñado tus dibujos. Son fantásticos.

—No están mal. —Seth se encogió de hombros, pero Sybill había visto el brillo de orgullo en sus ojos—. Puedo hacerlo mejor, pero siempre están metiéndome prisas.

Se acercó a él con naturalidad, al menos eso esperaba ella. Podía verlo mejor. Tenía los ojos azules, pero de un azul más oscuro que los de su madre. El pelo era algo más oscuro que el del niño de la foto que llevaba con ella. A los cuatro años tenía el pelo como estopa y ahora era liso y rubio oscuro. La boca y la barbilla sí guardaban cierto parecido.

—¿Quieres ser artista? —le preguntó para seguir hablando con él.

—A lo mejor, pero eso es para pasar el rato. —Dio un mordisco al sándwich y siguió hablando con la boca llena—. Somos constructores de barcos.

Sybill notó que tenía las manos bastante sucias y la cara por el estilo. Supuso que en una casa de hombres no se tenían en cuenta delicadezas como lavarse las manos antes de comer.

—A lo mejor te dedicas al diseño.

—Seth, es la doctora Sybill Griffin. —Phillip le dio a Sybill un vaso de agua con gas y mucho hielo—. Escribe libros.

—¿De historias?

—No exactamente —le contestó ella—. De observaciones. Ahora estoy pasando una temporada por esta zona para hacer observaciones.

Seth se limpió la boca con el dorso de la mano. La mano que había lamido *Tonto* una y otra vez, se dijo Sybill con cierto espanto.

—¿Vas a escribir un libro de barcos?

—No, sobre la gente. Sobre la gente que vive en pueblos pequeños y, más concretamente, en pueblos pequeños a orillas del mar. A ti, ¿qué te parece? Vivir aquí, quiero decir.

—Me gusta. La vida en la ciudad es un coñazo. —Dio otro sorbo del refresco—. La gente que vive allí está chalada —dijo sonriendo—, como Phil.

—Eres un paleto, Seth. Me preocupas.

Seth soltó un gruñido y dio otro mordisco del sándwich.

—Me voy al muelle. Tengo unos pantalones tendidos.

Salió corriendo con los perros detrás.

—Tiene opiniones muy rotundas —dijo Phillip con un aire de ironía—. Supongo que el mundo es bastante blanco y negro cuando tienes diez años.

—No le importa la vida en la ciudad. —Sybill notó que la curiosidad había superado a los nervios—. ¿Ha estado contigo en Baltimore?

—No. Vivió un tiempo allí con su madre. —El tono se hizo más sombrío y Sybill arqueó una ceja—. Es una parte de esa larga historia que te dije.

—Creo que yo también dije que me encantaría oírla.

—Entonces, cena esta noche conmigo y nos contaremos las historias de nuestras vidas.

Sybill miró hacia las puertas correderas. Seth había salido por ellas como si estuviera en su casa. Tenía que pasar más tiempo con él para observarlo. Además, decidió que quería saber lo que decían los Quinn sobre el asunto. ¿Por qué no empezar por Phillip?

—De acuerdo.

—Te recogeré a las siete.

Ella sacudió la cabeza. No parecía nada peligroso, pero tampoco quería correr riesgos.

—No, nos encontraremos allí. ¿Dónde está el restaurante?

—Te lo escribiré. Podemos empezar la visita por mi oficina.

Fue bastante agradable e interesante. La visita en sí no duró mucho. Aparte de la enorme zona de trabajo, no había mucho que ver en el astillero: la diminuta oficina de Phillip, un cuarto de baño más diminuto y un almacén oscuro y sucio.

Era evidente que el alma y el corazón estaban en la zona de trabajo.

Ethan le explicó pacientemente el pulido de los tablones, la línea de flotación y la curvatura. Ella pensó que habría sido un profesor excelente. Era claro, hablaba con sencillez y estaba dispuesto a contestar preguntas que para él tenían que ser elementales.

Miró con auténtica fascinación cómo metían los tablones en unas cajas y soltaban vapor hasta que se curvaban como ellos querían. Cam le demostró cómo rebajaba los extremos para que las maderas se ensamblaran perfectamente.

Al observar a Ethan y a Cam, tuvo que reconocer que, sin duda, había un lazo entre ellos. Si se hubiera topado con ellos sin saber nada, habría dado por sentado que eran hermanos, o, quizá, padre e hijo. Era una cuestión de gestos y movimientos.

Por otro lado, pensó, tenían público y, seguramente, estarían esmerándose.

Ya comprobaría cómo se comportaban cuando se acostumbraran a ella.

Cam soltó un silbido largo y penetrante cuando Sybill salió del edificio, y levantó las cejas con un gesto significativo.

—Muy simpática, hermanito. Y muy guapa.

Phillip sonrió y dio un sorbo de la botella de agua.

—No me quejo.

—¿Va a quedarse lo suficiente…?

—Si Dios existe…

Seth dejó un tablón junto a la sierra y resopló.

—Mierda, ¿quiere decir que vas a empezar a darle la tabarra? ¿Los tíos sólo pensáis en eso?

—¿Aparte de darte la tabarra a ti? —Phillip le quitó la gorra y le dio con ella en la cabeza—. Claro, ¿qué vamos a hacer si no?

—Los tíos siempre queréis casaros —dijo Seth con desprecio mientras intentaba recuperar la gorra.

—Yo no quiero casarme. Sólo quiero cenar civilizada y agradablemente con ella.

—Y luego tirártela.

—¡Caray! Aprende esas cosas de ti —acusó Phillip a Cam.

—Ya las sabía. —Cam rodeó el cuello de Seth con un brazo—. A que sí, canalla.

Seth ya no se asustaba como antes cuando lo tocaban o agarraban. En cambio, se rió y se retorció.

—Yo por lo menos pienso en otras cosas aparte de las tías. Vosotros estáis enfermos.

—¿Enfermos? —Phillip se puso la gorra de Seth en la cabeza y se frotó las manos—. Vamos a tirar a este renacuajo al mar.

—¿No podéis dejarlo para más tarde? —preguntó Ethan mientras Seth gritaba fingiendo quejarse—. ¿Tengo que hacer el maldito barco yo solo?

—De acuerdo, lo dejaré para más tarde. —Phillip se agachó hasta ponerse a la altura de Seth—. Pero no sabrás ni cuándo ni dónde ni cómo.

—Tío, estoy temblando.

Hoy he visto a Seth.

Sybill se mordió el labio inferior y borró la frase que acababa de escribir en el ordenador portátil.

Esta tarde he establecido contacto con el sujeto.

Así le gustaba más, era más objetivo. Para plantearse correctamente la situación, sería mejor que pensara en Seth como en un sujeto.

Ninguna de las partes nos hemos reconocido. Como era de esperar, naturalmente. Parece sano. Es atractivo, un poco delgado, pero fuerte. Gloria ha sido siempre delgada, así que supongo que ha heredado su físico. Es rubio, como ella, o como era ella la última vez que la vi.

Estuvo cómodo conmigo. Sé que hay niños que se muestran tímidos con los desconocidos, pero éste no fue el caso.

No estaba en el astillero cuando llegué y apareció al poco rato. Le habían mandado a la tienda a por la comida. Por las quejas y la conversación, puedo concluir que suelen mandarlo a hacer los recados. Esto puede interpretarse de dos formas: o que los Quinn se aprovechan de él porque es pequeño o que quieren inculcarle el sentido de la responsabilidad.

Lo más probable es que la verdad esté en el término medio.

Tiene un perro. Creo que es normal, incluso una costumbre entre los niños que viven en zonas rurales o residenciales.

También tiene talento para el dibujo. Esto me ha sor-
prendido bastante. Yo tengo cierta habilidad, como la tiene
mi madre, pero Gloria nunca mostró ninguna destreza ni
interés en el arte. Este interés común puede ser un primer
paso para establecer una relación con el sujeto. Tendré que
pasar algún tiempo a solas con él para poder elegir el camino
correcto.

En mi opinión, el sujeto está muy bien con los Quinn.
Parece contento y a salvo. Sin embargo, tiene cierta aspere-
za, una ligera tosquedad. Le he oído decir varias palabrotas
durante la hora que estuve con él. Una vez o dos le repren-
dieron superficialmente, pero no se preocupan por su lenguaje.

Nadie le dijo que se lavara las manos antes de comer ni le
riñeron por hablar con la boca llena ni por darle de su comida
al perro. Sus modales no son espantosos, pero tampoco son pri-
morosos.

Dijo que prefería vivir aquí que en la ciudad. En reali-
dad, se mostró desdeñoso con la vida urbana. He aceptado salir
a cenar con Phillip esta noche y voy a hacer que me cuente to-
do lo que pasó para que Seth acabara con ellos.

Su versión, en comparación con la de Gloria, me ayuda-
rá a hacerme una idea de la situación.

El próximo paso será conseguir que me inviten a casa
de los Quinn. Me interesa mucho saber dónde vive el sujeto,
verlos a todos en su salsa. También me interesa mucho co-
nocer a las mujeres que forman parte de su familia adoptiva.

No creo que me ponga en contacto con los servicios sociales
hasta que haya terminado mi estudio personal.

Sybill se apoyó en el respaldo y tamborileó con los
dedos en la mesa mientras repasaba sus notas. No era

mucho, se dijo. Además, era culpa suya. Creía que estaba preparada para volver a verlo y no lo estaba.

Se había quedado triste y con la boca seca. El niño era su sobrino, su familia. Aun así, eran unos desconocidos. ¿Acaso eso no era culpa suya casi tanto como de Gloria? ¿Acaso había intentado estar en contacto con él?

Era verdad que casi nunca había sabido dónde estaba, pero tampoco había hecho nada por encontrarlos a él o a su madre.

Las pocas veces que Gloria la había llamado para pedirle dinero, siempre dinero, ella le había preguntado por Seth, pero siempre había creído lo que ella le había dicho: que Seth estaba bien. Nunca había hecho nada por verlo o hablar con él. Le había resultado más fácil enviar un giro postal y olvidarse de ellos.

Más fácil, reconoció. La única vez que le dejó entrar en su vida, la única vez que le abrió las puertas de su casa y su corazón, se lo llevaron otra vez y ella sufrió mucho.

Esa vez, haría algo. Haría lo que tuviera que hacer, lo que fuera mejor para él. Sin embargo, no se implicaría demasiado sentimentalmente. Al fin y al cabo, no era su hijo. Si Gloria conseguía la custodia, él volvería a desaparecer de su vida.

Aun así, haría un esfuerzo, se aseguraría de que él estaba bien situado. Luego, seguiría con su vida y su trabajo.

Satisfecha, guardó el documento y abrió el otro para seguir con las notas del libro. El teléfono sonó antes de que pudiera empezar.

—Doctora Griffin, dígame.

—Sybill, me ha costado Dios y ayuda dar contigo.

—Madre. —Sybill dejó escapar un suspiro y cerró los ojos—. ¿Qué tal estás?

—¿Te importaría decirme qué estás haciendo?

—En absoluto. Estoy investigando para un libro. ¿Qué tal está padre?

—Por favor, no ofendas mi inteligencia. Creo que habíamos quedado en que te mantendrías al margen de ese sórdido asunto.

—No. —Se le encogió el estómago como siempre que se enfrentaba a una discusión familiar—. Quedamos en que tú preferías que me mantuviera al margen. Yo he decidido que prefería no hacerlo. He visto a Seth.

—No me interesan ni Gloria ni su hijo.

—A mí sí. Siento que te fastidie.

—¿Esperabas otra cosa? Tu hermana ha decidido que su vida ya no tiene nada que ver con la mía. Yo no voy a dejarme arrastrar a la suya.

—No tengo intención de arrastrarte a nada. —Resignada, Sybill buscó una aspirina en su bolso—. Nadie sabe quién soy. Incluso si me relacionaran con el doctor Walter Griffin y señora, eso no conduce a Gloria y Seth DeLauter.

—Puede conducir si alguien tiene suficiente interés. Sybill, no puedes conseguir nada por estar ahí metiéndote en medio de la situación. Quiero que te vayas. Vuelve a Nueva York o ven a París. Si no me haces caso a mí, a lo mejor se lo haces a tu padre.

Sybill se tragó la aspirina con un sorbo de agua.

—Voy a llegar hasta el final de todo esto. Lo siento.

Se hizo un silencio cargado de tensión e impotencia. Sybill cerró los ojos y esperó.

—Siempre habías sido un motivo de felicidad para mí. No me esperaba una traición como ésta. Me arrepiento muchísimo de haberte comentado la situación. No lo habría hecho si hubiera sabido que ibas a reaccionar así.

—Es un niño de diez años, madre. Es tu nieto…

—No tiene nada que ver conmigo ni contigo. Si no lo dejas, Gloria te hará pagar por lo que tú consideras una amabilidad.

—Puedo manejar a Gloria.

Esa vez escuchó una risa breve y frágil como el cristal.

—Eso te has creído siempre y siempre te has equivocado. Por favor, no nos comentes nada de este asunto ni a tu padre ni a mí. Esperaré a saber algo de ti cuando hayas recuperado la cordura.

—Madre…

Sybill hizo una mueca al oír el tono del teléfono. Barbara Griffin era una especialista en decir la última palabra. Sybill colgó el teléfono con mucho cuidado. Se tomó un antiácido.

Luego, de manera desafiante, se volvió hacia la pantalla del ordenador y se concentró en el trabajo.

5

Dado que Sybill siempre era puntual y, que ella supiera, el resto del mundo nunca lo era, le sorprendió ver a Phillip sentado en la mesa que había reservado.

Él se levantó y le obsequió con una sonrisa irresistible y una rosa amarilla. Ambas cosas le encantaron e intrigaron.

—Gracias.

—Es un placer. Sinceramente, estás guapísima.

Se había esmerado bastante en ese sentido, pero más por ella misma que por él. La llamada de su madre la había dejado deprimida y con remordimiento. Había intentado combatir las dos sensaciones dedicándole un buen rato y bastante esfuerzo a su aspecto físico.

El sencillo vestido negro de escote cuadrado y mangas largas y ceñidas era uno de sus favoritos. El collar de perlas de una vuelta era una herencia de su abuela paterna y lo adoraba. Se había recogido el pelo en lo alto de la cabeza con una vuelta bastante suelta y se había puesto unos pendientes de turquesa comprados en Londres hacía unos años.

Sabía que eran el tipo de armaduras femeninas que se ponían las mujeres para ganar seguridad y fuerza. Quería las dos cosas.

—Gracias otra vez. —Se sentó enfrente de él y olió la rosa—. Tú también estás muy guapo.

—Conozco la lista de vinos de aquí —dijo Phillip—. ¿Te fías de mí?

—¿En el vino? ¿Por qué no?

—Perfecto. —Miró al camarero y le dijo—: Tomaremos una botella del número 103.

Ella dejó la rosa junto al menú con tapas de cuero.

—¿Qué vino es?

—Un Pouilly Fuisse muy agradable. Recuerdo que te gusta el blanco. Creo que éste te parecerá bastante mejor que el de Shiney.

—No es muy difícil.

Phillip ladeó la cabeza y le tomó la mano.

—¿Te pasa algo?

—No. —Ella esbozó una sonrisa forzada—. ¿Qué iba a pasarme? Es tal y como dijiste. —Volvió la cabeza para mirar por el ventanal que daba sobre la bahía azul oscuro bajo un cielo que empezaba a teñirse de un rosa anaranjado por el atardecer—. Una vista preciosa —dijo volviéndose hacia él—. Una compañía interesante para pasar la noche.

Él la miró a los ojos y pensó que no decía la verdad. Había algo que no funcionaba del todo. Se inclinó un poco, le tomó la barbilla con la mano y posó delicadamente los labios sobre los de ella.

Ella no se apartó y se permitió disfrutar de la experiencia.

El beso fue ligero, suave y diestro. Y muy reconfortante. Arqueó una ceja cuando él se apartó.

—¿A qué se debe eso?

—Me pareció que lo necesitabas.

Ella no suspiró, pero no fue por falta de ganas. En cambio, se puso las manos sobre el regazo.

—Gracias una vez más.

—Cuando quieras. Es más...

Apretó un poco los dedos alrededor de la cara de ella y esa vez el beso fue un poco más profundo y largo.

Ella separó los labios antes de darse cuenta de que se había propuesto que pasara eso. Contuvo el aliento, lo soltó, y el pulso se le aceleró cuando le mordió ligeramente el labio, cuando introdujo su lengua para iniciar una danza de seducción con la de ella.

Tenía los dedos entrelazados y la cabeza empezaba a nublársele cuando él se separó.

—¿Y a qué se ha debido esto? —consiguió preguntar ella.

—Creo que lo necesitaba yo.

Sus labios volvieron a rozarse antes de que ella encontrara suficiente fuerza de ánimo para ponerle una mano en el pecho, una mano que quería agarrarlo de la camisa en vez de apartarlo.

Sin embargo, lo apartó. Era una cuestión de lidiar con él. De no perder el dominio de sí misma.

—Creo que ha sido un aperitivo bastante apetecible, pero deberíamos pedir la cena.

—Dime qué te pasa.

Phillip se dio cuenta de que quería saberlo. Quería ayudarla y disipar las sombras que oscurecían aquellos ojos increíblemente transparentes para que volvieran a sonreír.

No había contado con que ella le gustara tan rápidamente.

—No me pasa nada.

—Claro que te pasa. Y no hay nada que pueda ayudarte tanto como desahogarte con alguien relativamente desconocido.

—Tienes razón. —Ella abrió el menú—. Pero la mayoría de los relativamente desconocidos no tienen ningún interés especial en los pequeños problemas de los demás.

—Tú me interesas.

Ella sonrió y desvió la mirada de los entrantes a la cara de él.

—Yo te gusto, pero eso no es siempre lo mismo.

—Creo que me gustas y me interesas.

La agarró de la mano mientras llevaban el vino y le mostraban la etiqueta. Esperó a que sirvieran un poco para que lo probara sin dejar de mirarla, como si fueran las únicas personas del mundo. Él levantó la copa y lo probó sin apartar los ojos de ella.

—Está perfecto. Te gustará —susurró Phillip mientras les llenaban las copas.

—Tienes razón —confirmó ella después de dar un sorbo—. Me gusta mucho.

—Voy a decirles lo que hay esta noche fuera de carta —intervino el camarero con un tono alegre.

Ellos escucharon sin soltarse las manos y con los ojos clavados en los del otro.

Sybill decidió que ya había oído bastante y que no le importaba un rábano. Él tenía unos ojos increíbles. Eran como de oro viejo, como algo que había visto en un cuadro en Roma.

—Tomaré ensalada mixta con vinagreta y el pescado del día, a la parrilla.

Él seguía mirándola, esbozó una ligera sonrisa y le besó la palma de la mano.

—Yo lo mismo. No tengas prisa. Me gustas mucho —le dijo a Sybill mientras el camarero ponía los ojos en blanco y se iba—. Y me interesas mucho. Cuéntamelo.

—De acuerdo. —Sybill decidió que no podía hacerle ningún daño, que antes o después iban a tener algún tipo de relación y que lo mejor sería que se entendieran lo antes posible—. Soy la hija buena. —Sonrió burlonamente—. Obediente, respetuosa, educada, buena estudiante y con éxito profesional.

—Menudo lastre.

—Sí, puede llegar a serlo. Naturalmente, en un sentido intelectual, a estas alturas de la vida no me permito que las expectativas de mis padres condicionen mi vida.

—Pero —dijo Phillip apretándole la mano— lo hacen. Siempre lo hacen.

—¿A ti también?

Phillip se acordó de la conversación a la luz de la luna que había tenido con su padre muerto.

—Más de lo que podía haberme imaginado. En mi caso, mis padres no me trajeron al mundo. Me trajeron a este mundo. En tu caso, dado que eres la hija buena, habrá una hija mala…

—Mi hermana siempre ha dado problemas. Ha decepcionado a mis padres y cuanto más decepcionados se sentían con ella, más esperaban de mí.

—Tenías que ser perfecta.

—Exactamente. Pero yo no puedo serlo.

Ni quería serlo, ni había intentado serlo, ni podía serlo. Todo ello, naturalmente, era un fiasco. No podía ser de otra manera, se dijo a sí misma.

—La perfección es aburrida e intimidante. ¿Por qué ibas a ser cualquiera de las dos cosas? ¿Qué pasó? —le preguntó Phillip cuando ella frunció el ceño.

—No pasa nada, de verdad. Mi madre está enfadada conmigo. Si cedo y hago lo que ella quiere… Bueno, no puedo. Sencillamente, no puedo.

—Sientes remordimiento, tristeza y arrepentimiento.

—Y miedo de que las cosas no vuelvan a ser igual entre nosotras.

—¿Es tan grave?

—Podría serlo —susurró Sybill—. Estoy muy agradecida por todo lo que me han dado, el apoyo, la educación. Hemos viajado mucho y conocido medio mundo y sus distintas culturas cuando era una niña. Ha sido inestimable para mi trabajo.

Las oportunidades, pensó Phillip. El apoyo, la educación y los viajes. No había mencionado ni el amor ni el cariño ni la diversión. Se preguntó si ella se daba cuenta de que había descrito más un colegio que una familia.

—¿Dónde te criaste?

—Mmm. Aquí y allá. Nueva York, Boston, Chicago, París, Milán, Londres… Mi padre daba conferencias y pasaba consultas. Es psiquiatra. Ahora viven en París. Siempre ha sido la ciudad favorita de mi madre.

—Remordimiento a larga distancia.

Ella se rió.

—Sí.

Sybill se retiró un poco mientras servían las ensaladas. Curiosamente, se sentía mejor. Haberle contado algo de sí misma le parecía que paliaba un poco todo el engaño.

—Tú te criaste aquí…

—Vine cuando tenía trece años, cuando los Quinn se convirtieron en mis padres.

—¿Convirtieron?

—Es parte de esa historia tan larga.

Phillip levantó la copa y miró a Sybill por encima del borde. Normalmente, si sacaba a relucir esa parte de su vida ante una mujer, contaba una versión cuidadosamente estudiada. No era una mentira, pero sí un relato con muy pocos detalles de su vida antes de los Quinn.

Lo raro era que estaba tentado de contarle toda la verdad a Sybill, la verdad con toda su crudeza. Dudó y se decidió por un término medio.

—Me crié en Baltimore, en las calles más peligrosas. Me metí en problemas, problemas bastante graves. Cuando tenía trece años estaba a punto de echarme a perder. Los Quinn me dieron la oportunidad de cambiar de vida. Se ocuparon de mí, me trajeron a St. Chris y se convirtieron en mi familia.

—Te adoptaron.

Ella ya lo sabía gracias a toda la información que había reunido sobre Raymond Quinn, pero no sabía por qué.

—Sí. Ya tenían a Ethan y a Cam e hicieron un hueco para otro. No se lo puse fácil al principio, pero me aguantaron. Nunca dieron la espalda a un problema.

Se acordó de su padre cuando estaba muriéndose en la cama de un hospital con todo el cuerpo destrozado.

Incluso en aquel momento, Ray sólo se preocupaba por sus hijos, por Seth por la familia.

—Cuando os vi la primera vez, a vosotros tres, supe que erais hermanos. No porque os parezcáis físicamente, sino por algo menos tangible. Diría que sois un ejemplo de cómo el factor ambiente puede compensar el factor genético.

—Más bien es el ejemplo de lo que dos personas generosas y decididas pueden hacer por tres chicos descarriados.

Sybill dio un sorbo de vino para aclararse la garganta.

—¿Y Seth?

—El cuarto chico descarriado. Intentamos hacer con él lo que habrían hecho mis padres. Lo que mi padre nos pidió que hiciéramos. Mi madre murió unos años antes. Nos dejó a los cuatro sin saber qué hacer. Era una mujer increíble. No lo apreciamos bastante cuando vivía.

—Seguro que sí lo hicisteis. —Conmovida por las palabras de Phillip, le sonrió—. Estoy segura de que se sintió muy querida.

—Eso espero. Cuando ella murió, Cam se fue a Europa a participar en carreras de coches, de barcos, de cualquier cosa. Le fue muy bien. Ethan se quedó. Se compró su propia casa, pero está atado a la bahía. Yo volví a Baltimore. Llevo la ciudad en la sangre —añadió con una sonrisa fugaz.

—Inner Harbor, Camden Yards…

—Exactamente. Venía de vez en cuando. En vacaciones o algunos fines de semana, pero no es lo mismo.

Ella inclinó la cabeza con curiosidad.

—¿Te gustaría que lo fuera?

Ella se acordó de la emoción que sintió cuando se fue a la universidad. Podía hacer cualquier cosa sin que la juzgaran y midieran cada palabra y cada acto, era libre.

—No, pero había momentos, hay momentos, en los que lo echo de menos. ¿Nunca te acuerdas de un verano perfecto? Cuando tenías dieciséis años, el carné de conducir recién estrenado y tenías el mundo a tu disposición.

Ella se rió, pero negó con la cabeza. A los dieciséis años no tenía carné de conducir. Tenía un chófer que la llevaba a donde le permitían ir, salvo que consiguiera escabullirse y montarse en el metro. Ésa había sido toda su rebeldía.

—Los chicos de dieciséis años —dijo ella mientras les cambiaban los platos de las ensaladas— tienen un vínculo emocional con sus coches más fuerte que las chicas.

—Para un chico es más fácil conseguir una chica si está motorizado.

—Dudo que tuvieras muchos problemas en ese sentido, con coche o sin él.

—Es difícil besarse en el asiento trasero sin un coche.

—Eso es verdad. Ahora has vuelto y tus hermanos también.

—Sí. Mi padre consiguió a Seth en unas circunstancias complicadas y algo turbias. La madre de Seth... Bueno, ya te enterarás si te quedas por aquí una temporada.

—Ah...

Sybill empezó el pescado, pero no estaba segura de que pudiera tragarlo.

—Mi padre daba clases de inglés en la Universidad de Maryland. Hace poco menos de un año, una mujer fue a verlo. Fue una reunión privada y no conocemos los detalles, pero todo el mundo dice que fue bastante desagradable. Ella fue a ver al rector y acusó a mi padre de abuso sexual.

El tenedor de Sybill cayó sobre el plato, pero lo recogió con toda la naturalidad que pudo.

—Tuvo que ser horrible para él y para todos vosotros.

—Fue peor que horrible. Ella aseguraba haber estudiado allí unos años antes y que él le había exigido tener relaciones sexuales a cambio del aprobado. Decía que la había intimidado, que había tenido una aventura con ella.

Efectivamente, Sybill comprobó que no podía tragar y agarró el tenedor con todas sus fuerzas.

—¿Tuvo una aventura con tu padre?

—No, ella dijo que la había tenido. Mi madre todavía estaba viva —dijo casi para sí mismo—. Además, no hay ninguna constancia de que ella haya estado matriculada en la universidad. Mi padre dio clases durante más de veinticinco años sin el más mínimo asomo de conducta indebida. Ella intentó destrozar su reputación y la manchó.

Sybill, cansinamente, pensó que no había nada de verdad. Era el comportamiento típico de Gloria. Acusar, hacer daño y escapar. Sin embargo, ella todavía podía hacer algo.

—¿Por qué? ¿Por qué haría una cosa así?

—Por dinero.

—No entiendo.

—Mi padre le dio dinero. Mucho dinero. Por Seth. Es la madre de Seth.

—¿Quieres decir que ella…, que ella vendió a su hijo por dinero? —Sybill pensó que ni siquiera Gloria podía hacer algo tan espantoso—. Es difícil de creer.

—No todas las madres son maternales. —Phillip se encogió de hombros—. Él hizo un cheque de varios miles de dólares a nombre de Gloria DeLauter, ése era su nombre, y se fue unos días, y luego volvió con Seth.

Sybill, sin decir una palabra, dio un sorbo de agua para humedecer la garganta. «Él vino y se llevó a Seth», le había dicho Gloria entre sollozos. «Se han llevado a Seth. Tienes que ayudarme».

—Unos meses más tarde —continuó Phillip—, mi padre hizo efectivo casi todos sus ahorros. Volvía de Baltimore cuando tuvo un accidente. No sobrevivió.

—Lo siento mucho —susurró ella, consciente de que eran unas palabras improcedentes.

—Vivió hasta que Cam llegó de Europa. Nos pidió a los tres que nos ocupáramos de Seth, que lo vigiláramos. Hacemos todo lo que podemos para mantener la promesa. No puedo decir que haya sido fácil —añadió con una leve sonrisa—, pero, desde luego, no ha sido aburrido. La vuelta aquí, la puesta en marcha del negocio, no ha estado mal. Encima, Cam ha encontrado una mujer. Anna es la asistente social de Seth.

—¿De verdad? Entonces, no se conocen desde hace mucho.

—Supongo que cuando el amor llega, no hay nada que hacer. El tiempo es lo de menos.

Ella había pensado siempre que era fundamental. Un matrimonio, para que saliera bien, exigía dedicación, previsión y un conocimiento profundo y sólido de la otra parte; había que garantizar la compatibilidad y analizar las metas de cada uno.

Aun así, aquella faceta de los Quinn no era asunto suyo.

—Menuda historia.

¿Cuánto tenía de verdad?, se preguntó Sybill con el corazón en un puño. ¿Cuánto de sesgada? ¿Tenía que creerse que su hermana había vendido a su hijo?

Volvió a decidir que la verdad estaría en algún punto intermedio.

Eso sí, estaba segura de que Phillip no sabía lo que Gloria había significado para Raymond Quinn. Cuando añadiera ese dato al conjunto, ¿cómo cambiaría todo?

—Por el momento, todo va sobre ruedas. El chico está feliz. Dentro de un par de meses, tendremos la custodia definitiva. Además, esto de ser el hermano mayor tiene sus ventajas, me permite mandar a alguien.

Tenía que pensar. Tenía que dejar a un lado los sentimientos y pensar, pero antes tenía que pasar esa noche.

—¿Y a él qué le parece?

—Es un apaño perfecto. Él puede ponerme a parir delante de Ethan y Cam y decir lo mismo de ellos conmigo. Sabe defenderse. Es increíblemente listo. Le hicieron pruebas de inteligencia cuando mi padre lo matriculó en el colegio de aquí. Prácticamente se sale de la tabla. El año pasado sacó todo sobresalientes.

—¿En serio? —Sybill se dio cuenta de que estaba sonriendo—. Pareces orgulloso de él.

—Desde luego, y de mí. Yo soy el responsable de controlar sus deberes. Me había olvidado de cuánto odiaba los quebrados. Ahora que te he contado la historia de mi vida, ¿por qué no me dices qué te parece St. Chris?

—Estoy haciéndome una idea.

—¿Eso quiere decir que vas a quedarte una temporada?

—Sí.

—No puedes sacar una conclusión de un pueblo marítimo hasta que no pasas algún tiempo en el mar. ¿Por qué no vienes a navegar conmigo mañana?

—¿No tienes que volver a Baltimore?

—El lunes.

Ella dudó y se acordó de que había ido hasta allí precisamente por eso. Si quería encontrar la verdad, no podía echarse atrás en ese momento.

—Muy bien, pero no sé qué tal marinera seré.

—Ya lo veremos. Te recogeré a las diez…, ¿diez y media?

—Perfecto. Me imagino que todos navegaréis.

—Hasta los perros. —Se rió al ver la expresión en la cara de Sybill—. No los llevaremos.

—No me dan miedo. Sencillamente, no estoy acostumbrada.

—¿No tuviste un cachorrito?

—No.

—¿Un gato?

—No.

—¿Un pez de colores?

Ella se rió y negó con la cabeza.

—No. Cambiábamos de casa muy a menudo. En Boston tuve una compañera de colegio con una perra que tuvo cachorros. Eran preciosos.

Le pareció raro acordarse de aquello. Ella quiso uno de los cachorros con toda su alma, pero, naturalmente, fue imposible. Muebles antiguos, invitados importantes, obligaciones sociales… Su madre dijo que ni hablar del asunto y ahí acabó todo.

—Ahora estoy siempre de un lado para otro y no es muy práctico.

—¿Dónde te encuentras mejor?

—Soy muy acomodaticia. Suelo encontrarme bien allá donde esté, hasta que me voy a otro sitio.

—Entonces, ahora es St. Chris.

—Eso parece. Es interesante —dijo mirando por la ventana. La luna empezaba a reflejarse en el mar—. El ritmo es lento, pero no estoy estancada. El estado de ánimo varía, como varía el tiempo. Después de sólo unos días, puedo distinguir a los lugareños de los turistas y a los hombres de mar del resto.

—¿Cómo?

—¿Cómo? —Estaba distraída y se volvió para mirarlo.

—¿Cómo puedes distinguirlos?

—Es mera observación. Desde la ventana de mi habitación puedo ver el paseo marítimo. Los turistas suelen ser parejas, muchas veces familias y rara vez personas solas. Pasean o van de compras. Alquilan un barco. Se relacionan entre ellos, con los de su grupo. Están fuera de su entorno. Muchos llevan una cámara, un plano y, a veces, prismáticos. Casi todos los lugareños tienen un motivo para estar ahí. Un trabajo o un recado. Se paran para saludar a un vecino. Puedes ver cómo se separan al terminar la conversación.

—¿Por qué los observas desde la ventana?

—No entiendo la pregunta.

—¿Por qué no bajas al paseo marítimo?

—He bajado, pero, normalmente, el estudio es más puro cuando el observador no forma parte de la escena.

—Yo creo que la información sería más variada y más personal si estuvieras allí.

Phillip levantó la mirada cuando llegó el camarero para rellenarles las copas y ofrecerles un postre.

—Tomaré un café —dijo Sybill—. Descafeinado.

—Lo mismo. —Phillip se inclinó hacia delante—. Recuerdo el capítulo de tu libro sobre el aislamiento como técnica de supervivencia, el ejemplo que pones de tumbar a alguien en una acera y observar cómo la gente pasa de largo y lo esquiva. Algunos dudan antes de acelerar el paso.

—La falta de implicación. La disociación.

—Exactamente, pero al final alguien se para e intenta ayudar. Cuando alguien rompe el aislamiento, los demás también empiezan a pararse.

—Cuando se rompe el aislamiento, todo se hace más fácil y participar resulta casi hasta necesario. El primer paso es el más complicado. Hice el estudio en Nueva York, Londres y Budapest con resultados parecidos. Es parte de una técnica de supervivencia en las ciudades: evitar el contacto de las miradas en la calle, eliminar a los indigentes de nuestro campo visual.

—¿Por qué es distinta la primera persona que se para?

—Porque su instinto de supervivencia no es tan fuerte como su compasión. O porque es más impulsiva.

—Claro, y se implica. No pasa de largo, se implica.

—Y piensas que como yo observo, no me implico.

—No lo sé, pero me parece que observar desde lejos no es tan gratificante como participar.

—Yo me dedico a observar y lo encuentro gratificante.

105

Phillip se acercó con los ojos clavados en los de ella y sin hacer caso del camarero que le servía el café.

—Pero eres una científica. Haces experimentos. ¿Por qué no intentas experimentar… conmigo?

Ella bajó la mirada y vio que él jugueteaba con su dedo. Sintió un calor que empezaba a recorrerle las venas.

—Es una forma bastante original, aunque indirecta, de proponerme que me acueste contigo.

—La verdad es que no era mi intención, aunque si aceptas, yo no tengo inconveniente. —Él sonrió mientras ella volvía a mirarlo—. Iba a proponerte dar una vuelta por el paseo marítimo cuando termináramos el café, pero si prefieres acostarte conmigo, podemos estar en la habitación de tu hotel dentro de cinco minutos, como mucho.

Ella no se apartó cuando él bajó la cabeza y posó delicadamente los labios sobre los de ella. Phillip resultaba impasible, pero dejaba entrever mucha pasión. Si ella quisiera… Y quería. Le sorprendió lo mucho que quería arder en esa pasión y en ese preciso instante; lo mucho que quería acabar así con la tensión que la abrumaba, la preocupación y las dudas.

Sin embargo, llevaba toda su vida reprimiendo la satisfacción inmediata de sus deseos. Le puso una mano en el pecho para acabar con el beso y la tentación.

—Creo que un paseo será muy agradable.

—Entonces, daremos un paseo.

Quería más. Phillip debería haber sabido que si la probaba, querría más. Sin embargo, no había contado con que el deseo fuera tan intenso y crispante. Quizá, en parte, fuera simple vanidad, se dijo mientras la tomaba de la mano para acompañarla por el tranquilo paseo marítimo. La reacción de ella había sido muy controlada y fría. Sería maravilloso ir eliminando ese aire intelectual, capa a capa, hasta encontrar la mujer que ocultaba. Sería maravilloso abrirse paso hasta el instinto y los sentimientos en estado puro.

Casi se rió de sí mismo. Era vanidad, sin duda. Que él supiera, la doctora Griffin había querido reaccionar precisamente de esa forma un poco distante y él tendría que conformarse con eso.

Si era así, ella iba a convertirse en una tentación que le costaría mucho resistir.

—Ahora entiendo que Shiney esté tan frecuentado. —Sybill lo miró con una sonrisa—. Acaban de dar las nueve y media y las tiendas ya están cerradas y los barcos amarrados. Hay algunas personas paseando, pero casi todo está cerrado durante la noche.

—Está un poco más animado en verano. No mucho, pero sí un poco. Ha refrescado, ¿estás bien?

—Mmm. Perfectamente. La brisa es deliciosa. —Se paró para mirar los mástiles oscilantes—. ¿Guardas tu barco aquí?

—No. Tenemos un embarcadero en casa. Aquél es el Skipjack de Ethan.

—¿Cuál?

—Es el único Skipjack de St. Chris. Sólo quedan un par de docenas en la bahía. Aquél —dijo señalando un barco—, el que sólo tiene un palo.

Para ella, todos los veleros se parecían mucho. Los tamaños eran distintos, naturalmente, pero, en definitiva, todos eran barcos.

—¿Qué son los Skipjack?

—Vienen de los barcos cangrejeros de fondo plano. —Se acercó a ella mientras hablaba—. Los hicieron más grandes y con un casco en ángulo. Tenían que ser fáciles de construir y baratos.

—Así que los usan para capturar cangrejos...

—No, casi todos los mariscadores usan barcos de motor para capturar cangrejos. El Skipjack se usa para recoger ostras. A principios del siglo XIX se aprobó una ley en Maryland que sólo permitía recoger ostras a los barcos de vela.

—¿Para protegerlas?

—Exactamente. Es el origen del Skipjack y todavía sobreviven, pero ya quedan pocos, también quedan pocas ostras.

—¿Tu hermano sigue usándolo?

—Sí. Es un trabajo desesperante, ingrato, arduo y helador.

—Hablas como si fueras la voz de la experiencia.

—Le he dedicado bastante tiempo. —Se paró cerca de la proa y rodeó con el brazo la cintura de Sybill—. Salir a navegar en febrero, con el viento gélido que te atraviesa el alma y dando botes de ola en ola en medio de una tormenta invernal... Prefiero estar en Baltimore.

Ella se rió y observó el barco. Parecía viejo y tosco, como si fuera muy primitivo.

—No me he montado en él, pero estoy de acuerdo contigo. ¿Por qué ibas dando botes de ola en ola en medio de una tormenta invernal en vez de estar en Baltimore?

—Me servía para calmarme.

—Supongo que no es el barco en el que iremos mañana…

—No. Es un pequeño balandro de recreo. ¿Sabes nadar?

Ella arqueó una ceja.

—¿Lo dices porque dudas de tus habilidades como navegante?

—No, lo digo porque el agua está fría, pero podemos bañarnos.

—No he traído traje de baño.

—¿Qué tiene que ver eso?

Ella se rió y volvió a ponerse en camino.

—Creo que navegar es suficiente por un día. Tengo algo de trabajo que me gustaría terminar esta noche. Me lo he pasado muy bien.

—Yo también. Te acompaño hasta el hotel.

—No hace falta. Está a la vuelta de la esquina.

—Faltaría más…

Ella no discutió. No pensaba dejarle que la acompañara hasta la puerta de la habitación ni invitarle a que entrara. En general, creía que estaba llevando muy bien una situación bastante complicada. Pensó que retirarse pronto le daría tiempo para ordenar las ideas y los sentimientos antes de volver a verlo al día siguiente.

Además, el barco estaba amarrado en su casa y eso le daba la posibilidad de volver a ver a Seth.

—Bajaré como a las diez de la mañana, ¿te parece bien? —Se paró a unos metros de la entrada del vestíbulo.

—Muy bien.

—¿Hay algo que deba llevar? Aparte de Biodramina.

Él sonrió.

—Yo me ocuparé. Que duermas bien.

—Lo mismo te digo.

Ella se preparó para el inevitable beso de buenas noches. Los labios de Phillip eran delicados y nada apremiantes. Ella, encantada por las dos cosas, se tranquilizó y empezó a apartarse.

Entonces, él la agarró con fuerza de la nuca, cambió de ángulo la cabeza y, durante un instante abrumador, el beso fue apasionado, desenfrenado y amenazador. La mano que ella tenía en el hombro de él se aferró a su chaqueta para no perder el equilibrio que le negaban los pies. La cabeza se le quedó en blanco y el pulso se le desbocó.

Alguien dejó escapar un gemido grave, largo y profundo.

El beso sólo duró unos segundos, pero quedó conmocionada y abrasada como si la hubiera marcado con un hierro candente. Él pudo comprobar la excitación y la sorpresa en los ojos de ella cuando se abrieron y se clavaron en los suyos. También notó que en su interior aumentaba el deseo más elemental.

Esa vez no había sido una respuesta fría, controlada y distante. Le había quitado una capa. Le pasó el pulgar por la mandíbula.

—Hasta mañana.

—Sí… Buenas noches.

Sybill se repuso rápidamente y le sonrió antes de darse la vuelta, pero también se puso una mano vacilante en el estómago, que era un manojo de nervios.

No había previsto eso, reconoció mientras intentaba recuperar el aliento camino del ascensor. No era tan delicado, refinado e inofensivo como parecía a simple vista. Aquel envoltorio tan atractivo contenía algo mucho más primitivo y peligroso de lo que había sospechado. Fuera lo que fuese, le pareció demasiado impresionante.

6

Era como montar en bicicleta o hacer al amor, se dijo Phillip mientras buscaba un sitio para atracar en el paseo marítimo. Hacía mucho tiempo que no salía solo a navegar, pero no se había olvidado. Si acaso, se había olvidado del placer que era navegar un domingo por la mañana llevado por la brisa, con el mar azul, el sol acariciándole cálidamente la piel y los gritos de las gaviotas resonando en el aire.

Iba a tener que encontrar tiempo para volver a disfrutar de los placeres sencillos. Era el primer día entero que se tomaba libre desde hacía más de dos meses y estaba dispuesto a aprovecharlo al máximo.

Sin duda estaba dispuesto a aprovechar al máximo las horas que iba a pasar navegando con la misteriosa doctora Griffin.

Miró hacia el hotel y se entretuvo en imaginarse cuál sería la ventana de ella. Según lo que le había contado, daba al mar y le permitía observar la vida que transcurría por allí.

Entonces, la vio en un pequeño balcón, con el resplandeciente pelo color caoba recogido en una coleta y el rostro con un gesto distante e indescifrable desde tan lejos.

Desde cerca no era tan distante, se dijo mientras recordaba el beso. Efectivamente, aquel gemido largo y profundo no había tenido nada de distante, su estremecimiento fugaz pero intenso tampoco había tenido nada de distante. Había sido una señal instintiva e involuntaria, pero inconfundible.

Sus ojos, azules y cristalinos, no habían sido fríos ni habían tenido nada de remotos e indescifrables cuando se separó de ella y se los encontró mirándolo. En cambio, le habían parecido algo nublados y perplejos, intrigantes.

Él no había podido deshacerse del sabor, ni cuando se fue a su casa, ni en toda la noche, ni en aquel momento, cuando volvía a verla. Ella lo miró, como si lo hubiera adivinado.

¿Qué observaba? ¿Qué se proponía hacer con lo que veía?

Phillip la sonrió y saludó con la mano para indicarle que la había visto. Luego, se dirigió hacia el muelle y vio con sorpresa que Seth le esperaba para atar las amarras.

—¿Qué haces aquí?

Seth anudó diestramente la amarra de proa y Phillip bajó al muelle.

—Lo de siempre, de niño de los recados... —Seth tuvo que hacer un esfuerzo para fingir el fastidio—. Me han mandado del astillero. Donuts.

—¿Sí...? Obstruyen las arterias.

—Las personas normales no desayunan cortezas de árboles, como tú —se burló Seth.

—Y seguiré fuerte y apuesto cuando tú seas un viejo chocho.

—Es posible, pero yo me habré divertido más.

Phillip le quitó la gorra y le dio un golpecito con ella.

—Depende de lo que llames diversión.

—Supongo que para ti es perseguir a las chicas de la ciudad...

—Ésa es una. La otra es perseguirte con los deberes. ¿Has terminado el libro?

—Sí, sí... —Seth puso los ojos en blanco—. ¿Nunca te tomas un día libre?

—¿Cómo iba a hacerlo si he dedicado mi vida a ti? —Sonrió ante el gruñido de Seth—. ¿Qué te ha parecido?

—Está bien. —Se encogió de hombros con un gesto típico de los Quinn—. Está bastante bien.

—Entonces, escribe algunas notas para hacerme un comentario de texto oral esta noche.

—La noche del domingo es mi noche favorita. Significa que te perderé de vista durante cuatro días.

—Si luego me echas de menos...

—Una mierda.

—Cuentas las horas que faltan para que yo vuelva.

Seth no pudo contener una risa.

—Que te lo has creído.

Volvió a reírse mientras Phillip lo agarraba de la cintura para pelear con él.

Sybill podía oír las risas y las bromas mientras se acercaba a ellos. Veía la sonrisa de oreja a oreja en el rostro de Seth. Notó que el corazón le daba un vuelco largo y profundo. ¿Qué estaba haciendo allí? ¿Qué esperaba conseguir? ¿Cómo iba a irse sin saberlo?

—Buenos días.

El saludo distrajo a Phillip, que bajó la guardia lo suficiente como para que Seth le diera un codazo en el estómago. Gruñó y agarró a Seth del cuello.

—Luego te daré una paliza —le dijo a Seth con un susurro muy teatral—. Cuando no haya testigos.

—Eso quisieras. —Seth, radiante de placer, se puso bien la gorra y fingió desinterés—. Algunos de nosotros tenemos trabajo…

—Y otros no.

—Creía que ibas a venir con nosotros —comentó Sybill a Seth—. ¿Te apetece?

—Soy un esclavo. —Seth miró el barco—. Tenemos que hacer un casco. Además, seguro que el artista este acaba volcando.

—Mocoso impertinente… —Phillip intentó agarrarlo, pero Seth se escabulló ágilmente.

—¡Espero que sepas nadar! —gritó Seth mientras se alejaba entre risas.

Phillip miró a Sybill, que se mordía el labio inferior.

—No voy a volcar.

—Bueno… —Sybill miró el barco, que le pareció muy pequeño y frágil—. Sé nadar, así que supongo que no pasa nada.

—Ese niñato aparece por aquí y me hunde la reputación. Llevo navegando desde antes de que él viniera al mundo.

—No te enfades con él.

—¿Mmm?

—Por favor, no te enfades con él. Estoy segura de que era una broma. Él no quería faltarte al respeto.

Phillip la miraba fijamente. Estaba pálida y jugueteaba nerviosamente con la cadena de oro que llevaba al cuello. Su voz reflejaba verdadera angustia.

—Sybill, no estoy enfadado. Nos tomamos el pelo. Tranquila. —Le pasó la punta de los dedos por la mandíbula—. Es la forma masculina de mostrarnos cariño.

—Ah. —No sabía si sentirse avergonzada o aliviada—. Supongo que eso demuestra que no he tenido hermanos.

—Se habrían ocupado de amargarte la existencia. —Se inclinó y la besó delicadamente en los labios—. Es lo tradicional.

Phillip montó en el barco y alargó una mano. Sybill vaciló un segundo y la agarró.

—Bienvenida a bordo.

La cubierta se movía bajo sus pies, pero ella hizo todo lo posible para no darle importancia.

—Gracias. ¿Tengo alguna tarea?

—Por el momento, sentarte, relajarte y disfrutar.

—Creo que eso sé hacerlo.

Al menos, esperaba poder hacerlo. Se sentó en uno de los bancos acolchados y se agarró con fuerza mientras él salía otra vez para soltar las amarras. Se dijo para sus adentros que no pasaría nada y que iba a divertirse mucho.

¿Acaso no lo había visto entrar navegando en el puerto, el muelle o como demonios se llamara? Sabía lo que hacía. Incluso le había parecido un poco engreído cuando miró al hotel hasta que la vio en el balcón.

El verlo navegar sobre el mar resplandeciente por el sol y que la buscara hasta encontrarla había tenido algo ridículamente romántico. La sonrisa y el saludo con la mano… A ella se le había alterado el pulso, pero era una reacción muy natural y humana. Era todo un espectáculo. Los pantalones vaqueros desgastados, la camiseta blanca e impecable como las velas, el pelo reluciente, la piel bronceada, los brazos musculosos pero elegantes… ¿A qué mujer no se le alteraría el pulso ante la perspectiva de pasar unas horas con un hombre como Phillip Quinn? Y que besaba como Phillip Quinn…

Se había prometido no darle mayor importancia a ese talento especial que tenía Phillip, pero la noche anterior le había hecho una demostración bastante abrumadora.

Se alejaron del muelle. A ella el sonido del motor le daba cierta tranquilidad. Al fin y al cabo, se parecía al del motor de un coche.

Además, no estaban completamente solos. Vio los otros barcos que navegaban con ligereza y dejó de agarrarse con fuerza al banco. Vio a un niño, que no sería mayor que Seth, montado en un barco muy pequeño con una vela triangular. Si era seguro para los niños, ella podría resistirlo.

—Izar velas.

Ella se volvió y sonrió distraídamente a Phillip.

—¿Qué has dicho?

—Mira.

Phillip se movió elegantemente por la cubierta y manipuló unos cabos. La velas se extendieron y se llenaron con el viento. Ella se aferró otra vez al banco.

En ese momento se daba cuenta de que se había equivocado. Aquello no tenía nada que ver con un coche. Era primitivo, precioso y emocionante. El barco ya no parecía pequeño y frágil sino poderoso y un poco peligroso, aparte de imponente.

Como el hombre que lo gobernaba.

—Es impresionante. —Sonrió a Phillip sin soltarse del banco—. Son muy bonitos cuando los miro desde la ventana, pero es precioso ver las velas de cerca.

—Estás sentada. —Phillip manejaba el timón—. Me parece que no estás muy tranquila.

—Todavía no, pero lo estaré. —Ella volvió la cara hacia el viento que le agitó el pelo como si quisiera liberarlo de la cinta—. ¿Adónde vamos?

—A ningún sitio en concreto.

Ella sonrió con una expresión cariñosa y franca.

—Casi nunca puedo ir ahí.

Phillip pensó que era la primera vez que le sonreía así. No creía que ella supiera que una sonrisa tan sincera le transformaba la belleza gélida en algo mucho más cercano. Alargó una mano con la intención de tocarla.

—Ven aquí, es mucho mejor.

La sonrisa se esfumó.

—¿Que me levante…?

—Sí. El mar está como un plato.

—¿Que me levante…? —repitió ella separando muy bien las palabras—. ¿Que vaya hasta allí?

—Son dos pasos. —Phillip no podía dejar de sonreír—. No querrás ser una espectadora, ¿verdad?

—La verdad es que sí. —Ella abrió los ojos como platos al ver que Phillip soltaba el timón—. Ni se te ocurra…

Contuvo un grito cuando él se rió y la agarró de la mano. Antes de que pudiera hacer nada, la había levantado. Perdió el equilibrio y se agarró a él presa del terror.

—No podía haberlo preparado mejor —susurró él sin soltarla mientras volvía al timón—. Me encanta tenerte lo suficientemente cerca como para olerte. Un hombre tiene que llegar hasta aquí…

Phillip volvió la cara y le pasó los labios por el cuello.

—Para. —Se sentía dominada por el miedo y la excitación—. Presta atención.

—Te aseguro —dijo mientras le mordía el lóbulo de la oreja— que estoy prestando toda la atención.

—Al barco. Presta atención al barco.

—Ah, ya. —Seguía rodeándole la cintura con un brazo—. Mira a babor. A la izquierda. Aquel pequeño canal que entra en las marismas. Se pueden ver garzas y pavos salvajes.

—¿Dónde?

—A veces hay que entrar para verlos, pero otras veces se pueden ver las garzas como si fueran esculturas que salen de las hierbas.

Ella quería verlas. Esperaba verlas.

—En otra época del año, los gansos pasan volando por aquí. Desde allí arriba, esta zona les parecerá impresionante.

A ella, el corazón le palpitaba con fuerza, pero tomó aire lentamente y lo soltó también muy despacio.

—¿Por qué?

—Las marismas. Están demasiado lejos de las playas y no interesan a los promotores. No las han tocado. Es una de las ventajas de la bahía, uno de los factores que la convierten en un estuario. Mejor que los fiordos noruegos para los pescadores.

Sybill volvió a tomar aire y a soltarlo.

—¿Por qué?

—Los bajíos, por ejemplo. Un buen estuario necesita bajíos para que el sol pueda nutrir a las plantas acuáticas y al plancton. También por las marismas. Tienen calas y ensenadas. —Le dio un beso en la coronilla—. Mejor, ya estás tranquilizándote.

Ella, ante su sorpresa, se dio cuenta de que no sólo estaba tranquila, sino que estaba embebida.

—Estabas apelando a la científica, ¿no?

—Ha servido para que se te pasen los nervios, ¿verdad?

—Sí. —Le pareció curioso que él supiera qué tecla tocar—. Creo que todavía no soy una marinera, pero es una vista preciosa. Todo está muy verde. —Vieron los frondosos árboles y las profundas sombras de la marisma. Navegaron junto a postes coronados con unos nidos enormes y desaliñados—. ¿De qué pájaro son esos nidos?

—Del águila pescadora. Son especialistas en la técnica de la disociación. Puedes pasar junto a ellas cuando están en el nido y ni te miran.

—Instinto de supervivencia —susurró ella.

Le hubiese gustado ver eso, un águila pescadora en su nido ignorando a los humanos.

—¿Ves las boyas naranjas? Son nasas para cangrejos. El barco está comprobando las nasas y poniendo cebo. Allí, a estribor —dijo señalando hacia la derecha con la cabeza—. La pequeña fueraborda. Me parece que están buscando pescados de roca para la cena.

—Hay mucho ajetreo —comentó Sybill—. No sabía que pasaran tantas cosas.

—Hay ajetreo encima y debajo del agua.

Phillip cazó las velas, el barco se escoró y rodearon una hilera de árboles que colgaban de la costa. Cuando dejaron los árboles atrás, vieron un embarcadero. Detrás había una cuesta cubierta de césped y unos arriates de flores que estaban perdiendo el colorido del verano. La casa era sencilla, blanca con los marcos de las ventanas azules. En el porche había una mecedora y una vieja tina de loza con crisantemos.

Sybill podía oír unas notas musicales que flotaban con ligereza en el aire. Reconoció a Chopin.

—Es preciosa. —Inclinó la cabeza y se movió un poco para seguir viendo la casa—. Sólo le falta un perro, un par de niños dando patadas a un balón y un columpio hecho con un neumático.

—Éramos un poco mayores para tener un columpio hecho con un neumático, pero siempre tuvimos un perro. Es nuestra casa —dijo Phillip mientras le acariciaba distraídamente la cola de caballo.

—¿Es vuestra casa?

Alargó el cuello para intentar ver más. Ahí vivía Seth, se dijo debatiéndose entre docenas de sentimientos contradictorios.

—Pasamos mucho tiempo dando patadas a los balones o unos a otros. Volveremos luego para que conozcas al resto de la familia.

Ella cerró los ojos para contener el remordimiento.

—Me encantaría.

Él ya tenía pensado un sitio. La silenciosa ensenada de aguas tranquilas y salpicada con sombras era el sitio ideal para una comida romántica. Echó el ancla donde las hierbas marinas resplandecían por la humedad y el cielo los cubría con un intenso azul otoñal.

—Naturalmente, a mi investigación de la zona le faltaba algo.

—Ah… —Phillip abrió una nevera portátil y sacó una botella de vino.

—Está llena de sorpresas.

—Espero que sean sorpresas agradables.

—Muy agradables. —Ella sonrió y arqueó una ceja al ver la etiqueta de la botella de vino—. Muy agradables.

—Me parecía que eras una mujer que sabría apreciar un buen Sancerre seco.

—Eres muy listo.

—Desde luego. —Sacó dos copas de una cesta y sirvió el vino—. Por las sorpresas agradables —dijo Phillip antes de brindar.

—¿Hay más?

Él le tomó la mano y la besó.

—Acaban de empezar. —Apartó las copas y extendió un mantel blanco en la cubierta—. La mesa está preparada.

—Ah. —Ella, divertida, se sentó, se puso una mano de visera contra el sol y sonrió a Phillip—. ¿Cuál es el plato del día?

—Un paté bastante bueno para abrir el apetito.

Abrió una caja llena de galletas saladas, untó una y la llevó a los labios de Sybill.

—Mmm. —Ella asintió con la cabeza—. Muy bueno.

—Después hay ensalada de cangrejo a la Quinn.

—Parece sugerente. ¿La has hecho con tus propias manos?

—Efectivamente. Soy un cocinero sensacional.

—Cocinas, tienes un gusto excelente con el vino y te sientan muy bien los vaqueros. —Volvió a dar un mordisco al paté, más tranquila por haber sorteado fácilmente el terreno familiar—. Parece un buen partido, señor Quinn.

—Lo soy, doctora Griffin.

Ella se rió con la mirada fija en la copa de vino.

—¿A cuántas mujeres afortunadas has traído hasta aquí para darles ensalada de cangrejo?

—La verdad es que no había vuelto por aquí desde el verano de segundo de carrera. Esa vez fue un Chabils aceptable, gambas frías y Marianne Teasdale.

—Supongo que debería sentirme halagada.

—No lo sé. Marianne era muy apasionada. —Volvió a esbozar esa sonrisa irresistible—. Pero yo era inexperto y no tenía visión de futuro y la cambié por una estudiante de medicina con un ceceo muy seductor y unos enormes ojos marrones.

—El ceceo ablanda a los hombres. ¿Se recuperó Marianne?

—Lo suficiente como para casarse con un fontanero y darle dos hijos, aunque, naturalmente, todos sabemos que todavía me desea.

Sybill se rió, untó una galleta y se la dio a Phillip.

—Me gustas.

—Tú también me gustas. —La agarró de la muñeca y mordisqueó la galleta que le ofrecía ella—. Aunque no cecees.

Él siguió mordisqueando la yema de sus dedos, y a Sybill le costaba respirar.

—Eres muy amable —susurró ella.

—Tú eres encantadora.

—Gracias. Pero tengo que decir —continuó ella soltándose la mano— que aunque seas muy amable y muy atractivo, y me lo pase muy bien contigo, no tengo intención de que me seduzcas.

—Ya sabes lo que dicen de las intenciones.

—Yo pienso mantener las mías. Disfruto con tu compañía, pero también se te ve el plumero. —Sonrió e hizo un gesto con la copa de vino—. Hace cien años, estaríamos hablando de un granuja.

Él lo pensó un instante.

—No me suena a insulto.

—No tenía por qué serlo. Los granujas eran encantadores y muy poco serios.

—En eso no estoy de acuerdo. Soy muy serio con algunas cosas.

—Veamos... —Ella buscó en la nevera y sacó otro recipiente—. ¿Has estado casado?

—No.

—¿Comprometido? —preguntó ella mientras levantaba la tapa para ver la maravillosa ensalada de cangrejo.

—No.

—¿Has vivido con una mujer durante por lo menos seis meses seguidos?

Phillip se encogió de hombros, sacó unos platos y le dio a Sybill una servilleta de lino azul.

—No.

—Entonces, podemos suponer que no eres serio en cuanto a las relaciones.

—También podemos suponer que todavía no he encontrado la mujer con la que quiero tener una relación seria.

—Es posible. Sin embargo… —Ella lo miró con los ojos entrecerrados mientras él servía la ensalada—. ¿Cuántos años tienes? ¿Treinta?

—Treinta y uno —puntualizó él a la vez que añadía un trozo de pan a cada plato.

—Treinta y uno. Lo normal es que un hombre de treinta y un años, en esta cultura, por lo menos haya pasado por una relación monógama, duradera y seria.

—Yo no me preocupo por ser normal. ¿Aceitunas?

—Sí, gracias. Lo normal no tiene por qué ser poco atractivo. Tampoco lo es la conformidad. Todo el mundo se conforma. Incluso quienes se consideran rebeldes aceptan algunos códigos y criterios.

Phillip, que estaba disfrutando, inclinó la cabeza.

—¿Lo dice en serio, doctora?

—Completamente. Las bandas urbanas tienen reglas, códigos y criterios internos. Colores —añadió mientras tomaba una aceituna—. En eso se parecen bastante a cualquier institución del sistema.

—Tendrías que haber estado ahí —farfulló Phillip.

—¿Cómo has dicho?

—Nada. ¿Qué me dices de los asesinos en serie?

—Siguen pautas. —Sybill también estaba disfrutando—. El FBI los estudia y los cataloga según sus características. La sociedad no los llamaría criterios, naturalmente, pero eso es lo que son en el sentido estricto de la palabra.

Desde luego tenía cierta razón. Phillip estaba cada vez más fascinado.

—Entonces, tú, la observadora, distingues a las personas según las normas, los códigos y las pautas que siguen.

—Más o menos. Es bastante fácil entender a las personas si se presta atención.

—¿Qué me dices de las sorpresas?

Ella sonrió, le gustó la pregunta tanto como que se le hubiera ocurrido. Casi ninguno de los hombres que había conocido estaba interesado en su trabajo.

—Se tienen en cuenta. Siempre hay un margen de error o de corrección. La ensalada está buenísima. La sorpresa, agradable, es que te hayas tomado la molestia de prepararla.

—¿No crees que la gente suele estar dispuesta a tomarse una molestia por alguien que quiere? —Ella parpadeó y él inclinó la cabeza—. Vaya, te he pillado por sorpresa.

—Casi no me conoces. —Tomó la copa como un gesto defensivo—. Hay una diferencia entre que alguien te guste y quererlo. Lo segundo lleva más tiempo.

—Algunos no perdemos el tiempo. —Disfrutaba al verla nerviosa. Era una situación excepcional—. Como yo.

—Ya me he dado cuenta. Sin embargo...

—Sin embargo, me gusta oír tu risa; me gusta cuando te estremeces ligeramente por un beso; me gusta el tono didáctico de tu voz cuando expones una teoría.

Ella frunció el ceño.

—No soy didáctica.

—Deliciosamente didáctica. —Le pasó los labios por la sien—. También me gustan tus ojos cuando empiezo a turbarte. Por lo tanto, creo que he entrado de lleno en la fase de quererte. Ahora, apliquémoste tu teoría a ver qué resulta. ¿Has estado casada?

Los labios de Phillip le recorrían el lóbulo de la oreja y ella no podía pensar con claridad.

—No. Bueno, no del todo.

Él se separó y la miró con los ojos entrecerrados.

—¿No o no del todo?

—Fue un impulso, un error de cálculo. No duró ni seis meses. No cuenta.

Tenía la cabeza nublada, necesitaba espacio para respirar. Él la achuchó más.

—¿Estuviste casada…?

—Sólo técnicamente. No…

Ella volvió la cabeza para defenderse y se encontró con la boca de él, que le separó los labios y se deleitó abrasadoramente.

Era como dejarse arrastrar por una ola a cámara lenta, como hundirse en un mar sedoso y resplandeciente. Todo en ella se hizo líquido. Más tarde se dio cuenta de que había sido una sorpresa que no había tenido en cuenta en esa pauta de conducta concreta.

—No cuenta —consiguió decir mientras echaba la cabeza hacia atrás y él le acariciaba el cuello con los labios.

—De acuerdo.

Si él la hubiera tomado por sorpresa, ella le habría hecho exactamente lo mismo. Él sintió que todo el anhelo le salía a la superficie ante la entrega repentina y absoluta de ella. Tenía que tocarla, llenarse las manos con ella, llenarse las manos con las maravillosas curvas cubiertas por una blusa de algodón fina e impecable.

Tenía que saborearla, cada vez más profundamente, hasta llegar al origen de los murmullos de placer y sorpresa que le brotaban de la garganta. Al hacerlo, al acariciarla y saborearla, ella le rodeó el cuello con los brazos, le pasó las manos por el pelo y se giró hasta que los cuerpos se acoplaron.

Notó que los corazones latían al mismo ritmo.

Ella sintió una punzada de pánico cuando él empezó a desabotonarle la blusa.

—No. —Los dedos le temblaban cuando los puso sobre la mano de él—. Es demasiado pronto. —Ella cerró los ojos con todas su fuerzas para intentar recuperar el dominio de sí misma—. Lo siento, no voy tan deprisa. No puedo.

No le resultó fácil contener las ganas de saltarse las reglas, de tumbarla sobre la cubierta hasta que ella volviera a dejarse llevar. Le puso los crispados dedos debajo de la barbilla y le levantó la cara. No, no era nada fácil, volvió a pensar él al ver que los ojos reflejaban deseo y rechazo. Sin embargo, tenía que hacerlo.

—De acuerdo. Sin prisas. —Le pasó el pulgar por el labio superior—. Háblame de ése que no cuenta.

Ella tenía las ideas dispersas y no podía pensar nada coherente mientras la mirara con aquellos ojos color caramelo.

—¿Qué?

—Tu marido.

—Ah. —Ella apartó la mirada para concentrarse en la respiración.

—¿Qué haces?

—Es una técnica de relajación.

Él sonrió con cierto aire burlón.

—¿Funciona?

—Con el tiempo.

—Maravilloso. —Él se acercó hasta que tuvieron las caderas pegadas y respiró al ritmo de ella—. Ese tipo con el que estuviste técnicamente casada…

—Fue en la universidad, en Harvard. Estaba especializado en química. —Cerró los ojos y ordenó a los dedos de los pies y a los tobillos que se relajaran—. Acabábamos de cumplir veinte años y perdimos la cabeza una temporada.

—Os fugasteis.

—Sí. Ni siquiera vivíamos juntos porque dormíamos en dormitorios separados. No fue un matrimonio de verdad. Tardamos semanas en decírselo a nuestras familias y entonces, naturalmente, hubo algunas escenas bastante desagradables.

—¿Por qué?

—Porque… —Ella abrió los ojos de golpe y el sol la cegó. Algo saltó en el agua detrás de ella y luego sólo quedó su roce contra el casco—. No encajábamos. No teníamos ningún plan factible. Éramos demasiado jóvenes. El divorcio fue tranquilo, rápido y civilizado.

—¿Lo amabas?

—Yo tenía veinte años. —La relajación estaba alcanzándole los hombros—. Naturalmente, yo creía que lo amaba. El amor es muy sencillo a esa edad.

—¿Y desde la avanzada edad de veintisiete, veintiocho…?

—Veintinueve pasados. —Soltó el aire firmemente y se volvió para mirarlo—. No he pensado en Rob desde hace años. Era muy bueno. Espero que sea feliz.

—¿Y eso es todo por tu parte?

—Tiene que serlo.

Él asintió con la cabeza, pero la historia le pareció muy triste.

—Entonces, tengo que decirle, doctora Griffin, que, según su escala, usted no se toma en serio las relaciones.

Ella abrió la boca para protestar, pero, con un rasgo de sensatez, volvió a cerrarla. Despreocupadamente, agarró la botella de vino y llenó las copas.

—Quizá tengas razón. Tendré que pensar sobre el asunto.

7

A Seth no le importaba hacer pandilla con Aubrey. Grace y Ethan estaban casados y ella era una especie de sobrina. Además, ella sólo quería dar vueltas por el jardín. Cada vez que tiraba una pelota o un palo a uno de los perros, ella se moría de risa. A un chico, eso le entusiasmaba.

Además era una preciosidad con el pelo rizado y dorado, y tenía unos ojazos verdes que parecían asombrarse de todo lo que él hacía. No estaba mal pasar un par de horas o tres entreteniéndola los domingos.

No se había olvidado de dónde estaba él hacía un año. Allí no había un jardín que acababa en el mar, ni un bosque para explorar, ni perros para jugar, ni una niña que lo miraba como si fuera un héroe de la televisión.

En aquel lugar había habitaciones repugnantes a tres pisos del suelo y calles que eran un verdadero carnaval por las noches donde todo tenía su precio: el sexo, las drogas, las armas, la desdicha…

Había aprendido que pasara lo que pasase fuera de esas habitaciones apestosas, él no podía salir después de que oscureciera.

Nadie se había ocupado de que estuviera limpio o de que comiera. Ella había llevado a todo tipo de gentuza para poder pagarse la dosis siguiente.

Hacía un año, él no creía que su vida pudiera cambiar en algo. Hasta que apareció Ray y se lo llevó a la casa junto al mar. Ray le enseñó un mundo distinto y le prometió que nunca tendría que volver al otro.

Ray había muerto, pero había mantenido su promesa. En ese momento, podía estar en un jardín bañado por el mar y tirar pelotas a los perros mientras una niña con cara de ángel se reía.

—¡Seth, déjame! ¡Déjame!

Aubrey daba saltitos sobre sus rechonchas piernas con las manos en alto.

—Muy bien, tírala.

Seth sonrió ante el gesto de concentración y esfuerzo. La pelota cayó a unos centímetros de sus zapatillas rojas. *Simon* la recogió y se la devolvió educadamente entre los gritos de felicidad de Aubrey.

—Perrito bueno, bueno.

Aubrey palmeó en la cabeza al paciente *Simon*. *Tonto* se abrió paso y le dio un empujón en el trasero. Ella le recompensó con un abrazo arrebatador.

—Ahora tú —le ordenó a Seth—. Tírala tú.

Seth obedeció y lanzó la pelota. Se rió al ver a los perros correr detrás de ella entre empujones como si fueran unos jugadores de fútbol americano. Irrumpieron en el bosque y unos pájaros salieron despavoridos.

En aquel momento, cuando Aubrey se retorcía de risa, cuando los perros ladraban y él notaba el aire fresco de septiembre en las mejillas, Seth era completamente feliz. Una parte de su cabeza se concentró en ello para mantenerlo grabado. El destello del sol en el mar, la voz pastosa de Otis Redding que salía por la ventana de la cocina, los quejidos impertinentes de los pájaros y el olor salado de la bahía.

Estaba en casa.

Hasta que el sonido de un motor le llamó la atención. Cuando se volvió, vio el balandro de la familia que se acercaba al embarcadero. Phillip, que iba al timón, levantó una mano. Seth, mientras devolvía el saludo, miró a la mujer que iba junto a Phillip. Notó como si algo le rozara la nuca, algo ligero y cauteloso como las patas de una araña. Se pasó la mano distraídamente por la nuca, se encogió de hombros y agarró con fuerza la mano de Aubrey.

—Acuérdate, tienes que quedarte en medio del embarcadero.

Ella lo miró con veneración.

—Vale. Mamá dice que nunca, nunca puedo ir sola al borde.

—Eso es.

Entraron en el embarcadero y esperaron a que llegara Phillip. Curiosamente, fue la mujer quien le lanzó el cabo desde la proa. Se llamaba Sybill no sé qué, se dijo Seth. Por un instante, mientras ella recuperaba el equilibrio, las miradas se encontraron y él volvió a sentir algo extraño en la nuca.

Entonces, lo perros llegaron como un torbellino y Aubrey volvió a reírse como una loca.

—Hola, mi amor.

Phillip ayudó a Sybill a bajarse y guiñó un ojo a Aubrey.

—Arriba —le exigió ella.

133

—Ahora mismo. —Phillip la levantó en vilo y le dio un beso muy sonoro en la mejilla—. ¿Cuándo vas a ser mayor para casarte conmigo?

—¡Mañana!

—Eso es lo que dices todos los días. Te presento a Sybill. Sybill, te presento a Aubrey, mi chica favorita.

—Es guapa —afirmó Aubrey con una sonrisa que le hacía unos hoyuelos.

—Gracias, tú también.

Los perros no paraban de dar vueltas a su alrededor y Sybill dio un paso atrás. Phillip la agarró del brazo antes de que se cayera del embarcadero.

—Tranquila. Seth, llama a los perros, Sybill está incómoda.

—No hacen nada.

Seth sacudió la cabeza en un gesto que dejó muy claro que Sybill había bajado muchos puntos en el concepto que tenía de ella, pero agarró a los perros por el collar y los retuvo hasta que ella pudo pasar.

—¿Ya está todo el mundo? —le preguntó Phillip a Seth.

—Sí, sueño con la cena. Grace ha traído una tarta de chocolate gigante y Cam ha engatusado a Anna para que haga lasaña.

—Que Dios la bendiga. La lasaña de mi cuñada es una obra de arte —le dijo Phillip a Sybill.

—Hablando de arte, Seth, quería volver a decirte lo mucho que me gustaron tus dibujos del astillero. Son muy buenos.

Él se encogió de hombros y se agachó para recoger dos palos y tirárselos a los perros.

—Dibujo de vez en cuando.

—Yo también. —Sybill comprendió que era absurdo, pero se sonrojó cuando Seth la miró de arriba abajo como si estuviera juzgándola—. Me gusta dibujar en mi tiempo libre. Me relaja y es gratificante.

—Sí, supongo…

—Podías enseñarme algunos dibujos más…

—Si quieres…

Seth abrió la puerta de la cocina y fue directamente a la nevera. A Sybill le pareció un gesto muy significativo. Estaba en su casa.

Echó una ojeada a la habitación. Había un puchero lleno de agua hirviendo en unos fogones que parecían antiguos. El olor era increíblemente aromático. La repisa que había sobre el fregadero estaba llena de tarros de arcilla con todo tipo de hierbas.

Las encimeras estaban limpias, aunque un poco gastadas. En un extremo, debajo de un teléfono de pared, había un montón de papeles sujetos con un juego de llaves. Un frutero bastante plano lleno de manzanas verdes y rojas hacía de centro de mesa. Delante de una silla había una taza medio llena de café y debajo de esa misma silla se veían dos zapatos.

—¡Maldita sea! Habría que asesinar a ese árbitro. Han lanzado la bola a dos metros de altura.

Sybill arqueó la ceja al oír la furiosa voz masculina que llegaba desde la habitación de al lado. Phillip se limitó a sonreír y balanceó a Aubrey en el aire.

—Béisbol. Cam se está tomando muy en serio la liga de este año.

—¡El partido! Se me había olvidado. —Seth cerró con un portazo la puerta de la nevera y salió corriendo de la cocina—. ¿Cómo van? ¿Qué entrada es? ¿Qué ha pasado?

—Tres a dos; final de la sexta; dos eliminados; un hombre en la segunda. Siéntate y cierra el pico.

—Muy en serio —repitió Phillip mientras dejaba a Aubrey en el suelo.

—Muchas veces, el béisbol se convierte en algo personal entre el público y el equipo contrario. Sobre todo —añadió Sybill con un gesto de la cabeza—, cuando la temporada llega a septiembre.

—¿Te gusta el béisbol?

—¿Por qué no? —replicó entre risas—. Es un estudio fascinante de los hombres, el trabajo en equipo, la batalla... Velocidad, astucia, estrategia y, siempre, el lanzador contra el bateador. Al final, todo se reduce a elegancia y resistencia. Y matemáticas.

—Vamos a tener que ir a ver un partido. Me encantaría oír tu estilo de comentarista. ¿Quieres algo?

—No, gracias. —Se oyeron más gritos y palabrotas—. Pero me parece que podría ser peligroso salir de esta habitación mientras pierde el equipo de tu hermano.

—Eres muy perspicaz. —Phillip le acarició una mejilla—. Vamos a quedarnos y...

—¡Qué haces! —gritó Cam desde la sala—. Ese hijo de puta es increíble.

—Mierda. —La voz de Seth era descarada y bravucona—. Esos cerdos de California nos la van a montar.

Phillip dejó escapar un suspiro.

—Quizá debiéramos irnos durante un par de entradas.

—Seth, creía que ya habíamos hablado del lenguaje que se usa en esta casa.

—Es Anna —susurró Phillip—. Está bajando para poner orden.

—Cameron, yo creía que eras una persona adulta.

—Es el béisbol, cariño.

—Si no cuidáis vuestro lenguaje, apago la televisión.

—Es muy estricta —le explicó Phillip a Sybill—. Nos tiene aterrados a todos.

—¿De verdad…? —le preguntó Sybill mientras miraba hacia la sala.

Sybill oyó otra voz más suave y calmada, y luego la respuesta firme de Aubrey.

—No, mamá, por favor. Quiero estar con Seth.

—No te preocupes, Grace. Puede quedarse conmigo.

El tono tranquilo y despreocupado de Seth hizo pensar a Sybill.

—No es normal, me parece, que un chico de la edad de Seth sea tan paciente con una niña tan pequeña.

Phillip se encogió de hombros y fue a los fogones para hacer una cafetera.

—Se llevan muy bien. Aubrey lo adora. Eso halaga la vanidad de Seth y él se porta muy bien con ella.

Se volvió con una sonrisa mientras las dos mujeres entraban en la cocina.

—Vaya, las fugitivas… Sybill, éstas son las mujeres que me robaron mis hermanos. Anna, Grace, la doctora Griffin.

—Sólo nos quiere para que le cocinemos —aclaró Anna con una carcajada mientras extendía la mano—. Encantada de conocerte. He leído tus libros, me parecen muy brillantes.

Sybill, pillada por sorpresa tanto por la declaración como por la belleza abrumadora de Anna Spinelli Quinn, casi se tambaleó.

—Gracias. Te agradezco que admitas esta intrusión un domingo por la tarde.

—No es ninguna intrusión. Estamos encantados. —Además de que le corroyera la curiosidad, se dijo Anna para sus adentros. Conocía a Phillip desde hacía siete meses y era la primera mujer que llevaba un domingo por la tarde.

—Phillip, vete a ver el béisbol. —Le hizo un gesto con la mano hacia la puerta—. Grace, Sybill y yo podemos apañarnos solas.

—También es una mandona —le advirtió Phillip a Sybill—. Si necesitas ayuda, da un grito y vendré a rescatarte.

Le dio un beso rotundo en la boca antes de que ella pudiera hacer nada por evitarlo y salió de la habitación.

Anna tarareó algo con cierta intención y luego sonrió de oreja a oreja.

—Vamos a tomar una copa de vino.

Grace sacó una silla.

—Phillip nos ha dicho que vas a quedarte una temporada en St. Chris y que luego escribirás un libro.

—Algo así.

Sybill tomó aliento. Sólo eran un par de mujeres. Una morena impresionante de ojos negros y una rubia más fría pero encantadora. No tenía motivos para estar nerviosa.

—En realidad —continuó Sybill—, tengo pensado escribir sobre la cultura, las tradiciones y el esquema social de los pueblos pequeños y las comunidades rurales.

138

—Por aquí hay de las dos cosas.

—Eso veo. Ethan y tú os habéis casado hace poco, ¿no?

La sonrisa de Grace se hizo más cálida y miró el anillo de oro que llevaba en el dedo.

—El mes pasado.

—Y los dos os criasteis aquí...

—Yo nací aquí. Ethan vino cuando tenía unos doce años.

—¿Tú también eres de esta zona? —le preguntó a Anna.

Se sentía más cómoda en el papel de entrevistadora.

—No, soy de Pittsburgh. Trabajo para los servicios sociales. Soy asistenta social. Por eso me interesan tanto tus libros.

Dio una copa de vino tinto a Sybill.

—Ah, es verdad, eres la asistenta social de Seth. Phillip me lo ha comentado.

—Mmm. —Eso fue lo único que dijo Anna mientras se daba la vuelta para ponerse un delantal—. ¿Te ha gustado navegar?

Sybill se dio cuenta de que no se hablaba de Seth con desconocidos y lo aceptó por el momento.

—Sí, mucho. Más de lo que me imaginaba. Ahora me parece increíble haber tardado tanto en probarlo.

—Yo navegué por primera vez hace unos meses. —Anna puso un puchero enorme lleno de agua al fuego—. Grace ha navegado toda su vida.

—¿Trabajas aquí, en St. Christopher?

—Sí, limpio casas.

—Incluida ésta, gracias a Dios —intervino Anna—. Le estaba diciendo que debería montar una empresa.

«Limpiadoras a su disposición» o algo así. —Grace se rió, pero Anna sacudió la cabeza—. Lo digo en serio. Sería un servicio fantástico, sobre todo para las mujeres que trabajan. También podríais ocuparos de oficinas. Si formas un equipo de dos o tres personas, funcionaría el boca a boca.

—Tú tienes más aspiraciones que yo. Además, no sé llevar una empresa.

—Seguro que sí sabes. Tu familia lleva generaciones administrando la cangrejera.

—¿La cangrejera? —preguntó Sybill.

—Los capturan, los empaquetan y los entregan. —Grace levantó una mano—. Si has tomado cangrejo mientras estabas aquí, te ha llegado a través de la empresa de mi padre, pero yo nunca he participado.

—Eso no quiere decir que no puedas llevar tu empresa. —Anna sacó un trozo de mozzarella de la nevera y empezó a cortarlo—. Hay mucha gente que está deseando pagar por un servicio doméstico bueno y digno de confianza. No quieren pasar el poco tiempo libre que tienen cocinando, limpiando la casa o haciendo la colada. Los papeles tradicionales están cambiando, ¿verdad, Sybill? Las mujeres no pueden pasarse todo el tiempo en la cocina.

—Bueno, estaría de acuerdo, pero… aquí estás tú.

Anna se paró, parpadeó, echó la cabeza hacia atrás y se rió. A Sybill le pareció que debería estar danzando alrededor de una fogata llevada por la música de los violines y las guitarras en vez de estar cortando queso en una cocina llena de aromas.

—Tienes toda la razón. —Anna sacudió la cabeza sin dejar de reírse—. Aquí estoy yo mientras mi marido está tirado en una butaca sin poder apartar los ojos del partido. Además, es una escena muy corriente los domingos por la tarde. No me importa, me encanta cocinar.

—¿De verdad?

Anna volvió a reírse al captar el tono de incredulidad en la pregunta de Sybill.

—De verdad, pero no cuando tengo que llegar deprisa y corriendo del trabajo y juntar cuatro cosas. Por eso hacemos turnos. Los lunes se comen los restos de lo que haya cocinado el domingo. Los martes nos tenemos que aguantar con lo que haga Cam, que es una nulidad para la cocina. Los miércoles compramos alguna comida preparada. Los jueves cocino yo y los viernes Phillip. Los sábados cada uno hace lo que quiere. Es un sistema muy funcional, cuando funciona.

—Anna está decidida a que Seth se haga cargo de los miércoles dentro de un año.

—¿Tan joven?

Anna se apartó el pelo de la cara.

—Dentro de un par de semanas cumplirá once años. Cuando yo tenía su edad, podía hacer una salsa de tomate de chuparte los dedos. Al final, merecerá la pena el esfuerzo de enseñarle y de convencerle de que sigue siendo un hombre aunque sepa cocinar. Además —añadió mientras echaba la pasta plana en el agua hirviendo—, si le animo diciéndole que puede superar a Cam en cualquier terreno, será un estudiante sobresaliente.

—No se llevan bien…

—Se llevan de maravilla. —Anna inclinó la cabeza al oír los gritos, las patadas en el suelo y las palmadas que llegaban de la sala—. Y lo que más le gusta a Seth es impresionar a su hermano mayor. Lo que significa, naturalmente, que discuten y se provocan constantemente. —Anna volvió a sonreír—. Intuyo que no tienes hermanos...

—No, no los tengo.

—¿Hermanas? —le preguntó Grace sin comprender por qué los ojos de Sybill se tornaban tan fríos.

—Una.

—Yo siempre quise tener una hermana. —Grace sonrió a Anna—. Ahora, ya la tengo.

—Grace y yo éramos hijas únicas. —Anna apretó el hombro de Grace cuando pasó junto a ella para mezclar los quesos. Aquel gesto de intimidad le produjo una punzada de envidia a Sybill—. Desde que nos enamoramos de los Quinn, nos hemos resarcido rápidamente de haber tenido familias pequeñas. ¿Tu hermana vive en Nueva York?

—No. —Sybill sintió un vacío en el estómago—. No nos tratamos mucho. Disculpadme. —Se apartó de la mesa—. ¿Puedo usar el cuarto de baño?

—Claro. La primera puerta a la izquierda del vestíbulo. —Anna esperó a que Sybill hubiera salido e hizo una mueca con los labios—. No sé qué pensar de ella.

—Parece un poco incómoda.

Anna se encogió de hombros.

—Bueno, supongo que habrá que esperar a ver qué pasa, ¿no?

Sybill se mojó la cara con agua. Tenía calor, estaba nerviosa y sentía náuseas. No entendía a aquella familia. Eran ruidosos, a veces vulgares y procedían de orígenes distintos. Sin embargo, parecían felices, se llevaban bien y eran muy cariñosos.

142

Se secó la cara y se encontró con el reflejo de sus ojos en el espejo. Su familia nunca había sido ni ruidosa ni vulgar. Excepto en aquellos momentos espantosos cuando Gloria había forzado las cosas. Tampoco podía decir sinceramente si habían sido felices ni si se habían llevado bien. El cariño nunca había sido una prioridad ni se había expresado abiertamente.

Sencillamente, no eran personas muy expresivas, se dijo a sí misma. Ella siempre había sido más cerebral, en contra de su tendencia natural, como defensa a la desconcertante volubilidad de Gloria. La vida era más tranquila si se dependía de la cabeza. Ella lo sabía y creía en ello a pies juntillas.

Sin embargo, en aquel momento, estaba desasosegada por los sentimientos. Se sentía como una mentirosa, una espía y una entrometida. Le ayudaba recordarse que estaba haciendo todo eso por el bien del chico. Le aliviaba que ese chico fuera su sobrino; tenía derecho a estar allí para formarse una opinión.

Era una cuestión de objetividad, pensó mientras se apretaba las puntas de los dedos contra las sienes. Se limitaría a eso mientras reunía todos los datos, todos los hechos y sacaba una conclusión.

Salió silenciosamente del cuarto de baño y se acercó al alboroto del partido de béisbol. Vio a Seth tumbado a los pies de Cam y gritando a la televisión. Cam hacía gestos con la cerveza en la mano mientras discutía con Phillip. Ethan se limitaba a ver el partido con Aubrey hecha un ovillo en su regazo y dormida a pesar del ruido.

La habitación era acogedora, un poco desastrada y de aspecto cómodo. Había un piano en un rincón. Encima tenía un florero con zinnias y docenas de fotos enmarcadas. Seth tenía a su lado un cuenco medio lleno de patatas fritas. La alfombra estaba llena de migas, zapatos, el periódico y un trozo de cuerda mordida y sucia.

Había oscurecido, pero nadie se había molestado en encender la luz.

Empezó a retirarse, pero Phillip la vio. Sonrió y le hizo un gesto con la mano. Ella se acercó y le dejó que él la sentara en el brazo de la butaca.

—Es el final de la novena —susurró—. Ganamos por una.

—Este lanzador va a pegarle una buena patada en el culo.

Seth no elevó la voz, pero resultó alegre. Ni siquiera parpadeó cuando Cam le dio un golpe en la cabeza con su propia gorra.

—¡Genial! ¡A la calle! —dijo saltando e hizo el gesto de la victoria—. Somos los mejores. Tío, me muero de hambre.

Salió corriendo a la cocina y le oyeron suplicar que le dieran de comer.

—Los partidos que se ganan abren el apetito —comentó Phillip mientras besaba distraídamente la mano de Sybill—. ¿Qué tal van las cosas por allí?

—Parece que todo está controlado.

—Vamos a ver si ha hecho entremeses.

La llevó a la cocina, que al cabo de unos segundos estaba rebosante de gente. Aubrey apoyaba la cabeza en el hombro de Ethan y parpadeaba como un búho. Seth se metió un montón de aceitunas en la boca y empezó a comentar el partido.

Todo el mundo se movía, hablaba y comía a la vez. Phillip le dio otra copa de vino antes de encargarse del pan. Él le desconcertaba menos que los demás y se puso a su lado en medio del caos.

Phillip cortó grandes rebanadas de pan y las untó con mantequilla y ajo.

—¿Siempre hay este lío? —le susurró ella.

—No. —Él tomó su copa de vino y la chocó con la de ella—. A veces hay ruido y mucho desorden.

Para cuando llegaron al hotel, la cabeza de Sybill era un hervidero. Tenía que asimilar demasiadas cosas. Visiones, sonidos, personalidades, impresiones… Había sobrevivido a cenas de Estado muy complicadas en las que la confusión no había sido tan grande como en esa cena de domingo con los Quinn.

Necesitaba tiempo para analizarla. Una vez que hubiera escrito sus pensamientos y sus observaciones, los ordenaría, los estudiaría y empezaría a esbozar sus primeras conclusiones.

—¿Cansada?

Ella suspiró.

—Un poco. Ha sido un día muy ajetreado, fascinante y lleno de calorías. Mañana por la mañana iré al gimnasio del hotel. Lo he pasado muy bien —añadió mientras Phillip aparcaba delante del hotel.

—Me alegro. Entonces, estarás deseando repetirlo.

Phillip se bajó del coche, lo rodeó y la ayudó a bajarse.

—No hace falta que me acompañes. Conozco el camino.

—Te acompañaré de todas formas.

—No voy a invitarte a entrar.

—Aun así, voy a acompañarte hasta la puerta, Sybill.

Ella no insistió, fueron juntos hasta los ascensores y entraron en uno cuando se abrió la puerta.

—Entonces, ¿te marchas mañana a Baltimore?

Sybill pulsó el botón de su piso.

—Esta noche. Cuando las cosas están resueltas aquí, vuelvo los domingos por la noche. Casi no hay tráfico y el lunes empiezo antes a trabajar.

—Tiene que costarte hacer tantos viajes, la falta de tiempo y las responsabilidades que te atan.

—Hay muchas cosas que cuestan pero que merecen la pena. —Él le acarició el pelo—. No me importa dedicarle tiempo y esfuerzo a lo que me gusta.

—Bueno… —Sybill se aclaró la garganta y salió del ascensor en cuanto pudo—. Te agradezco el tiempo y el esfuerzo de hoy.

—Volveré el jueves por la noche. Quiero verte otra vez.

Sybill sacó del bolso la tarjeta magnética para abrir la puerta.

—Ahora mismo no sé qué voy a hacer el fin de semana.

Él le tomó la cara entre las manos, se acercó y la besó en los labios. Le pareció que nunca se cansaría de ese sabor.

—Quiero verte —susurró Phillip sin separar los labios de los de Sybill.

Ella siempre había mantenido el dominio de sí misma, se había distanciado de las tentaciones de la seducción y había resistido los embates de la atracción física, pero cuando estaba con él, notaba que cada vez se dejaba llevar más lejos y más profundamente.

—No estoy preparada para esto —se oyó decir a sí misma.

—Yo tampoco. —Aun así la abrazó con más fuerza y la besó con más ansia—. Te deseo. Quizá sea una buena idea tomarse unos días para pensar en lo que pasará después.

Ella lo miró, temblorosa, anhelante y algo asustada de lo que le bullía por dentro.

—Sí, creo que es una buena idea. —Se dio la vuelta y tuvo que usar las dos manos para pasar la tarjeta por la ranura—. Conduce con cuidado.

Entró en su habitación, cerró la puerta precipitadamente y se apoyó contra ella hasta que estuvo segura de que no se le saldría el corazón del pecho.

Era un disparate, se dijo a sí misma. Era un absoluto disparate meterse en ese lío tan rápidamente. Pero también era una científica que no desvirtuaba los resultados con datos incorrectos y tenía que reconocer que lo que estaba pasándole con Phillip Quinn no tenía nada que ver con Seth.

Tenía que pararlo. Cerró los ojos y sintió la presión palpitante de los labios de Phillip en los suyos. Tuvo miedo de no poder pararlo.

8

Era un paso arriesgado. Sybill pensó que incluso podría ser ilegal. Merodear cerca del colegio de St. Christopher le hacía sentirse como una delincuente, por mucho que se dijera que no estaba haciendo nada malo.

Sencillamente paseaba por una calle a media tarde. No estaba acechando a Seth ni pensaba secuestrarlo. Sólo quería hablar con él y verlo un rato a solas. Había esperado hasta el miércoles. Durante el lunes y el martes lo había observado desde una distancia prudencial para conocer sus horarios y el camino que seguía. Normalmente los autobuses llegaban unos minutos antes de que se abrieran las puertas del colegio.

Primero se bajaban los alumnos de primaria, luego los de secundaria y al final los de bachillerato.

Sólo eso ya era una lección sobre la evolución de la infancia. Los cuerpos compactos y las caras redondas de los niños de primaria, luego los larguiruchos y torpes de los que rondaban la pubertad y, para terminar, los jóvenes increíblemente adultos y más individualistas que iban al bachillerato.

Era todo un tratado. De los cordones de los zapatos medio sueltos y las sonrisas a los que les faltaban algunos dientes, de los mechones de pelo y cazadoras de béisbol a los vaqueros holgados y las cascadas de pelo reluciente.

Los niños nunca habían entrado en su vida ni habían sido uno de sus intereses. Había crecido en un mundo de adultos y se había esperado de ella que se adaptara. No había ido al colegio en un autobús amarillo, ni había gritado al salir del colegio para volver al mundo libre, ni se había entretenido en el aparcamiento con algún chico con cazadora de cuero.

Observaba todo aquello como si estuviera viendo una representación teatral y la mezcla de drama y comedia le pareció divertida e informativa.

El pulso se le aceleró cuando Seth salió dando empujones a un chico moreno que debía de ser su compañía más habitual. Él sacó la gorra de béisbol del bolsillo trasero del pantalón y se la puso en cuanto traspasó las puertas del colegio. Un ritual que simbolizaba el cambio de reglas, pensó Sybill. El otro chico buscó en el bolsillo y sacó un puñado de chicles que se metió en la boca en cuestión de segundos.

Cada vez había más ruido y ella no pudo oír la conversación, pero le pareció que era animada y que incluía muchos codazos y choques de hombros.

Una típica demostración de cariño entre hombres.

Pasaron de largo los autobuses y empezaron a caminar por la acera. Al cabo de unos segundos, un chico más pequeño los alcanzó. Iba dando saltos y parecía tener mucho que contar.

Ella esperó un rato y entró en el camino que se cruzaría con el de ellos.

—Mierda, tío, el examen de geografía estaba chupado. Cualquier tarado lo habría aprobado.

Seth movió los hombros para colocarse bien la mochila.

El otro chico hizo un globo rosa increíble, lo explotó y volvió a masticarlo.

—No sé a quién le importa saber los nombres de los estados y sus capitales. No creo que yo vaya a vivir en Dakota del Norte.

—Hola, Seth.

Sybill lo vio pararse, ordenar las ideas y fijarse en ella.

—Ah, sí, hola.

—El colegio ha terminado por hoy, ¿no? ¿Vas hacia casa?

—Hacia el astillero. —Volvió a sentir el cosquilleo en la nuca y eso le fastidiaba—. Tenemos trabajo.

—Yo también voy en esa dirección. —Intentó sonreír a los otros chicos—. Hola, me llamo Sybill.

—Yo me llamo Danny —dijo el otro chico—. Él es Will.

—Encantada de conoceros.

—Hemos tenido sopa de verduras de comida —informó Will a todo el mundo—. Y Lisa Harbough la ha vomitado toda. Y el señor Jim tuvo que limpiarlo y su madre tuvo que ir a buscarla y no pudimos escribir las letras del abecedario.

El crío daba vueltas alrededor de Sybill mientras le contaba todo eso, y luego le sonrió de una forma tan inocente y resplandeciente que ella se derritió.

—Espero que Lisa se ponga bien pronto.

—Una vez, yo vomité y me quedé todo el día en casa viendo la televisión. Danny y yo vivimos en Heron Lane. ¿Dónde vives tú?

—Estoy de visita.

—Mi tío John y la tía Augie se fueron a vivir a Carolina del Sur y fuimos a visitarlos. Tienen dos perros y un bebé que se llama Mike. ¿Tú tienes perros y bebés?

—No...

—Puedes tenerlos. Puedes ir a la perrera y te dan un perro. Nosotros lo hicimos. También puedes casarte y tener un bebé para que viva en tu estómago. Es muy fácil.

—¡Caray, Will!

Seth puso los ojos en blanco y Sybill sólo pudo parpadear.

—Bueno, yo tendré perros y bebés cuando sea mayor. Todos los que quiera. —Volvió a sonreír y salió corriendo—. Adiós.

—Es un empollón —dijo Danny con el típico desdén del hermano mayor hacia el pequeño—. Hasta luego, Seth. —Salió detrás de Will, pero se volvió, corrió un poco de espaldas y se despidió con la mano de Sybill—. Adiós.

—Will no es un empollón —le dijo Seth—. Es un crío y no puede callar la boca, pero me cae muy bien.

—Es muy simpático. —Ella cambió de hombro la bolsa y sonrió a Seth—. ¿Te importa si te acompaño el resto del camino?

—No...

—Me pareció oírte algo sobre un examen de geografía.

—Sí, hoy hemos hecho uno. Una tontería.

—¿Te gusta el colegio?

—Está ahí. —Se encogió de hombros—. Hay que ir.

—A mí me gustaba aprender cosas nuevas. —Sybill se rió—. Supongo que era una empollona.

Seth inclinó la cabeza y entrecerró los ojos como si le examinara la cara. Se acordó de que Phillip le había dicho que era muy observadora. Seguramente lo sería. Tenía unos ojos bonitos, el color claro contrastaba con las pestañas oscuras. El pelo no era tan moreno como el de Anna ni tan rubio como el de Grace. Era muy brillante y la forma de sujetárselo atrás y dejarlo todo tirante le resaltaba la cara.

Podría estar bien dibujarla en algún momento.

—No pareces una empollona —afirmó Seth cuando Sybill empezaba a sonrojarse por el intenso examen—, pero sí un ratón de biblioteca.

—Ya… Bueno, ¿qué asignatura te gusta más?

—No lo sé. Casi todo es un montón de… bobadas. —Decidió censurar su opinión—. Creo que lo que más me gusta es cuando leo algo de personas en vez de cosas.

—A mí siempre me ha gustado estudiar a la gente. —Se detuvo y señaló hacia una casa gris de dos pisos con un impecable jardín delantero—. Yo diría que ahí vive una familia joven. Los dos, el marido y la mujer, trabajan fuera de casa y tienen un hijo que todavía no va al colegio, seguramente un niño. Lo más probable es que se conocieran durante algunos años y lleven casados menos de siete.

—¿Cómo lo sabes?

—Bueno, es mediodía y no hay nadie en casa. No hay coches en el camino y la casa parece vacía, pero hay un triciclo y unos camiones de juguete. La casa no es nueva, pero está cuidada. La mayoría de las parejas jóvenes trabajan para comprarse una casa y formar una familia. Viven en una comunidad pequeña. Los jóvenes no suelen establecerse en un pueblo si uno de los dos o los dos no se ha criado en ese pueblo. Por eso he decidido que esa pareja vivía aquí, se conocieron y acabaron casándose. Lo más probable es que tuvieran un hijo durante los primeros tres años de matrimonio y los juguetes indican que tiene entre tres y cinco años.

—Cómo mola —sentenció Seth al cabo de unos segundos.

Era absurdo, pero ella sintió cierto orgullo por no haber resultado un ratón de biblioteca después de todo.

—Pero a mí me gustaría saber algunas cosas más. —Le parecía que había captado el interés de Seth.

—¿Como qué?

—¿Por qué han elegido esa casa concreta? ¿Qué metas tienen? ¿Cómo tienen planteada la relación? ¿Quién maneja el dinero y por qué?, lo que indica el reparto del poder. Si se estudia a la gente, se conocen sus pautas de conducta.

—¿Qué más da?

—No entiendo.

—¿A quién le importa?

Ella lo pensó.

—Bueno, si entiendes esas pautas que forman la estructura social a gran escala, entonces sabes por qué la gente se comporta de cierta forma.

—¿Qué pasaría si ellos no encajaran?

Sybill pensó que era un chico brillante y volvió a sentir un orgullo más profundo.

—Todo el mundo encaja en alguna pauta de conducta. Se tienen en cuenta los orígenes, la genética, la educación, el estrato social y las raíces religiosas y culturales.

153

—¿Te pagan por eso?

—Sí, más o menos.

—Qué raro.

Esa vez le pareció que sí la había relegado a la categoría de ratón de biblioteca.

—Puede ser interesante. —Sybill se exprimía el cerebro para encontrar un ejemplo que cambiara su opinión de ella—. He hecho un experimento en varias ciudades. Hice que un hombre se quedara mirando un edificio.

—¿Sólo mirándolo?

—Exactamente. Estaba de pie, lo miraba de arriba abajo y se ponía la mano de visera en los ojos cuando lo necesitaba. Al poco tiempo, alguien se paraba a su lado y también miraba el edificio. Y así sucesivamente hasta que se formaba una multitud que miraba al edificio. Pasaba mucho tiempo hasta que alguien preguntaba qué estaba pasando y por qué miraban el edificio. Nadie quería ser el primero en preguntarlo porque era una forma de reconocer que no veía lo que daba por sentado que veía todo el mundo. Todos queremos ajustarnos, encajar, saber, ver y entender lo que la persona de al lado sabe, ve y entiende.

—Estoy seguro de que más de uno pensaba que alguien iba a saltar por una ventana.

—Es muy probable. Como media, una persona se quedaba mirando e interrumpiendo sus quehaceres durante dos minutos. —Creía que había vuelto a estimular su imaginación—. Eso es bastante tiempo para quedarse mirando a un edificio cualquiera.

—Mola cantidad, pero sigue siendo raro.

Estaban llegando al punto donde él se desviaría hacia el astillero.

—¿Qué crees que pasaría si hiciera el mismo experimento en St. Christopher? —le preguntó Sybill de forma impulsiva.

—No lo sé. ¿Lo mismo?

—No creo. —Sybill esbozó una sonrisa de complicidad—. ¿Quieres probarlo?

—A lo mejor.

—Podemos ir al paseo marítimo. ¿Se preocupará tu hermano si llegas un poco tarde? ¿Tienes que ir a decirle que estás conmigo?

—No. Cam no me tiene atado a una correa. Me deja un poco a mi aire.

Sybill no sabía qué pensar sobre esa falta de disciplina, pero se alegraba de poder aprovecharse.

—Entonces, vamos a intentarlo. Te pagaré con un helado.

—Trato hecho.

Se alejaron del astillero.

—Puedes elegir el sitio —le dijo Sybill—. Tienes que estar de pie, normalmente, la gente no presta atención a alguien que está sentado y mirando. Dan por supuesto que está soñando despierto o descansando.

—Entiendo.

—Es más efectivo si miras hacia arriba. ¿Te importa si lo grabo en vídeo?

Él arqueó las cejas al ver que ella sacaba una cámara de vídeo de la bolsa.

—No… ¿Vas con eso a todas partes?

—Sólo cuando estoy trabajando. También llevo una libreta, un micrófono, una grabadora, pilas, lápices y el teléfono móvil —se rió de sí misma—. Me gusta estar preparada. Cuando hagan un ordenador que me quepa en el bolso, seré la primera en comprármelo.

—A Phillip también le gustan todos esos aparatos electrónicos.

—Es el equipaje de la persona de ciudad. Hacemos lo que sea por no perder un segundo. Aunque, naturalmente, no podemos distanciarnos de nada porque estamos constantemente enchufados.

—Podrías apagar todos los cacharros.

—Sí. —El razonamiento le pareció curiosamente profundo por su sencillez—. Supongo que podría.

No había muchos paseantes. Vio un barco que descargaba la captura del día y a una familia que disfrutaba de la tarde y se tomaba unos helados en una terraza. Dos ancianos, de rostros curtidos y con profundas arrugas, estaban sentados en un banco de hierro con un tablero de ajedrez en medio. Ninguno de los dos parecía dispuesto a hacer un movimiento. Tres mujeres charlaban en la puerta de una tienda, pero sólo una de ellas llevaba una bolsa.

—Voy a ponerme ahí —dijo Seth señalando un sitio— y mirar hacia el hotel.

—Buena elección.

Sybill se quedó donde estaba mientras Seth se alejaba. Se necesitaba cierta distancia para que el experimento fuera real. Levantó la cámara y enfocó a Seth. Él se volvió y sonrió fugaz y descaradamente.

Cuando su cara llenó el visor, Sybill sintió una oleada de sentimientos para la que no estaba preparada. Era muy guapo y listo; muy feliz. Hizo un esfuerzo por no dejarse arrastrar por lo que podía ser desesperanza.

Podía irse, se dijo a sí misma, podía hacer la maleta y desaparecer, nunca volvería a verlo. Él nunca sabría quién era ella ni qué relación tenían. Seth nunca echaría de menos lo que ella podría haberle aportado a su vida. Ella no era nadie para él. Tampoco había intentado nunca serlo.

Ahora era distinto. Estaba haciendo que fuera distinto. Se obligó a relajar los dedos, el cuello y los brazos. No estaba haciendo nada malo por intentar conocerlo y dedicar algo de tiempo a estudiarlo.

Lo grabó cuando se puso en su sitio y levantó la cara. Tenía un perfil más delicado y anguloso que el de Gloria. Quizá tuviera la osamenta de su padre.

Tampoco tenía el tipo de Gloria, como había pensado al principio; se parecía más a ella misma y a su madre. Sería alto cuando terminara de crecer, con piernas largas y más bien delgado.

Su lenguaje corporal, comprobó con cierta sorpresa, era típico de los Quinn. Ya había adquirido algunos rasgos de su familia adoptiva. Esa postura con la cadera ladeada, las manos en los bolsillos y la cabeza inclinada…

Reprimió una punzada de resentimiento y se concentró en el experimento.

Pasó poco más de un minuto antes de que una persona se parara junto a Seth. Reconoció a la mujer gruesa de pelo gris que atendía el mostrador de Crawford's. Todo el mundo la llamaba Mamá Crawford. Como había previsto, la mujer levantó la cabeza para mirar hacia donde miraba Seth, pero después de echar una ojeada, le dio una palmada en el hombro.

—¿Qué miras, hijo?

—Nada.

157

Seth lo dijo entre dientes y Sybill tuvo que acercarse para poder grabarlo.

—Vaya, pues si te quedas un rato sin mirar a nada, la gente va a pensar que estás pirado. ¿Por qué no estás en el astillero?

—Voy enseguida.

—Hola, Mamá Crawford. Hola, Seth. —Una joven guapa y morena entró en el cuadro y miró hacia el hotel—. ¿Pasa algo? No veo nada.

—No hay nada que ver —le comunicó Mamá Crawford—. El chico está ahí sin mirar a nada. ¿Qué tal está tu madre, Julie?

—Está un poco baja de ánimo. Le duele la garganta y tiene algo de tos.

—Sopa de pollo, té caliente y miel.

—Grace ha traído un poco de sopa esta mañana.

—Ocúpate de que se la coma. Qué tal, Jim.

—Buenas tardes. —Un hombre bajo y robusto con botas blancas de goma se acercó y dio una palmada amistosa en la cabeza de Seth—. ¿Qué miras, muchacho?

—¿Qué pasa…? ¿No puedo mirar lo que quiero?

Seth volvió la mirada hacia la cámara, puso los ojos en blanco e hizo que Sybill se riera.

—Quédate mucho tiempo así y las gaviotas te dejaran pringado. —Jim guiñó un ojo a Seth—. Si Ethan llega al astillero antes que tú, querrá saber el motivo.

—Ya voy, ya voy, tío. —Seth se dirigió hacia Sybill con la cabeza baja y los hombros encogidos—. Nadie se lo traga.

—Porque todos te conocen —dijo mientras apagaba la cámara—. Eso cambia las pautas.

—¿Sabías que iba a pasar?

—Suponía que en una zona pequeña donde se conoce al sujeto, alguien se pararía y miraría, pero enseguida preguntaría. No hay ningún peligro, nadie se rebaja por preguntar a alguien que conoce y menos si es joven.

Seth frunció el ceño mientras miraba al trío que seguía charlando.

—Aun así, me pagarás...

—Claro, y te dedicaré un capítulo de mi libro.

—Guay. Me tomaré un cucurucho de chocolate con galleta. Tengo que irme al astillero antes de que Cam y Ethan me echen la bronca.

—Si van a enfadarse contigo, yo puedo explicárselo. Ha sido culpa mía.

—No van a cabrearse. Además, les diré que ha sido por el bien la ciencia, ¿no? —le explicó Seth con una sonrisa arrebatadora.

Sybill tuvo que hacer un esfuerzo sobrehumano para no abrazarlo.

—Efectivamente. —Ella se atrevió a apoyarle la mano en el hombro mientras iban hacia Crawford's. Le pareció que él se ponía rígido y apartó la mano—. Además, podemos llamarlos con mi teléfono móvil.

—¿Sí? Cómo mola. ¿Puedo llamarlos?

—Claro.

Veinte minutos más tarde, los dedos de Sybill volaban sobre el teclado del ordenador.

Aunque he pasado menos de una hora con él, yo diría que el sujeto es extraordinariamente brillante. Phillip me ha dicho que saca unas notas muy altas, lo cual es admirable. Me ha encantado comprobar que tiene una mente curiosa. Sus modales pueden ser un poco toscos, pero no es desagradable. Parece ser mucho más sociable que su madre o yo a su edad. Con eso quiero decir que parece más natural con personas relativamente desconocidas y que no es tan envarado como nos obligaba a ser nuestra educación. En parte puede deberse a la influencia de los Quinn. Ellos son, como ya había notado, personas despreocupadas y accesibles.

Al observar a los chicos y a los adultos con los que ha tratado hoy, también diría que se le aprecia en esta comunidad, que le aceptan como una parte de ella. Naturalmente, todavía estoy en una fase inicial y no puedo decir rotundamente si el quedarse aquí es lo mejor para sus intereses o no.

Sencillamente, es imposible olvidarse de los derechos de Gloria, aunque no haré nada hasta que conozca los deseos del chico en lo referente a su madre.

Preferiría que él se acostumbrara a mí, que se sintiera cómodo conmigo antes de confesarle nuestra relación familiar.

Necesito más tiempo para…

Sonó el teléfono y se detuvo. Descolgó mientras echaba una ojeada a lo que había escrito precipitadamente.

—Doctora Griffin.

—Hola, doctora Griffin. Me temo que la he interrumpido en su trabajo.

Reconoció la voz de Phillip y el tono ligeramente burlón. Bajó la tapa del ordenador con cierto remordimiento.

—Eres muy perspicaz, pero puedo dedicarte un par de minutos. ¿Qué tal van las cosas por Baltimore?

—Mucho trabajo. ¿Qué te parece esto? Se ve una pareja joven y atractiva que lleva a un niño pequeño y sonriente hacia un sedán de gama media. El texto dice: «Neumáticos Myrestone. Su familia nos importa».

—Engañoso y tergiversador. Se hace pensar al consumidor que a las otras marcas no les importan las familias.

—Efectivamente. Funciona. Naturalmente, en las revistas de coches vamos a poner otro anuncio. Un descapotable rojo en una carretera sinuosa con una rubia al volante. «Neumáticos Myrestone. Puede conducir hasta allí o puede estar allí.»

—Ingenioso.

—Al cliente le gusta y eso facilita las cosas. ¿Qué tal todo en St. Chris?

—Tranquilo. —Se mordió el labio—. Me he encontrado con Seth hace un rato. La verdad es que le he fichado para que me ayude con un experimento. Ha salido bien.

—¿Sí…? ¿Cuánto has tenido que pagarle?

—Un helado de cucurucho con dos bolas.

—Te ha salido barato. Ese chico es un negociador bastante bueno. ¿Qué te parece cenar mañana con una botella de champán para celebrar nuestros éxitos?

—Mira quién habló de negociadores…

—He pasado toda la semana pensando en ti.

—Tres días —le corrigió ella mientras hacía garabatos en la libreta.

—Con sus noches. Una vez resuelto el asunto de los neumáticos, mañana podría salir un poco antes. ¿Te recojo a las siete?

—No sé a dónde nos lleva esto, Phillip.

—Yo tampoco. ¿Tienes que saberlo?

Ella entendió que ninguno de los dos hablaba de un restaurante.

—Me desconcierta menos.

—Entonces, hablaremos de ello y quizá aclaremos el desconcierto. A la siete en punto.

Sybill bajó la mirada y se dio cuenta de que había dibujado la cara de él inconscientemente. Pensó que era una mala señal. Una señal muy peligrosa.

—De acuerdo. —Era preferible afrontar las complicaciones—. Hasta mañana.

—¿Me harías un favor?

—Si puedo…

—Piensa en mí esta noche.

Ella dudaba que tuviera otra alternativa.

—Adiós.

Phillip, en su despacho a catorce pisos de altura sobre las calles de Baltimore, se apartó de la mesa, no hizo caso del pitido de su ordenador, que indicaba que acababa de recibir un correo electrónico interno, y fue al ventanal.

Le encantaba esa vista de la ciudad, los edificios restaurados, los destellos del puerto, el bullicio de coches y personas, pero en ese momento, no veía nada.

Literalmente, no podía quitarse a Sybill de la cabeza. Esa presencia continua en sus pensamientos era algo que no le había pasado nunca. Ella no interfería en su actividad cotidiana puesto que podía trabajar, comer, debatir y hacer las presentaciones tan diestramente como siempre, pero ella estaba presente. Era un cosquilleo en lo más profundo de su cabeza que pasaba a un primer plano cuando no la tenía ocupada con otras cosas.

No estaba seguro de que le gustara que una mujer le exigiera tanta atención, sobre todo cuando era una mujer que hacía bien poco para animarlo.

Quizá se tomara como un reto ese leve velo ceremonioso, esa distancia prudencial que ella intentaba mantener. Pensó que podría soportarlo. No era más que otro de los juegos en los que participaban los hombres y las mujeres.

Sin embargo, le preocupaba algo que estaba pasando en un terreno desconocido y, a su juicio, ella estaba tan desasosegada por eso como él.

—Muy propio de ti —dijo Ray a sus espaldas.

—Dios mío. —Phillip no se dio la vuelta ni abrió los ojos como platos. Los cerró con todas sus fuerzas.

—Es un despacho muy bonito. Hacía tiempo que no venía. —Ray recorrió el despacho desenfadadamente e hizo una mueca con la boca ante un cuadro de manchas rojas y azules enmarcado en negro—. No está mal. Muy estimulante para el cerebro. Supongo que por eso lo has colgado en el despacho, pone las neuronas a funcionar.

—Me niego a creer que mi padre está haciendo crítica de arte en mi despacho.

—Bueno, la verdad es que no quería hablarte de eso. —Se paró ante una escultura metálica que había en una esquina—. Aunque también me gusta esta pieza. Siempre has tenido muy buen gusto. Arte, comida, mujeres… —Sonrió de oreja a oreja cuando Phillip se volvió—. Por ejemplo, la mujer en la que no dejas de pensar. Primera categoría.

163

—Tengo que tomarme algún tiempo libre.

—En eso estoy de acuerdo. Llevas meses exprimiéndote. Es una mujer interesante, Phillip. Hay más en ella de lo que ves y de lo que ella misma sabe. Espero que la escuches cuando llegue el momento, que la escuches de verdad.

—¿De qué hablas? —Levantó una mano como si quisiera pararlo—. ¿Por qué te pregunto de qué hablas si no estás aquí?

—Espero que los dos dejéis de analizar los pasos y las fases y aceptéis las cosas como son. —Ray se encogió de hombros y se metió las manos en los bolsillos de la cazadora de los Orioles—. Pero tú tienes que seguir tu camino. Va a costarte. Falta poco tiempo para que se complique mucho. Te interpondrás entre Seth y lo que le duele. Lo sé. Quiero decirte que puedes confiar en ella. Cuando llegues a un punto muerto, puedes confiar en ti y puedes confiar en ella.

Phillip notó un escalofrío que le recorrió toda la espina dorsal.

—¿Qué tienen que ver Seth y Sybill?

—No puedo decírtelo. —Volvió a sonreír, pero sus ojos no reflejaban lo mismo que sus labios—. No has hablado con tus hermanos de mí. Tienes que hacerlo. Tienes que dejar de pensar que todo depende de ti. Lo haces bien, desde luego, pero tienes que delegar un poco —dijo tomando aliento y se dio la vuelta—. Caray, a tu madre le habría encantado este sitio. Por el momento, te has organizado muy bien la vida. —Sus ojos sí sonrieron esa vez—. Estoy orgulloso de ti y sé que podrás lidiar con lo que se avecina.

—Tú sí que organizaste muy bien mi vida —susurró Phillip—. Mamá y tú.

—En eso tienes razón. —Le guiñó un ojo—. No cedas. —Ray suspiró cuando sonó el teléfono—. Todo lo que pasa tiene que pasar. La diferencia está en lo que haces con ello. Contesta el teléfono, Phillip, y no te olvides de que Seth te necesita.

Quedó el sonido del teléfono y el despacho vacío. Cuando contestó, Phillip seguía con la mirada clavada en el sitio donde había estado su padre.

—Phillip Quinn.

Escuchó y la mirada se le endureció. Agarró un bolígrafo y empezó a tomar notas del informe del detective sobre los últimos movimientos de Gloria DeLauter.

9

—Está en Hampton. —Phillip no dejaba de mirar a Seth mientras le hablaba. Cam apoyó una mano en el hombro rígido del chico como un gesto de protección—. La policía la ha recogido… Embriaguez y escándalo, tenencia…

—Está en la cárcel. —Seth estaba pálido como la cera—. Pueden dejarla en la cárcel.

—Ahora está en la cárcel —Phillip pensó que no sabía cuánto tiempo estaría allí—, pero seguramente tendrá dinero para depositar una fianza.

—¿Quieres decir que puede pagarles dinero para que la suelten? —Seth se estremeció debajo de la mano de Cam—. ¿Da igual lo que haya hecho?

—No lo sé, pero ahora mismo sabemos dónde está. Voy a hablar con ella.

—¡No! No vayas.

—Seth, ya hemos hablado de esto. —Cam pasó la mano por el hombro de Seth y le dio la vuelta para mirarlo a la cara—. La única forma de arreglar esto es negociar con ella.

—No voy a volver —lo dijo con un hilo de voz, pero firme y furioso—. Nunca volveré.

—No vas a volver. —Ethan se desabrochó el cinturón con herramientas y lo dejó en el banco de trabajo—. Puedes quedarte con Grace hasta que vuelva Anna —dijo mirando a Phillip y Cam—. Nosotros iremos a Hampton.

—¿Y si los polis dicen que tengo que ir? ¿Y si vienen mientras vosotros no estáis y…?

—Seth. —Phillip interrumpió la desesperación creciente. Se agachó y agarró a Seth de los brazos—. Tienes que confiar en nosotros.

Seth lo miró con los ojos de Ray Quinn; estaban rebosantes de lágrimas y espanto. Por primera vez, Phillip los miró y no sintió el más mínimo rencor ni duda.

—Tú eres de esta familia y nada va a impedirlo —le dijo con tranquilidad.

Seth soltó el aire trémulamente y asintió con la cabeza. No tenía alternativa, sólo podía confiar, y temer.

—Iremos en mi coche —decidió Phillip.

—Grace y Anna lo tranquilizarán. —Cam se agitó en el asiento del copiloto del jeep de Phillip.

—Es espantoso estar tan asustado. —Ethan, desde el asiento de atrás, miró el velocímetro y comprobó que iban a más de ochenta millas por hora—. Es espantoso no poder hacer nada más que esperar a ver qué pasa.

—Se ha jodido a sí misma —dijo Phillip—. Una detención no va ayudarle para la custodia, si la solicita.

—No quiere al niño.

Phillip miró un segundo a Cam.

—No, quiere dinero. No va a chuparnos la sangre, pero vamos a sacar algunas respuestas. Vamos a terminar con esto.

Phillip pensó que ella había mentido. Estaba seguro de que ella mentiría y haría cualquier cosa, pero estaba equivocada, completamente equivocada, si creía que podría pasar por encima de los tres para quedarse con Seth.

Su padre le había dicho que podría lidiar con lo que se avecinaba.

Phillip agarró con más fuerza el volante. No apartó los ojos de la carretera. Lidiaría con ello. Fuera como fuese.

Sybill entró en la pequeña comisaría, la cabeza le daba vueltas y sentía un agujero en el estómago. Gloria la había llamado hecha un mar de lágrimas y le había pedido dinero para la fianza.

Para la fianza, pensó Sybill mientras intentaba evitar un estremecimiento.

Gloria le había dicho que había sido un error, un malentendido tremendo. Naturalmente, ¿qué otra cosa podía ser? Casi le había mandado un giro postal. Todavía no sabía muy bien por qué no lo había hecho, por qué se había montado en el coche. Para ayudarla, se dijo. Sólo quería ayudarla.

—Me gustaría ver a Gloria DeLauter —dijo al policía que estaba detrás de un pequeño mostrador atestado de cosas.

—¿Su nombre?

—Griffin. Doctora Sybill Griffin. Soy su hermana. Depositaré su fianza, pero… me gustaría verla.

—¿Puede enseñarme alguna identificación?

—Ah, sí.

Empezó a rebuscar en el bolso, tenía las manos húmedas y temblorosas, pero el policía se limitó a mirarla con ojos inexpresivos hasta que le enseñó la identificación.

—¿Por qué no se sienta? —le propuso el policía antes de levantarse y entrar en la habitación contigua.

Tenía la garganta seca y soñaba con un vaso de agua. Recorrió la sala de espera llena de sillas de plástico con aspecto anodino hasta que encontró una fuente, pero el agua le golpeó el estómago como si fueran bolas de plomo congelado.

¿La habían encerrado en el calabozo? ¿Realmente estaba en el calabozo? ¿Tendría que verla en una celda?

Sin embargo, a pesar de la tristeza, su mente funcionaba con frialdad y sentido práctico. ¿Cómo había sabido Gloria dónde encontrarla? ¿Por qué estaba tan cerca de St. Christopher? ¿Por qué la acusaban de tenencia de drogas?

Por eso no le había mandado el giro postal, quería respuestas.

—Doctora Griffin.

Ella dio un respingo y se volvió hacia el policía con los ojos fuera de las órbitas.

—Sí. ¿Puedo verla ya?

—Tengo que quedarme el bolso. Le daré un recibo.

—De acuerdo.

Le dio el bolso, firmó donde él le indicó y se quedó con el recibo.

—Por aquí.

Señaló una puerta lateral, la abrió y entró en un pasillo estrecho. A la izquierda había una habitación con una mesa y algunas sillas. Gloria estaba sentada en una con la muñeca derecha esposada a una abrazadera.

Lo primero que pensó Sybill fue que todo era un error. Aquélla no era su hermana. Habían llevado a la mujer equivocada. Aquella mujer era mucho más vieja, mucho más ruda, tenía un cuerpo muy delgado, los hombros le sobresalían como si de ellos nacieran unas alas y los pechos estaban tan apretados dentro de un jersey ceñido que los pezones resaltaban con arrogancia.

La pelambrera pajiza tenía una raya oscura en el centro, unas arrugas profundas le enmarcaban la boca y la frialdad de su mirada era tan afilada como sus hombros.

Entonces, los ojos se empañaron y los labios le temblaron.

—Syb. —Se le quebró la voz y extendió una mano implorante—. Gracias a Dios que has venido.

—Gloria. —Se acercó a ella y le tomó la mano vacilante—. ¿Qué ha pasado?

—No lo sé. No entiendo nada. Estoy muy asustada.

Apoyó la cabeza en la mesa y empezó a llorar con sollozos entrecortados.

—Por favor. —Sybill, instintivamente, rodeó los hombros de su hermana con el brazo y miró al policía—. ¿Podemos quedarnos solas?

—Estaré detrás de la puerta.

El policía miró a Gloria y pensó en lo distinta que era de la mujer gritona e insultante que había encerrado unas horas antes, pero su cara no reflejó nada.

Salió, cerró la puerta y dejó solas a las dos mujeres.

—Te traeré un poco de agua.

Sybill se levantó, fue hasta la jarra de agua y llenó un vaso de papel. Luego, agarró con fuerza las manos de su hermana.

—¿Has pagado la fianza? ¿Por qué no nos vamos? No quiero seguir aquí.

—Yo me ocuparé. Cuéntame lo que ha pasado.

—Ya te he dicho que no lo sé. Estaba con un tipo. Me encontraba sola. —Sollozó y aceptó el pañuelo de papel que le dio su hermana—. Estábamos charlando. Íbamos a ir a comer cuando aparecieron los polis. Él salió corriendo y me agarraron a mí. Todo pasó en cuestión de segundos. —Se tapó la cara con las manos—. Encontraron droga en mi bolso. Debió de meterla él. Yo sólo quería hablar con alguien.

—De acuerdo. Estoy segura de que lo aclararemos. —Sybill quería creerla, pero se detestaba por no conseguirlo del todo—. ¿Cómo se llamaba él?

—John. John Barlow. Parecía encantador, Sybill. Muy comprensivo. Yo me sentía desanimada por Seth. —Bajó las manos y tenía una mirada trágica—. Echo mucho de menos a mi niñito.

—¿Venías hacia St. Christopher?

Gloria bajó la mirada.

—Pensé que si tenía la oportunidad de verlo…

—¿Te lo indicó el abogado?

—Él…, ah… —La vacilación fue casi inapreciable, pero Sybill se puso en alerta—. No, pero los abogados no entienden nada. Sólo quieren más y más dinero.

—¿Cómo se llama tu abogado? Le llamaré. A lo mejor él puede solucionar todo esto.

—No es de esta zona. Mira, Sybill, sólo quiero salir de aquí. No puedes imaginarte lo espantoso que es. El policía ese —dijo señalando hacia la puerta con la cabeza— me ha puesto las manos encima.

Sybill volvió a sentir que se le revolvía el estómago.

—¿Qué quieres decir?

—Ya sabes lo que quiero decir. —Dio la primera muestra de cansancio—. Me ha palpado y me ha dicho que luego volverá a por más. Va a violarme.

Sybill cerró los ojos y se apretó los dedos contra ellos. Cuando eran jóvenes, Gloria acusó a más de una docena de chicos y adultos de haberla agredido sexualmente, entre otros al director del instituto, incluso a su padre.

—Gloria, no me hagas esto. He dicho que iba a ayudarte.

—Te digo que ese cabrón me ha tocado todo el cuerpo. En cuanto salga de aquí, voy a denunciarlo. —Hizo una bola de papel con el vaso—. Me importa un rábano si no me crees. Yo sé lo que ha pasado.

—Muy bien, pero vamos a hablar del presente. ¿Cómo sabías dónde encontrarme?

—¿Qué? —La ira se había adueñado de su cerebro y tuvo que hacer un esfuerzo por acordarse de su papel—. ¿Qué quieres decir?

—Yo no te dije a dónde iba a ir, dónde iba a estar. Te dije que yo me pondría en contacto contigo. ¿Cómo supiste que me encontrarías en el hotel de St. Christopher?

Había cometido un error y Gloria se había dado cuenta nada más colgar el teléfono, pero estaba bebida y furiosa. Además, ella no tenía dinero para pagar la fianza. Lo que tenía estaba a buen recaudo. Hasta que los Quinn le dieran más.

No pensó cuando llamó a Sybill, pero desde entonces había tenido tiempo para hacerlo. Sabía que para

172

manejar a Sybill tenía que tocar las teclas del remordimiento.

—Te conozco —dijo sonriendo empalagosamente—. Supe que me intentarías ayudar en cuanto te conté lo que pasó con Seth. Te llamé a tu piso de Nueva York.

—Lo había hecho, pero hacía más de una semana—. Cuando el servicio de contestador me dijo que estabas fuera de la ciudad, les expliqué que era tu hermana y que era una situación urgente. Ellos me dieron el número de teléfono del hotel.

—Entiendo. —Era posible, incluso lógico—. Me ocuparé de la fianza, Gloria, pero con algunas condiciones.

—Claro. —Dejó escapar una breve risotada—. Me suena.

—Quiero el teléfono de tu abogado para llamarlo. Quiero que me pongas al tanto de la situación con Seth. Quiero que hables conmigo. Iremos a cenar y me hablarás de los Quinn. Podrás explicarme a santo de qué te dio dinero Ray Quinn a cambio de Seth.

—Esos cabrones son unos mentirosos.

—Los he conocido —dijo Sybill con toda tranquilidad—. A sus mujeres también. He visto a Seth. Lo que yo he visto no se parece en nada a lo que me dijiste de ellos.

—No se puede poner todo de forma impecable en un informe. ¡Dios! Eres como el viejo. —Intentó levantarse y soltó un taco al sentir el tirón de las esposas—. Los dos eminentes doctores Griffin…

—Esto no tiene nada que ver con mi padre —replicó Sybill sin alterarse—. Y todo, me temo, con el tuyo.

—Que le den por saco. —Gloria sonrió despectivamente—. Que te den por saco. La hija perfecta, la estudiante perfecta, el maldito robot perfecto. Paga la fianza de los cojones. Tengo dinero invertido. Te lo devolveré. Recuperaré a mi hijo sin tu ayuda, querida hermana. Mi hijo. Crees a unos desconocidos y no crees a alguien de tu propia sangre, adelante… Siempre me has odiado.

—No te odio, Gloria y nunca te he odiado. —Pero se dio cuenta de que podría hacerlo. Temía poder hacerlo con mucha facilidad—. No creo a nadie, sólo intento entender lo que pasa.

Gloria miró hacia otro lado para que Sybill no viera su sonrisa de satisfacción. Por fin había encontrado la tecla adecuada.

—Tengo que salir de aquí. Tengo que lavarme. —Hizo que se le quebrara la voz—. No puedo seguir hablando de esto. Estoy muy cansada.

—Me ocuparé del papeleo. Seguro que no tardan mucho.

Gloria le agarró la mano mientras se levantaba y se la llevó a la mejilla.

—Lo siento. Siento haberte dicho esas cosas. No lo he dicho en serio. Estoy harta y desconcertada. Me siento muy sola.

—No pasa nada.

Sybill se soltó la mano y fue hacia la puerta. Notaba las piernas frágiles como el cristal.

Una vez fuera, se tomó dos aspirinas y esperó a que tramitaran la fianza. Pensó que Gloria había cambiado físicamente. Aquella chica, que había sido increíblemente guapa, se había endurecido como el cuero seco. Si embargo, se temía que siguiera siendo la misma chica infeliz, manipuladora y trastornada que disfrutaba siniestramente cuando alteraba su hogar.

Insistiría en que Gloria aceptara recibir tratamiento psicológico. Si el abuso de drogas era parte del problema, haría que fuera a rehabilitación. Estaba claro que la mujer que acababa de ver no podía tener la custodia de un chico. Investigaría cuáles eran las mejores alternativas para él mientras Gloria se recuperaba.

Naturalmente, tendría que ver a un abogado. Buscaría uno por la mañana y le consultaría cuáles eran los derechos de Gloria y qué era lo mejor para Seth.

Tendría que enfrentarse a los Quinn.

Sólo de pensarlo se le volvió a revolver el estómago. El enfrentamiento era inevitable. Las palabras fuertes y los sentimientos de odio le producían una tristeza enorme y sensación de vulnerabilidad.

Sin embargo, estaría preparada. Pensaría bien lo que tenía que decir y prevería las preguntas y exigencias para tener la respuesta más adecuada.

Se quedó pálida al ver que Phillip entraba en el edificio. Ni una gota de sangre llegaba a su cara. Se levantó medio petrificada cuando él entrecerró los ojos y le dirigió una mirada dura como el pedernal.

—¿Qué haces aquí, Sybill?

—Yo... —No se sentía dominada por el pánico sino por la vergüenza—. Yo tenía cosas que hacer.

—¿De verdad?

Él se acercó más mientras sus hermanos se mantenían a cierta distancia y en un silencio cargado de preguntas. Él vio que el rostro de Sybill reflejaba remordimiento y algo más que un poco de miedo.

—¿Qué tipo de cosas? —Ella no contestó a la pregunta de Phillip y éste ladeó la cabeza—. ¿Qué tiene que ver con Gloria DeLauter, doctora Griffin?

Ella hizo todo lo posible para mantener la mirada fija y la voz inalterable.

—Es mi hermana.

La furia de Phillip era gélida y absoluta. Se metió las manos en los bolsillos para no usarlas de alguna manera que sería imperdonable.

—Es encantador, ¿verdad, zorra? —dijo sin levantar la voz, pero ella se tambaleó como si la hubiera golpeado—. Me has utilizado para llegar hasta Seth.

Ella negó con la cabeza porque no podía negarlo con la voz. ¿Acaso no era verdad? Lo había utilizado, y a los demás también.

—Sólo quería verlo. Es el hijo de mi hermana. Tenía que saber que lo cuidabais.

—Entonces, ¿dónde coño has estado durante los últimos diez años?

Ella abrió la boca, pero se tragó todas las excusas al ver que sacaban a Gloria.

—Vámonos de aquí. Invítame a beber algo, Syb. —Agarró un bolso color cereza y sonrió provocativamente a Phillip—. Hablaremos todo lo que quieras. Hola, bombones. —Se apoyó un puño en la cadera y sonrió a todos los demás hombres—. ¿Qué tal todo?

En otras circunstancias, el contraste entre las dos mujeres podría haber resultado cómico. Sybill estaba pálida y silenciosa, con el pelo brillante primorosamente recogido en la nuca, los labios sin pintar y los ojos con un poco de sombra. Irradiaba elegancia en un traje pantalón gris con camisa de seda blanca. Gloria era todo huesos, con unas curvas desproporcionadas embutidas en unos vaqueros negros y una camiseta ceñida que se abría entre los pechos.

Se había arreglado el maquillaje. Los labios eran de un rojo brillante como el bolso de plástico y los ojos estaban enmarcados en unas rayas negras. Phillip decidió que parecía lo que era: una puta que envejecía y buscaba una esquina.

Gloria sacó un cigarrillo de una cajetilla arrugada y se lo puso entre los dedos.

—¿Tienes fuego, muchachote?

—Gloria, él es Phillip Quinn. —La ceremoniosa presentación le retumbó en los oídos—. Y ellos son sus hermanos, Cameron y Ethan.

—Vaya, vaya. —La sonrisa de Gloria se tornó ácida y horrible—. El infame trío de Ray Quinn. ¿Qué coño queréis?

—Respuestas —contestó Phillip—. Vamos afuera.

—No tengo nada que hablar contigo. Si haces cualquier movimiento que no me guste, me pondré a gritar —dijo apuntándole con el cigarrillo apagado—. Esta casa está llena de policías. Ya veremos si te gusta pasar un rato en chirona.

—Gloria. —Sybill la agarró del brazo para calmarla—. La única forma de solucionar las cosas es hablándolo como personas.

—A mí no me parece que quieran hablarlo como personas. Quieren hacerme daño. —Cambió de táctica hábilmente y se abrazó a Sybill—. Me dan miedo. Sybill, por favor, ayúdame.

—Lo estoy intentando, Gloria, nadie va a hacerte daño. Vamos a algún sitio donde podamos sentarnos y aclarar todo esto. Yo voy a estar contigo.

—Voy a vomitar. —Se apartó con las manos en el estómago y fue al cuarto de baño.

—Una actuación muy buena —sentenció Phillip.

—Se encuentra mal. —Sybill se agarró las manos—. Esta noche no va a poder hablar de este asunto.

Él miró a Sybill con aire sarcástico.

—¿Pretendes que me trague eso? O eres muy ingenua o crees que yo lo soy.

—Ha pasado casi toda la tarde en el calabozo —le replicó Sybill—. Cualquiera se encontraría mal. ¿No podemos aclarar todo esto mañana? Si ha esperado tanto tiempo, seguro que puede esperar un día más.

—Estamos aquí en este momento —intervino Cam—. Lo resolveremos ahora mismo. ¿Vas a ir a por ella o voy yo?

—¿Así piensas resolverlo? ¿Con amenazas?

—No me digas cómo tengo que resolverlo. —Cam se soltó de la mano de Ethan, que intentaba calmarlo—. Después de lo que ha hecho con Seth, se merece todo lo que podamos hacer con ella.

Sybill miró hacia el policía.

—No creo que ninguno de nosotros quiera hacer una escena en una comisaría.

—De acuerdo. —Phillip la agarró del brazo. Vamos fuera.

Ella se quedó quieta, en parte por miedo y en parte por sentido común.

—Nos veremos mañana. A la hora que queráis. La llevaré a mi hotel.

—Mantenla alejada de St. Chris.

Sybill hizo una mueca cuando Phillip le agarró el brazo con más fuerza.

—De acuerdo. ¿Qué propones?

—Te lo diré —empezó a decir Cam, pero Phillip le hizo un gesto para que se callara.

—Princess Anne. Llévala al despacho de Anna en los servicios sociales. A las nueve. Eso le dará un carácter oficial, ¿no? Sin trampa ni cartón.

—Sí. —Sybill notó el alivio—. De acuerdo. La llevaré. Os doy mi palabra.

—Yo no doy dos céntimos por tu palabra, Sybill. —Phillip se inclinó ligeramente y añadió—: Pero si no la llevas, nosotros la encontraremos. Entretanto, si alguna de las dos intenta acercarse a Seth a menos de una milla, acabaréis en el calabozo.

Phillip le soltó el brazo y retrocedió un paso.

—Estaremos allí a las nueve.

Sybill se contuvo las ganas de frotarse el brazo, se dio la vuelta y fue al cuarto de baño.

—¿Por qué has aceptado? —le preguntó Cam a Phillip mientras salían de la comisaría—. La teníamos aquí y ahora.

—Mañana sacaremos más de ella.

—Tonterías.

—Phillip tiene razón. —Le fastidiaba, pero Ethan aceptó el cambio de planes—. Lo mantendremos en una esfera oficial. No perderemos la cabeza y será mejor para Seth.

—¿Por qué? ¿Para que la zorra de su madre y la mentirosa de su tía tengan más tiempo para ponerse de acuerdo? Dios, cuando pienso que Sybill ha pasado una hora con Seth... Me gustaría...

—Ya ha pasado —le cortó Phillip—. Él está bien y nosotros también. —Le hervía la sangre, se montó en el jeep y cerró de un portazo—. Somos cinco. No van a tocar a Seth.

—Él no la ha reconocido —comentó Ethan—. Es curioso, no sabía quién era Sybill.

—Yo tampoco —susurró Phillip mientras ponía el coche en marcha—, pero ahora ya lo sé.

La prioridad de Sybill era que Gloria comiera algo caliente, que se tranquilizara y que le contestara algunas preguntas. A unas manzanas de la comisaría había un pequeño restaurante italiano que sería perfecto.

—Tengo los nervios destrozados. —Gloria dio una calada de su cigarrillo mientras Sybill aparcaba—. Esos cabrones que me persiguen de esa manera... Sabes lo que me habrían hecho si hubiera estado sola, ¿verdad?

Sybill suspiró y se bajó del coche.

—Tienes que comer algo.

—Claro. —Gloria hizo un gesto de disgusto al ver la decoración. Era luminosa y alegre. Tenía cerámica italiana de muchos colores, grandes velas, manteles de cuadros y botellas con vinagres aromatizados con hierbas—. Yo preferiría un filete que comiducha italiana.

—Por favor. —Sybill contuvo la ira, agarró del brazo a su hermana y pidió una mesa.

—Zona de fumadores —añadió Gloria mientras sacaba otro cigarrillo e iban a la zona más ruidosa del restaurante—. Un gin-tonic. Doble.

Sybill se frotó las sienes.

—Agua mineral, gracias.

—Relájate —le dijo Gloria cuando se alejó la camarera—. Te vendría bien beber algo.

—Tengo que conducir y, además, no me apetece. —Apartó la cara para esquivar el humo que había soltado Gloria—. Tenemos que hablar en serio.

—Primero déjame que eche un trago, ¿vale?

Gloria repasó todos los hombres que había en la barra y se imaginó a cuál seduciría si no estuviera con la pelmaza de su hermana.

Sybill era muy aburrida. Siempre lo había sido, se dijo Gloria mientras tamborileaba en la mesa con los dedos y esperaba su bebida. Sin embargo, era muy útil y siempre lo había sido. Si la manejabas bien y soltabas muchas lágrimas, ella transigía.

Necesitaba algo para golpear a los Quinn y Sybill era la elección perfecta. La honrada y respetable de mierda doctora Griffin.

—Gloria, no has preguntado por Seth.

—¿Qué le pasa?

—Lo he visto varias veces. He hablado con él y he visto dónde vive y a qué colegio va. También he conocido a algunos de sus amigos.

Gloria adoptó el tono de voz de su hermana e imitó su actitud.

—¿Qué tal está? —preguntó esbozando una sonrisa vacilante—. ¿Ha preguntado por mí?

—Está bien. La verdad es que está maravillosamente. Ha crecido mucho desde la última vez que lo vi.

Comía como una lima, recordó Gloria, y la ropa y los zapatos se le quedaban pequeños inmediatamente. Como si a ella le sobrara el puñetero dinero.

—No me reconoció.

—¿Qué quieres decir? —Gloria dio un sorbo en cuanto dejaron la bebida en la mesa—. ¿No se lo dijiste?

—No. —Sybill miró a la camarera—. Todavía no sabemos qué vamos a pedir.

—Así que estabas husmeando de incógnito. —Gloria dejó escapar una carcajada ronca—. Me sorprendes, Syb.

—Me pareció que era preferible estudiar la situación primero.

Gloria resopló.

—Eso sí que es propio de ti. Carajo, no cambias. «Preferible estudiar la situación primero» —repitió Gloria imitando el tono de Sybill—. La situación es que esos hijos de puta tienen a mi hijo. Me han amenazado y sabe Dios lo que estarán haciéndole. Quiero pasta para recuperarlo.

—Te mandé dinero para el abogado —le recordó Sybill.

Gloria mordió un cubito de hielo. Los quinientos dólares le habían venido muy bien. ¿Cómo iba a saber ella lo deprisa que se le iba a ir el dinero que le había sacado a Ray? Tenía gastos. Quería divertirse un poco para variar. Debería haberle pedido el doble.

Se lo sacaría a aquellos cabrones que él había criado.

—Recibiste el giro postal con el dinero para el abogado, ¿verdad, Gloria?

Gloria dio otro sorbo.

—Sí, claro, pero los abogados te exprimen. ¡Eh! —Llamó a la camarera y le señaló el vaso vacío—. Échame otro trago, ¿quieres?

—Si bebes de esa manera y no comes nada, vas a vomitar otra vez.

Gloria agarró el menú. No pensaba volver a meterse los dedos. Con una vez había tenido suficiente.

—Tienen filete a la florentina. Tomaré eso. ¿Te acuerdas del verano cuando el viejo nos llevó a Italia? Aquellos tíos de mirada abrasadora en moto... La madre de Dios, me lo pasé de miedo con aquel tío, ¿cómo se llamaba? Carlo o Leo, o algo así. Lo metí en el dormitorio. Tú eras demasiado tímida para quedarte a mirar y te fuiste a dormir a la sala. —Levantó el vaso como en un brindis—. Dios bendiga a los italianos.

—Yo tomaré lingüini con pesto y ensalada mixta.

—Tomaré el filete. —Gloria alargó el menú sin mirar a la camarera.—. Puedes ahorrarte el forraje. Hace tiempo, ¿eh, Syb? ¿Cuánto? ¿Cuatro, cinco años?

—Seis —la corrigió Sybill—. Hace seis años que vine para comprobar que te habías largado con Seth y algunas cosas mías.

—Ya, lo siento. Estaba agobiada. Es difícil criar a un hijo. Siempre estás sin dinero.

—Nunca me has dicho nada de su padre.

—¿Qué quieres saber? Ya está todo dicho. —Se encogió de hombros e hizo sonar el hielo en el vaso.

—Muy bien, hablemos, entonces, de cómo están las cosas ahora. Tengo que saber todo lo que ha pasado. Tengo que entenderlo para ayudarte y poder llevar la reunión de mañana con los Quinn.

Gloria dejó de golpe el gin-tonic en la mesa.

—¿Qué reunión?

—Mañana por la mañana vamos a ir a los servicios sociales para estudiar los problemas, comentar la situación e intentar llegar a una solución.

—Una mierda. Ellos sólo quieren joderme.

—Baja la voz —le ordenó Sybill cortantemente—. Escúchame. Si quieres enderezarte, si quieres recuperar a tu hijo, hay que hacer las cosas tranquila y legalmente. Gloria, necesitas ayuda y yo quiero ayudarte. Por lo que veo, no estás en condiciones de volver a llevarte a Seth.

—¿De qué parte estás?

—De la de él —dijo antes de darse cuenta de que era la verdad—. Estoy de parte de Seth y espero que eso me ponga de tu parte. Tenemos que resolver lo que ha pasado hoy.

—Ya te he dicho que me engañaron.

—Muy bien. Hay que aclararlo. Un tribunal no va a ser muy comprensivo con una mujer acusada de tenencia de drogas.

—Fantástico, ¿por qué no subes a declarar como testigo y les explicas que soy un desecho? Es lo que piensas. Es lo que has pensado toda tu vida.

—Por favor, déjalo. —Sybill bajó la voz y se inclinó por encima de la mesa—. Estoy haciendo todo lo que puedo. Si quieres demostrarme que estás dispuesta a que las cosas salgan bien, tendrás que colaborar. Tendrás que dar algo a cambio, Gloria.

—Contigo nunca hay nada gratis.

—No hablo de mí. Yo pagaré la multa, yo hablaré con los servicios sociales, intentaré que los Quinn entiendan tus necesidades y tus derechos. Quiero que tú te sometas a rehabilitación.

—¿De qué?

—Bebes demasiado.

Gloria esbozó una sonrisa burlona y dio otro sorbo.

—He tenido un día de perros.

—Tenías drogas.

—Ya te he dicho que no eran mías.

—Sí, ya me lo has dicho —replicó Sybill sin alterar el tono—. Te someterás a tratamiento, a terapia, a rehabilitación. Yo me ocuparé. Pagaré la factura, te encontraré un trabajo y un sitio donde vivir.

—Siempre que sea de tu gusto. —Gloria acabó el vaso—. Terapia. El viejo y tú siempre solucionabais así las cosas.

—Ésas son las condiciones.

—Así que llevas las riendas. Por Dios, pídeme otra copa. Tengo que ir a mear.

Se colgó el bolso del hombro y cruzó el bar.

Sybill se apoyó en el respaldo de la silla y cerró los ojos. No iba a pedir otra copa para Gloria y menos cuando ya se le trababa la lengua. Tendrían otra discusión por eso.

La aspirina que se había tomado no sirvió para nada. El dolor le machacaba las sienes con un ritmo constante y penetrante. Sentía una chapa de hierro en la frente. Soñaba con tumbarse en una cama a oscuras y olvidarse de todo.

Él la despreciaba. Le dolía recordar el desprecio que había visto en los ojos de Phillip. Quizá se lo mereciera. En ese momento no podía pensar con suficiente claridad como para estar segura, pero lo lamentaba.

Mejor dicho, estaba furiosa por permitir que él y su opinión de ella le parecieran tan importantes cuando casi no lo conocía. Lo conocía desde hacía unos días y nunca, en ningún momento, había tenido la intención de que los sentimientos de ambos se mezclaran.

Había sido una atracción física circunstancial, unas horas que habían disfrutado juntos. No debería haber sido nada más, ¿cómo se había complicado todo?

Sybill sabía que cuando la había abrazado, cuando le había hervido la sangre por aquellos besos largos e íntimos, había querido más. En ese momento, ella, que nunca se había considerado especialmente sexy o sentimental, se sentía insatisfecha y desgraciada porque un hombre había abierto el pestillo de una puerta que no iba a cruzar.

Ya no podía hacer nada. La verdad era que si se tenían en cuenta las circunstancias, ella y Phillip Quinn no estaban hechos el uno para el otro. Si conseguían tener algún tipo de relación, sería por el niño. Los dos serían educados, adultos y esperaba que juiciosos.

Por el bien de Seth.

Abrió los ojos y vio a la camarera que le servía la ensalada. Detestó el gesto de lástima en la cara de la desconocida.

—¿Quiere algo más? ¿Un poco de agua?

—No. Gracias. Llévese eso —añadió mientras señalaba el vaso de Gloria.

El estómago se le ponía de punta sólo de pensar en la comida, pero hizo un esfuerzo por levantar el tenedor. Jugueteó con la ensalada durante cinco minutos mientras miraba de vez en cuando al fondo del restaurante.

Sybill pensó que Gloria estaría enferma otra vez. Tendría que ir, sujetarle la cabeza, escuchar sus lamentaciones y limpiar el suelo.

Dejó a un lado el resentimiento y la vergüenza, y se levantó para ir al cuarto de baño.

—Gloria, ¿estás mal? —No se veía a nadie y Sybill empezó a abrir las puertas—. Gloria…

Al abrir la última cabina vio su propia cartera sobre la tapa del retrete. Sin poder creérselo, la agarró y miró dentro. Tenía sus carnés y las tarjetas de crédito, pero el dinero había volado, al igual que su hermana.

10

Cuando Sybill abrió la puerta de la habitación del hotel, la cabeza estaba a punto de estallarle de dolor, las manos le temblaban y todo el cuerpo le pedía tumbarse para pasar la noche. Si consiguiera sus medicinas para la migraña, si pudiera olvidarse de todo en una habitación a oscuras, podría encontrar una forma de enfrentarse al día siguiente.

Podría encontrar la forma de enfrentarse sola a los Quinn, sola y con la sensación de fracaso.

Ellos creerían que había ayudado a Gloria a escaparse. No podía culparlos. Para ellos era una mentirosa y una tramposa. Como para Seth.

Y para ella misma, se reconoció.

Lentamente, entró en la habitación, cerró, echó el pestillo y se apoyó de espaldas en la puerta hasta que consiguió que las piernas volvieran a moverse.

Cuando se encendieron las luces, ella sofocó un grito y se tapó los ojos con las manos.

—Tenías razón sobre la vista —dijo Phillip desde la terraza—. Es impresionante.

Sybill bajó la mano e hizo un esfuerzo para poner el cerebro en marcha. Él se había quitado la chaqueta y la corbata, pero seguía igual que en la comisaría; refinado, con aspecto urbano y muy enfadado.

—¿Cómo has entrado?

Él sonrió con una frialdad que hizo que su mirada se tornara gélida y dura. Como si sus ojos fueran unos soles invernales.

—Me decepcionas, Sybill. Creía que tu investigación sobre el sujeto dejaba claro que una de mis habilidades era entrar en casas ajenas.

Ella se quedó apoyada en la puerta.

—¿Eras un ladrón?

—Entre otras cosas, pero ya está bien de hablar de mí. —Avanzó un poco y se sentó en el brazo del sofá, como si hubiera ido a casa de un amigo para charlar un rato—. Me fascinas. Tus notas son increíblemente reveladoras, hasta para un profano.

—¿Has leído mis anotaciones? —Desvió la mirada hacia el ordenador portátil que había encima de la mesa. El velo de dolor no le permitía sentirse agraviada y ultrajada, pero sabía que lo estaba—. No tienes derecho a entrar aquí, forzar mi ordenador y leer mi trabajo.

Phillip pensó que estaba muy tranquila, se levantó y se sirvió una cerveza del minibar. ¿Qué tipo de mujer era?

—En lo que se refiere a mí, Sybill, ya no te quedan oportunidades. Me has mentido y me has utilizado. Cuando entraste en el astillero la semana pasada, ya lo tenías todo previsto. —No podía mantener la calma. Cuanto más lo miraba inexpresivamente, más furioso se sentía—. Te infiltraste en el campo enemigo. —Golpeó la cerveza contra la mesa y el ruido atravesó la cabeza de Sybill como un hachazo—. Observar e informar. Pasar información a tu hermana. Si estar conmigo te facilitaba la tarea, te sacrificarías. ¿Te habrías acostado conmigo?

—No. —Se presionó la mano contra la cabeza y estuvo a punto de ceder a las ganas de hacerse un ovillo en el suelo—. Yo no quería que las cosas…

—Creo que mientes. —Fue hasta ella, la agarró de los brazos y la puso de puntillas—. Creo que habrías hecho cualquier cosa. Una clase práctica más, ¿no? Con el beneficio añadido de ayudar a la zorra de tu hermana a chuparnos la sangre. Seth no significa para ti más de lo que significa para ella. Sólo es el medio para un fin.

—No, no lo es… No puedo pensar. —El dolor era atroz y si él no hubiera estado sujetándola, se habría puesto de rodillas para suplicarle—. Yo…, lo hablaremos mañana. No me siento bien.

—Gloria y tú también tenéis eso en común. No me lo trago, Sybill.

La respiración se le entrecortó y la visión se nubló un poco.

—Lo siento. No puedo soportarlo. Tengo que sentarme. Por favor, tengo que sentarme.

Él la miró sin cegarse por la furia. Tenía las mejillas muy pálidas, los ojos vidriosos y la respiración acelerada. Si estaba fingiendo, se dijo Phillip, Hollywood se había perdido una actriz de primera fila.

Soltó un improperio y la llevó al sofá. Ella se derritió en los almohadones.

Se sentía demasiado mal como para tener vergüenza.

—Mi bolso. Las pastillas están en mi bolso.

Phillip agarró el bolso de cuero negro que había junto a la mesa, rebuscó dentro y sacó un frasco.

—¿Imitrex?

La miró. Tenía la cabeza hacia atrás, los ojos cerrados y los puños sobre el regazo como si así pudiera contener el dolor.

—Es un fármaco muy fuerte para las migrañas.

—Sí, lo tomo de vez en cuando. —Tenía que enfocar la vista y relajarse, pero no conseguía que se pasara aquel dolor espantoso—. Tenía que haberlas llevado conmigo. Si las llego a tener, no habría llegado a este punto.

—Toma. —Phillip le dio una pastilla y un vaso de agua.

—Gracias. —Casi se atragantó con el agua—. Tarda un poco en hacer efecto, pero es mejor que la inyección. —Cerró los ojos y rezó para que la dejara en paz.

—¿Has comido?

—No. No pasa nada.

Parecía frágil, espantosamente frágil. Él, en parte, pensaba que se merecía tanto dolor y estaba tentado a dejarla sola con su desdicha. Sin embargo, descolgó el teléfono y llamó al servicio de habitaciones.

—No quiero nada.

—No hables.

Pidió una sopa y un té y empezó a ir de un lado a otro.

¿Cómo habría podido equivocarse tanto al juzgarla? Él alardeaba de saber calificar a las personas rápida y acertadamente. Había visto una mujer inteligente e interesante. Una mujer con clase, humor y gusto. Sin embargo, debajo de la resplandeciente superficie se ocultaba una mentirosa, una falsa y una oportunista.

191

Estuvo a punto de soltar una carcajada. Acababa de describir al chico que había tardado media vida en enterrar.

—En tus anotaciones dices que no habías visto a Seth desde hacía cuatro años, ¿por qué has venido ahora?

—Creía que podía ayudar.

—¿A quién?

Notó que el dolor podía empezar a remitir y abrió los ojos.

—No lo sé. Pensé que podría ayudarle a él y a Gloria.

—Ayudas a uno y perjudicas al otro. He leído tus anotaciones, Sybill. ¿Vas a decirme que él te importa? Lo llamas el sujeto. Él no es un sujeto de mierda, es un niño.

—Es fundamental ser objetivo.

—Es fundamental ser humano.

Fue un dardo suficientemente certero como para alcanzarle el corazón.

—Los sentimientos no se me dan muy bien. Sé más de reacciones y pautas de conducta. Yo esperaba mantenerme a cierta distancia de la situación, analizarla y llegar a saber qué era lo mejor para todos los implicados. No lo he hecho muy bien.

—¿Por qué no hiciste nada antes? —le apremió Phillip—. ¿Por qué no hiciste nada para analizar la situación cuando Seth estaba con tu hermana?

—Yo no sabía dónde estaban.

Sybill resopló y sacudió la cabeza. No era el momento de dar excusas y el hombre que la miraba con aquellos ojos gélidos no iba a aceptarlas.

—Nunca hice un esfuerzo por encontrarlos —corrigió Sybill—. Le mandaba dinero de vez en cuando si ella me llamaba y me lo pedía. Mi relación con Gloria era infructuosa y desagradable.

—Por el amor de Dios, Sybill, estamos hablando de un niño, no de tus opiniones sobre tu hermana.

—Me daba miedo sentirme unida a él —espetó ella—. La vez que lo hice, ella se lo llevó. Era el hijo de ella, no el mío. Yo no podía hacer nada. Le pedí que me dejara ayudarlos, pero ella se negó. Lo ha criado sola. Mis padres la han desheredado. Mi madre ni siquiera reconoce que tiene un nieto. Sé que Gloria tiene problemas, pero tiene que ser muy difícil para ella.

Phillip la miró fijamente.

—¿Lo dices en serio?

—Ella no tiene a nadie —empezó a decir Sybill antes de que llamaran a la puerta y ella cerrara los ojos—. Lo siento, pero no creo que pueda comer.

—Sí, sí puedes.

Phillip abrió la puerta y pidió al camarero que dejara la bandeja en la mesa que había delante del sofá. Le dio una generosa propina y lo despidió.

—Prueba la sopa —le ordenó a Sybill—. Si no comes algo, el medicamento te dará náuseas. Recuerda que mi madre era médico.

—De acuerdo. —Tomó una cucharada y se dijo que era una medicina más—. Gracias. Ya sé que estás haciendo un verdadero esfuerzo por ser amable.

—Me cuesta más pisotearte cuando estás en el suelo. Come un poco y podremos luchar un par de asaltos.

Ella suspiró. El dolor de cabeza estaba perdiendo intensidad. Podía soportarlo, y a él también.

—Espero que por lo menos intentes entender mi punto de vista sobre todo el asunto. Gloria me llamó hace un par de semanas. Estaba desesperada, aterrada. Me dijo que había perdido a Seth.

—¿Perderlo? —Phillip dejó escapar una risa sarcástica—. Eso sí que es bueno.

—Al principio pensé que lo habían secuestrado, pero conseguí que me diera alguna información. Estaba histérica por miedo a no volver a verlo. No tenía dinero para pagar al abogado. Ella sola se enfrentaba a una familia, a todo un sistema. Le mandé un giro postal para que pagara al abogado y le dije que la ayudaría, pero que tendría que esperar hasta que me pusiera en contacto con ella.

Sybill empezaba a sentirse mejor y agarró uno de los panecillos que había en una cesta junto al cuenco de sopa.

—Decidí venir para ver la situación con mis propios ojos. Sé que Gloria no suele decir toda la verdad, que puede tergiversar las cosas para favorecer su posición. Sin embargo, lo cierto era que tu familia tenía a Seth y ella no.

—Gracias a Dios.

Sybill miraba el trozo de pan que tenía en la mano y se preguntaba si podría metérselo en la boca y masticarlo.

—Sé perfectamente que estáis dándole un buen hogar, pero ella es su madre, Phillip. Tiene derecho a conservar a su hijo.

Él la miró detenidamente a la cara y analizó el tono de su voz. No sabía si estar furioso o desconcertado por las dos cosas.

—Lo crees sinceramente, ¿verdad?

Sybill empezaba a recuperar el color. También veía con más claridad y lo miró a los ojos.

—¿A qué te refieres?

—Crees que mi familia se quedó con Seth, que nos aprovechamos de una pobre madre soltera que pasaba un mal momento y le arrebatamos el hijo, que ella quiere que él vuelva y que tiene un abogado que se ocupa de conseguir la custodia…

—Vosotros lo tenéis —insistió Sybill.

—Eso es verdad. Y está donde tiene que estar y donde va a quedarse. Te voy a exponer algunas verdades. Ella chantajeó a mi padre y vendió a Seth.

—Ya sé que vosotros creéis eso, pero…

—He dicho verdades, Sybill. Hace menos de un año, Seth vivía en una habitación repugnante y tu hermana hacía la calle.

—¿Hacía la calle?

—Por Dios, ¿de dónde vienes? Ella no es una puta con corazón de oro, no es una madre desesperada que haría cualquier cosa por su hijo. Ella hace cualquier cosa por su dependencia.

Ella negó lentamente con la cabeza aunque en parte creía todo lo que él decía.

—No puedes saberlo.

—Sí puedo saberlo porque he vivido con Seth. He hablado con él y le he escuchado.

A Sybill se le congelaron las manos, agarró la tetera para calentárselas y se sirvió una taza de té.

—Es un niño. A lo mejor lo entendió todo mal.

—Claro. Seguro que pasó eso, seguro que entendió mal cuando ella llevó un cliente a la habitación, cuando se colocó tanto que se quedó tirada en el suelo y él no sabía si estaba muerta. Seguro que entendió mal cuando le pegó una paliza porque estaba de mal humor.

—¿Le pegó? —Las manos le temblaban de tal manera que casi no pudo dejar la taza en el plato—. ¿Le pegó?

—Le dio una paliza. Una paliza con todas las letras, doctora Griffin. Con los puños, el cinturón, el dorso de la mano... ¿Alguna vez te han dado un puñetazo en la cara? —dijo acercando su puño a la cara de Sybill—. Imagínatelo. En proporción, se parecerá al puño de una mujer en comparación con la cara de un niño de cinco o seis años. Si añades alcohol y drogas, el puño todavía gana fuerza. Yo sí lo conozco. —Apartó el puño y lo miró—. Mi madre prefería el jaco; la heroína. Si no podía meterse la dosis, era mejor que te alejaras de su camino. Yo sí sé lo que es que una mujer desesperada y hecha polvo me pegue un puñetazo. —Volvió a mirar a Sybill—. Tu hermana no va a tener la ocasión de volver a hacerlo con Seth.

—Yo... Tiene que ponerse en tratamiento. Yo nunca... Él estaba bien cuando lo vi. Si hubiera sabido que lo maltrataba...

—No he terminado. Es un chico guapo, ¿verdad? Algunos de los clientes de Gloria también pensaban que lo era...

Sybill perdió el color que había recuperado.

—No. —Sacudió la cabeza, se apartó de él y se levantó—. No, no lo creo. Eso es repugnante. Es imposible.

—Ella no hizo nada por impedirlo. —Phillip no hizo caso de la palidez y la fragilidad de Sybill y remató—: No hizo absolutamente nada por protegerlo. Seth estaba desamparado. Se escondía o intentaba zafarse de ellos, pero antes o después había alguien que lo encontraba.

—Es imposible. Ella no ha podido...

—Ella sí ha podido, sobre todo si eso le proporcionaba algunos ingresos extras. Nosotros tardamos meses en poder tocarlo aunque fuera de la forma más inocente y casual. Todavía tiene pesadillas, y si mencionas el nombre de su madre, se te revuelve el estómago sólo de ver la expresión de miedo en sus ojos. Ésa es la situación, doctora Griffin.

—¿Cómo puedes esperar que lo acepte sin más? ¿Cómo puedes esperar que la crea capaz de todo eso? —Se llevó una mano al corazón—. Me he criado con ella. Te conozco desde hace menos de una semana y esperas que me crea esa historia de horror, esperas que crea que toda esa vileza es una verdad indiscutible...

—Me parece que lo crees —replicó él al cabo de unos segundos—. Creo que, a pesar de todo, eres suficientemente inteligente, por no decir nada de observadora, como para saber cuál es la verdad.

Estaba aterrada.

—Si es verdad, ¿por qué no hicieron nada las autoridades? ¿Por qué no le ayudaron?

—Sybill, ¿es posible que hayas vivido tanto tiempo en ese mundo inalterable que no sabes cómo es la vida en la calle? ¿Sabes cuántos Seths hay? El sistema funciona para algunos pocos afortunados. No funcionó conmigo. No funcionó con Seth. Ray y Stella Quinn funcionaron conmigo. Hace menos de un año, mi padre pagó a tu hermana el primer plazo por un chico de diez años. Se trajo a Seth a casa y le dio una vida, una vida digna de ese nombre.

—Ella dijo… Ella dijo que se lo había llevado.

—Sí, se lo llevó. La primera vez le dio diez mil dólares y luego otros dos pagos de una cantidad parecida. El marzo pasado, ella le escribió una carta en la que le exigía un pago definitivo. Ciento cincuenta mil dólares en efectivo y ella desaparecería.

—Ciento… —Aturdida, se quedó callada e intentó concentrarse en los hechos demostrables—. ¿Escribió una carta?

—Yo la leí. Estaba en el coche de mi padre cuando tuvo el accidente. Él volvía de Baltimore. Había vaciado casi todas sus cuentas. Supongo que ella se habría gastado gran parte del dinero. Hace unos meses nos escribió para pedirnos más.

Sybill se dio la vuelta, fue hasta la terraza y abrió las puertas de par en par. Necesitaba aire y lo tragó como si fuera agua.

—¿Tengo que creerme que Gloria ha hecho todo esto sólo por dinero?

—Tú le mandaste dinero para el abogado. ¿Cómo se llama? ¿Por qué no se ha puesto en contacto con nuestro abogado?

Sybill cerró los ojos con toda su fuerza, pero eso no impediría que se sintiera traicionada.

—Me dio largas cuando se lo pregunté. Evidentemente, no tiene un abogado y creo que nunca ha intentado consultar a alguno.

—Vaya, eres lenta. —El tono irónico era muy claro—. Pero acabas enterándote.

—Yo quería creerla. De niñas no nos llevábamos muy bien y eso tiene que ser culpa mía tanto como suya.

Esperaba poder ayudarla, y a Seth. Creía que así lo conseguiría.

—Y ella se ha aprovechado de ti.

—Me sentía responsable. Mi madre es inflexible en esto. Está furiosa por que haya venido aquí. Se ha negado a reconocer a Gloria desde que se fue de casa cuando tenía dieciocho años. Gloria dijo que el director del instituto la había agredido sexualmente. Constantemente decía que alguien la había molestado. Mi madre y ella tuvieron una discusión tremenda y al día siguiente Gloria se fue de casa. Se llevó algunas joyas de mi madre, la colección de monedas de mi padre y dinero en efectivo. No supe nada de ella durante unos cinco años. Esos cinco años fueron un alivio. Me odiaba —dijo Sybill con tranquilidad y sin apartar la mirada del reflejo de las luces en el agua—. Siempre. Desde que yo recuerdo. Daba igual lo que yo hiciera, daba igual que peleara con ella o que me retirara para darle la razón, ella me detestaba. Para mí era más fácil mantenerme a distancia. Yo no la odiaba, sencillamente, no sentía nada. Ahora mismo, cuando dejo todo lo demás a un lado, me pasa exactamente lo mismo. No siento nada por ella. Debe de ser un defecto —susurró—. Quizá sea genético —dijo sonriendo débilmente y volvió a darse la vuelta—. A lo mejor algún día puedo hacer un estudio interesante.

—Tú nunca tuviste ni idea de lo que estaba haciendo, ¿verdad?

—No. No dice mucho a favor de mis dotes de observadora. Lo siento, Phillip. Siento mucho lo que he hecho y lo que no he hecho. Te prometo que no he venido aquí para perjudicar a Seth. Te doy mi palabra de honor de que haré todo lo que pueda por ayudar. Me gustaría ir a los servicios sociales mañana por la mañana y hablar con Anna y tu familia. Si me lo permitieras, me gustaría ver a Seth, intentar explicarle…

—No vamos a llevarlo a la oficina de Anna. No vamos a dejar que Gloria se acerque a él.

—Ella no estará allí.

Phillip parpadeó.

—¿Cómo dices?

—No sé dónde está. —Derrotada, extendió las manos—. Prometí llevarla y quería hacerlo.

—¿Has dejado que se escape? Maldita sea.

—No lo hice… intencionadamente —dijo dejándose caer en el sofá—. La llevé a un restaurante. Quería hablar con ella y que comiera algo. Estaba nerviosa y bebía mucho. Yo estaba enfadada. Le dije que íbamos a aclararlo todo y a tener una reunión mañana por la mañana. Le di un ultimátum. Tendría que habérmelo imaginado. No le gustó la idea, pero no me imaginé lo que ella podría hacer.

—¿Qué tipo de ultimátum?

—Que se pondría en tratamiento, en rehabilitación. Que recibiría ayuda, que se enderezaría antes de intentar obtener la custodia de Seth. Fue al cuarto de baño y como no volvía, fui a buscarla. —Sybill levantó las manos y volvió a dejarlas caer—. Encontré mi cartera. Debió de quitármela del bolso. Me dejó las tarjetas de crédito —añadió con una sonrisa cansada—. Sabe que las habría cancelado inmediatamente. Sólo se llevó el dinero en efectivo. No es la primera vez que me roba, pero siempre me sorprende. —Suspiró y se encogió de hombros—. Di una vuelta en coche de unas dos horas para ver si la encontraba, pero no la he encontrado y no sé a dónde se propone ir.

—Te ha fastidiado bastante, ¿no?

—Soy adulta, puedo cuidar y ser responsable de mí misma, pero Seth... Si una mínima parte de lo que me has contado es verdad... me odiará. Lo entiendo y tengo que aceptarlo. Me gustaría tener la oportunidad de hablar con él.

—Eso dependerá de él.

—Me parece justo. Tengo que ver la documentación. —Sybill entrelazó las manos—. Sé que puedes exigirme una orden judicial, pero me gustaría evitarlo. Lo asimilaré todo mejor si lo veo por escrito.

—No todo son palabras cuando se trata de sentimientos y de la vida de personas.

—Quizá no, pero tengo que ver los hechos, los documentos, los informes. Cuando lo haya hecho, si estoy convencida de que lo mejor para Seth es que se quede con vosotros mediante la custodia o la adopción, entonces, haré todo lo que esté en mi mano para que así sea. —Tenía que presionar para que él le diera otra oportunidad—. Soy psicóloga y hermana de la madre natural. Creo que mi opinión tendría peso en un tribunal.

Phillip la miró inexpresivamente. Eran detalles y, al fin y al cabo, él se ocupaba de los detalles. Los que ella iba añadiendo sólo servirían para que las cosas se arreglaran como él quería.

—Supongo que tienes razón y lo comentaré con mis hermanos, pero creo que no lo pillas, Sybill. Ella no va a luchar por Seth. Nunca lo ha hecho. Sólo quiere utilizarlo para conseguir más dinero, pero no va a conseguirlo. Ni un céntimo.

—Entonces, yo estoy de sobra.

—Es posible. No lo he decidido. —Phillip se levantó e hizo sonar las monedas que llevaba en el bolsillo—. ¿Qué tal te encuentras?

—Mejor. Bien. Gracias. Siento lo ocurrido, pero la migraña ha sido de las de campeonato.

—¿Te dan a menudo?

—Unas veces al año. Normalmente consigo la medicina en el momento y no son tan graves, pero cuando salí esta tarde estaba distraída.

—Claro, pagar la fianza de tu hermana es una buena distracción. —La miró con cierta curiosidad—. ¿Cuánto te ha costado sacarla?

—La fianza fue de cinco mil dólares.

—Yo diría que puedes despedirte de ellos.

—Seguramente. El dinero no es importante.

—¿Qué lo es? —Se volvió hacia ella. Parecía agotada y muy frágil. Phillip decidió que, aunque fuera injusto, aquello era una ventaja y presionó—. ¿Qué es importante para ti, Sybill?

—Terminar lo que he empezado. Es posible que tú no necesites mi ayuda, pero no pienso marcharme hasta que haya hecho todo lo posible.

—Si Seth no quiere verte ni hablar contigo, no lo hará. Punto. Ya ha pasado por bastante.

Sybill estiró los hombros antes de que se le cayeran.

—Independientemente de que quiera hablar conmigo o no, pienso quedarme hasta que se hayan formalizado todos los aspectos legales. No puedes obligarme a que me vaya, Phillip. Puedes complicarme las cosas y hacerme la vida imposible, pero no puedes obligarme a que me vaya hasta que me haya quedado contenta.

—Efectivamente, puedo hacerte la vida imposible y estoy pensándomelo. —Se inclinó hacia delante y la agarró de la barbilla sin que le importara el respingo de ella—. ¿Te habrías acostado conmigo?

—Dadas las circunstancias, me parece irrelevante.

—Para mí no lo es. Contesta la pregunta.

Ella le aguantó la mirada. Era una cuestión de orgullo, aunque a ella le parecía que ya le quedaba poco orgullo o dignidad.

—Sí. —Ella apartó la barbilla en cuanto vio el destello en los ojos de Phillip—. Pero no lo habría hecho ni por Seth ni por Gloria, lo habría hecho porque te deseaba. Porque me gustabas y cuando estabas cerca mis prioridades se confundían.

—Tus prioridades se confundían… —Phillip se dio la vuelta con las manos en los bolsillos—. Caray, eres increíble. ¿Por qué será que esa actitud arrogante me produce curiosidad?

—No es ninguna actitud arrogante. Me has hecho una pregunta y yo he contestado sinceramente y, como habrás comprobado, en pasado.

—Ya tengo algo más en que pensar: si quiero pasarlo a presente. No digas que es irrelevante, Sybill —la avisó al ver que abría la boca—. Tengo que tomármelo como un reto. Si esta noche nos acostamos, ninguno de los dos estaríamos muy satisfechos por la mañana.

—En estos momentos no me gustas mucho.

—Coincidimos en eso, cariño. —Volvió a hacer sonar las monedas que tenía en el bolsillo—. Se mantiene la reunión de mañana en la oficina de Anna. Por mi parte, puedes ver toda la documentación, incluidas las cartas de chantaje de tu hermana. En lo que se refiere a Seth, no te prometo nada. Si intentas llegar a él al margen de mi familia y de mí, te arrepentirás.

—No me amenaces.

—No lo hago. Te digo cómo son las cosas. Las amenazas las dejo para tu familia. —Esbozó una sonrisa afilada, peligrosa y sin rastro de humor—. Los Quinn hacemos promesas y las mantenemos.

—Yo no soy Gloria.

—No, pero todavía tenemos que saber quién eres. A las nueve. Ah, doctora Griffin, a lo mejor quiere volver a ver sus anotaciones. Cuando lo haga, puede ser interesante, desde el punto de vista psicológico, que se pregunte por qué le parece más gratificante observar que participar. Duerma un poco —le propuso mientras iba hacia la puerta—. Mañana querrá estar en plena forma.

—Phillip —dijo levantándose impulsada por la ira y esperando a que él se diera la vuelta—. ¿No te parece una suerte que todo haya cambiado antes de haber cometido el error de acostarnos?

Él ladeó la cabeza. Le impresionaba y le divertía que ella se atreviera a despedirse de aquella manera.

—Cariño, me doy con un canto en los dientes.

Cerró la puerta sin hacer ruido.

11

Seth tenía que saberlo. Sólo había una forma de decírselo y era directamente, como hablan las familias. Ethan y Grace lo llevarían a casa en cuanto dejaran a Aubrey con la canguro.

—No deberíamos haberla perdido de vista. —Cam iba de un lado a otro de la cocina con las manos en los bolsillos y los ojos duros y grises como el acero—. Sabe Dios adónde ha ido, y en vez de conseguir respuestas y meterla en cintura no vamos a conseguir nada.

—Eso no es verdad del todo. —Anna estaba haciendo café. No tranquilizaría a nadie, pero todos querrían tomarlo—. Tendremos un informe de la policía para añadir al expediente. Cameron, no podías arrastrarla fuera de la comisaría y obligarla a hablar.

—Me habría parecido mucho mejor que ver cómo se largaba.

—Quizá en ese momento, pero hay que pensar en lo que conviene a Seth y nos conviene a nosotros, hay que llevarlo todo conforme a las reglas.

—¿Qué crees que sentirá Seth? —Cam descargó toda la ira contra su mujer y su hermano—. ¿Crees que va pensar que le conviene que hayamos tenido a Gloria y no hayamos hecho nada?

—Hicisteis algo. —Anna mantuvo un tono tranquilo porque entendía la sensación de impotencia de Cameron—. Ella se comprometió a reunirse con nosotros en mi oficina. Si no lo hace, será otro punto en su contra.

—Ella no irá a ningún sitio cerca de los servicios sociales —dijo Phillip—, pero Sybill sí.

—¿Y tenemos que fiarnos de ella? —espetó Cam—. Hasta el momento sólo ha mentido.

—Tú no las has visto esta noche. —Phillip mantuvo un tono equilibrado—. Yo sí.

—Ya, y todos sabemos con qué parte de tu anatomía la miras.

—Basta. —Anna se interpuso entre ellos al ver dos pares de puños crispados y dos pares de ojos que echaban chispas—. No vais a pegaros como dos idiotas en esta casa. —Palmeó el pecho de Cam y el de Phillip, pero ninguno de los dos se movió—. No lleva a ninguna parte. Necesitamos un frente unido. Seth lo necesita. —Se oyó la puerta de la casa y añadió—: Sentaos. ¡Sentaos!

Los dos, con las miradas ardientes y clavadas en el otro, sacaron unas sillas y se sentaron. Anna pudo resoplar con alivio antes de que entrara Seth seguido por dos perros que no dejaban de mover las colas.

—Eh, ¿qué pasa?

La sonrisa de felicidad de Seth se esfumó inmediatamente. Toda una vida acostumbrado a los vaivenes de humor de Gloria le había enseñado a captar el ambiente. El aire de la cocina podía cortarse por la tensión y el mal humor.

Dio un paso atrás y se paró cuando Ethan entró y le puso una mano en el hombro.

—El café huele muy bien.

Mantuvo la mano en el hombro de Seth, en parte como apoyo y en parte para dominarse.

—Traeré unas tazas. —Grace fue hasta el armario. Sabía que se sentiría mejor con las manos ocupadas—. Seth, ¿quieres una coca-cola?

—¿Qué ha pasado? —Notaba los labios rígidos y las manos frías.

—Vamos a tardar un poco en explicártelo. —Anna se acercó a él y le puso las manos en las mejillas. Lo primero que tenía que hacer era borrar el miedo que veía en sus ojos—. Pero no tienes que preocuparte.

—¿Ha vuelto a pedir más dinero? ¿Va a venir? ¿Ha salido de la cárcel?

—No. Siéntate. Vamos a explicártelo todo.

Hizo un gesto a Cam antes de que hablara y miró a Phillip mientras llevaba a Seth hasta la mesa. Phillip tenía más información de primera mano y era mejor que hablara él.

Phillip se pasó una mano por el pelo sin saber muy bien por dónde empezar.

—Seth, ¿sabes algo de la familia de tu madre?

—No. Ella me decía mentiras. Un día me dijo que sus padres eran ricos, que estaban forrados, pero que se habían muerto y que un canalla de abogado había robado todo el dinero. Otro día me dijo que era huérfana y que se había escapado de la casa adoptiva porque su padre había intentado violarla. También me dijo que su madre era una estrella de cine que la había dado en adopción para que no le estropeara la carrera. Cada vez decía una cosa. —Miró a todo el mundo intentando interpretar las caras—. ¿Qué más da? —preguntó sin hacer caso del refresco que Grace le había puesto delante—. ¿Qué coño importa? Si hubiera habido alguien les habría sacado dinero.

—Hay alguien y parece que les ha sacado dinero una y otra vez. —Phillip mantuvo el tono sereno, como el de una persona que intenta tranquilizar a un cachorrillo enloquecido—. Hoy nos hemos enterado de que tiene familia y una hermana.

—No tengo que ir con ellos. —Seth se puso en alerta y se levantó de la silla—. No los conozco y no tengo por qué ir con ellos.

—No, claro que no —dijo Phillip agarrándole del brazo—, pero tienes que saber algo de ellos.

—No quiero. —Miró a Cam con ojos suplicantes—. No quiero. Dijisteis que podría quedarme. Dijisteis que nada lo impediría.

Cam sentía náuseas de ver tanta desesperación, pero señaló la silla.

—Vas a quedarte. Nada lo impedirá. Siéntate. Huyendo no se soluciona nada.

—Mira a tu alrededor, Seth. —La voz de Ethan era delicada, juiciosa—. Tienes a cinco personas que te apoyamos.

Él quería creerlo, pero no sabía cómo explicarles que era mucho más fácil creer en mentiras y amenazas que en promesas.

—¿Qué van a hacerme? ¿Cómo me han encontrado?

—Gloria llamó a su hermana hace unas semanas —dijo Phillip cuando Seth se sentó otra vez—. ¿Te acuerdas de su hermana?

—No me acuerdo de nadie —dijo Seth entre dientes mientras se encogía de hombros.

—Bueno, al parecer, le contó una historia a su hermana, le dijo que nosotros nos habíamos quedado contigo.

—Está llena de mierda.

—Seth. —Anna le lanzó una mirada que hizo que él se arrugara.

—Sacó algún dinero a su hermana para un abogado —continuó Phillip—. Dijo que estaba arruinada y desesperada, que nosotros la habíamos amenazado, que necesitaba el dinero para recuperarte.

Seth se limpió la boca con el dorso de la mano.

—¿Se lo tragó? Debe de ser idiota.

—Es posible. También es posible que se conmueva fácilmente. En cualquier caso, no se tragó toda la historia. Quiso comprobarlo por sí misma y vino a St. Chris.

—¿Está aquí? —Seth sacudió la cabeza—. No quiero verla. No quiero hablar con ella.

—Ya la has visto y has hablado con ella. Sybill es la hermana de Gloria.

Seth abrió los ojos como platos y de la congestión por la ira pasó a la palidez.

—No puede ser. Es doctora. Escribe libros.

—Aun así, es ella. La vimos cuando Cam, Ethan y yo fuimos a Hampton.

—¿La visteis? ¿Visteis a Gloria?

—Sí. Tranquilo. —Phillip puso una mano sobre la mano rígida de Seth—. Sybill también estaba allí. Estaba depositando la fianza y todo se descubrió.

—Es una mentirosa. —A Seth le tembló la voz—. Como Gloria. Es una maldita mentirosa.

—Déjame terminar. Acordamos reunirnos con las dos mañana por la mañana en la oficina de Anna. Tenemos que enterarnos de todo, Seth —añadió cuando el chico retiró las manos—. Es la única forma de arreglarlo.

—Yo no voy a ir.

—Eso lo decidirás tú. Creemos que Gloria no va a ir. He estado con Sybill hace un rato. Gloria le ha dado esquinazo.

—Se ha marchado. —El alivio y la esperanza se abrían paso en medio del temor—. ¿Se ha marchado otra vez?

—Eso parece. Le quitó dinero a Sybill de la cartera y se largó. —Phillip miró a Ethan y vio que la reacción de su hermano era de enfado y resignación—. Sybill sí irá a la oficina de Anna. Creo que sería mejor que fueras con nosotros y hablaras con ella.

—No tengo nada que decirle. No la conozco. Me importa un rábano. Lo que tiene que hacer es dejarme en paz y desaparecer.

—No puede hacerte ningún daño, Seth.

—La odio. Seguramente es como Gloria, pero finge ser distinta.

Phillip se acordó del cansancio, el remordimiento y la desdicha que había visto en el rostro de Sybill.

—Eso también lo decidirás tú, pero para hacerlo tienes que verla y oír lo que dice. Dijo que te había visto una sola vez. Gloria fue a Nueva York y se quedó una temporada en casa de Sybill. Tenías unos cuatro años.

—No me acuerdo. —Puso un gesto de obstinación impenetrable—. Estuvimos en muchos sitios.

—Seth, ya sé que parece injusto. —Grace agarró un instante las manos que Seth había cerrado en unos puños con los nudillos blancos—. Pero tu tía puede ser una ayuda. Todos nosotros estaremos allí.

Cam vio el rechazo en los ojos de Seth y se inclinó hacia él.

—Los Quinn no evitamos la pelea. —Se calló hasta que Seth lo miró—. Hasta que la ganamos.

Seth sacó pecho por orgullo y por temor a no estar a la altura del nombre que le habían dado.

—Iré, pero me va a importar un huevo todo lo que diga. —Se volvió hacia Phillip con los ojos encendidos y pensativos—. ¿Te acostaste con ella?

—¡Seth! —El grito de Anna fue como una bofetada, pero Phillip levantó una mano.

Quizá su primera intención fuera decirle que no era de su incumbencia, pero sabía ver más allá de la respuesta inmediata.

—No, no lo hice.

Seth se encogió de hombros.

—Algo es algo.

—Tú eres lo más importante. —Phillip notó que los ojos de Seth reflejaban sorpresa—. Prometí que lo serías y lo eres. Nada ni nadie lo impedirá.

Seth sintió cierta vergüenza a pesar de la emoción.

—Perdón —farfulló sin apartar la mirada de sus manos.

—No pasa nada. —Phillip dio un sorbo del café que se le había quedado helado—. Escucharemos lo que tenga que decir y ella nos escuchará a nosotros. Te escuchará a ti y luego nos largaremos.

Ella no sabía qué iba a decir. Se sentía fatal. Los posos de la migraña le embotaban el cerebro y tenía los nervios en máxima tensión ante la perspectiva de enfrentarse a los Quinn, y a Seth.

Tenían que odiarla. No creía que la despreciaran más de lo que ella misma se despreciaba. Si lo que le había dicho Phillip era verdad (las drogas, las palizas, los hombres), ella, por omisión, había dejado que su sobrino viviera un infierno.

Ellos no podrían decirle nada peor que lo que ella se había dicho durante aquella noche interminable e insomne, pero, mientras entraba en el aparcamiento junto a los servicios sociales, estaba nerviosa sólo de pensar lo que le esperaba.

Se pintó los labios en el espejo retrovisor y pensó que todo se pondría muy feo. Palabras gruesas, miradas frías. Además, ella era muy sensible a ambas.

Podía resistirlos, se dijo. Podía mantener una apariencia tranquila independientemente de lo que sintiera por dentro. Había practicado esa forma de defensa durante años; permanecer distante y sin implicarse para sobrevivir.

Sobreviviría a aquello. Si, además, conseguía tranquilizar el espíritu de Seth de alguna manera, las heridas que ella pudiera sufrir habrían merecido la pena.

Se bajó del coche. Parecía una mujer tranquila e inalterable, elegantemente vestida con un sencillo traje de seda del color del luto. Tenía el pelo recogido con una vuelta tirante y el maquillaje era sutil e impecable.

El estómago le daba vueltas y le ardía.

Entró en el vestíbulo. En la zona de espera había algunas personas. Un niño lloriqueaba en los brazos de una mujer que tenía los ojos vidriosos por el cansancio. Un hombre con camisa de cuadros y vaqueros estaba sentado con el rostro sombrío y los puños entre las rodillas. Otras dos mujeres estaban sentadas en una esquina. Sybill dedujo que eran madre e hija. La mujer más joven apoyaba la cabeza en el hombro de la otra y lloraba silenciosamente con los ojos morados por unos puñetazos.

Sybill se dio la vuelta.

—Soy la doctora Griffin —dijo a la recepcionista—. Tengo una cita con Anna Spinelli.

—Sí, está esperándola. Al final del vestíbulo, la segunda puerta a la izquierda.

—Gracias.

Sybill agarró el asa de su bolso y fue decididamente hacia el despacho de Anna.

Sintió un vacío en el estómago cuando abrió la puerta. Estaban todos esperándola. Anna estaba sentada detrás de la mesa. Llevaba una chaqueta azul marino y un moño que le daba un aire muy profesional. Estaba ojeando una carpeta.

Grace estaba sentada con la mano en la de Ethan. Cam, con el ceño fruncido, estaba de pie junto a la ventana y Phillip, sentado, pasaba las hojas de una revista.

Seth estaba sentado en medio del sofá y miraba hacia el suelo, con la boca cerrada y los hombros encogidos.

Ella hizo acopio del valor que le quedaba y fue a hablar. Sin embargo, los ojos de Phillip la miraron y ella comprendió que no se había ablandado durante la noche. Sybill no hizo caso del pulso que se le aceleraba e inclinó la cabeza como un saludo.

—Llega puntual, doctora Griffin —dijo él antes de que todos los ojos se clavaran en ella.

Se sintió abrasada y asaeteada, pero cruzó el umbral que la metía de lleno en el terreno de los Quinn.

—Gracias por recibirme.

—Estábamos deseándolo.

La voz de Cam era peligrosamente delicada. Sybill notó que había puesto la mano en el hombro de Seth con un gesto posesivo y protector.

—Ethan, ¿te importaría cerrar la puerta? —Anna cruzó las manos sobre la carpeta que estaba leyendo—. Por favor, siéntese, doctora Griffin.

Ya no serían Sybill y Anna. Se había esfumado todo el contacto amistoso entre mujeres sentadas en una cocina acogedora llena de pucheros.

Sybill lo aceptó y se sentó delante de la mesa de Anna. Se puso el bolso sobre el regazo, lo agarró con los dedos como trapos, y cruzó las piernas elegante y despreocupadamente.

—Antes de empezar, me gustaría decir algo.

Tomó aire lentamente cuando Anna hizo un gesto de consentimiento, se volvió y miró directamente a Seth, que seguía con la mirada clavada en el suelo.

—No he venido para hacerte daño ni hacerte infeliz. Siento que parezca que te he hecho las dos cosas. Si lo que quieres y necesitas es vivir con los Quinn, entonces quiero hacer todo lo posible para que vivas con ellos.

Seth levantó la cabeza y la miró con unos ojos que eran asombrosamente adultos y ásperos.

—No quiero tu ayuda.

—Pero puedes necesitarla —murmuró Sybill mientras se volvía hacia Anna. Sybill esperaba encontrarse con una mente abierta—. No sé dónde está Gloria. Lo siento. Di mi palabra de que la traería aquí esta mañana. Hacía mucho tiempo que no la veía y... no me di cuenta de lo mucho..., de lo inestable que es.

—Inestable —comentó Cam con tono irónico—. Eso sí que es bueno.

—¿Ella se puso en contacto con usted? —le preguntó Anna mientras miraba a su marido con gesto de advertencia.

—Sí, hace unas semanas. Estaba indignada, decía que le habían quitado a Seth y que necesitaba dinero para el abogado que iba a presentar la solicitud de custodia. Ella lloraba y estaba casi histérica. Me suplicó que la ayudara. Yo reuní toda la información que pude, quién tenía a Seth y dónde estaba, y le mandé cinco mil dólares. —Sybill levantó las manos—. Ayer, cuando hablé con ella, me di cuenta de que no tenía abogado. Gloria siempre ha sido una buena actriz. Yo lo había olvidado o había preferido olvidarlo.

—¿Sabía que tenía un problema con las drogas?

—No, tampoco. Me enteré ayer. Cuando la vi y hablé con ella, me quedó claro que en estos momentos no puede cargar con la responsabilidad de un hijo.

—Ella no quiere esa responsabilidad —comentó Phillip.

—Es lo que tú dices —replicó Sybill sin alterarse—. Tú dijiste que quería dinero. Sé perfectamente que para Gloria el dinero es importante. También sé perfectamente que es inestable, pero me cuesta creer, sin pruebas, que ha hecho todo lo que dijiste.

—¿Quieres pruebas? —Cam avanzó hacia ella rezumando ira por todos los poros—. Las tendrás, nena. Enséñale las cartas, Anna.

—Cam, siéntate. —La orden de Anna fue firme antes de volverse hacia Sybill—. ¿Reconocería la escritura de su hermana?

—No lo sé. Es posible.

—Tengo una copia de la carta que se encontró en el coche de Raymond Quinn cuando tuvo el accidente y una de las cartas que nos mandó más recientemente.

Las sacó de la carpeta y se las pasó a Sybill por encima de la mesa.

Las frases y las palabras le entraron en la cabeza como un hierro candente.

Quinn, estoy harta de jugar al ratón y al gato. Estás deseando quedarte con el niño, así que ha llegado el momento de que pagues... ciento cincuenta mil es una ganga por un niño tan guapo cono Seth.

Dios mío..., era lo único que podía pensar Sybill, Dios mío...

La carta a los Quinn después de la muerte de Ray no era mucho mejor.

Ray y yo habíamos llegado a un acuerdo.

Si estáis decididos a quedároslo... Voy a necesitar algo de dinero...

Sybill no sabía qué hacer para que no le temblaran las manos.

—¿Recibió este dinero?

—El señor Quinn extendió unos cheques a Gloria DeLauter: dos de diez mil dólares y uno de cinco mil —dijo Anna con toda claridad y sin ninguna entonación—.

Trajo a Seth DeLauter a St. Christopher el año pasado. La carta que tiene en sus manos tiene matasellos del diez de marzo. Al día siguiente, el señor Quinn hizo efectivos sus bonos, algunos valores y una gran cantidad de su cuenta bancaria. El doce de marzo, le dijo a Ethan que tenía algunos asuntos en Baltimore. Cuando volvía, tuvo un accidente de coche y murió. Le quedaban cuarenta dólares en la cartera. No se encontró más dinero.

—Él prometió que no tendría que volver —dijo Seth inexpresivamente—. Era honrado. Él lo prometió y ella sabía que le pagaría.

—Pidió más. Os pidió más.

—Pero se equivocó. —Phillip se echó hacia atrás y miró a Sybill. No transmitía nada, sólo su palidez—. No va a chuparnos la sangre, doctora Griffin. Puede amenazarnos lo que quiera, pero no va a chuparnos la sangre ni a quedarse con Seth.

—También tiene la carta que le escribí a Gloria De-Lauter —le informó Anna—. Le comuniqué que Seth estaba a cargo de los servicios sociales y que esta oficina había abierto una investigación por posible maltrato infantil. Si entra en este condado, se le entregará un interdicto y una orden judicial.

—Estaba furiosa —dijo Grace—. Llamó a casa nada más recibir la carta de Anna. Amenazó y exigió. Dijo que se llevaría a Seth si no le dábamos dinero. Le dije que estaba equivocada. —Grace aguantó la mirada de Seth—. Él está con nosotros.

Sybill sólo podía pensar que Gloria había vendido a su hijo. Era exactamente lo que había dicho Phillip.

—Tenéis la custodia temporal.

—Pronto será definitiva —puntualizó Phillip—. Vamos a ocuparnos de eso.

Sybill volvió a dejar los documentos en la mesa de Anna. Se sentía muy fría por dentro, brutalmente fría, pero puso las manos sobre el bolso y se volvió hacia Seth.

—¿Te pegó? —le preguntó con un tono sosegado.

—¿Qué coño te importa?

—Responde, Seth —le ordenó Phillip—. Cuéntale a tu tía cómo era vivir con su hermana.

—Muy bien, vale. —No disimulaba el tono de desprecio—. Desde luego, me pegaba cuando le apetecía. Si yo tenía suerte, ella estaba demasiado borracha o colgada como para hacerme daño. Normalmente podía escaparme. —Se encogió de hombros como si no le importara lo más mínimo—. A veces me sorprendía. Si no había conseguido pasta para pillar algo de droga, me despertaba y me daba una paliza o se echaba a llorar a mares…

Ella quería dar la espalda a esa imagen como había dado la espalda a los desconocidos que había en la sala de espera. Pero no apartó la mirada de la cara de Seth.

—¿Por qué no le dijiste a alguien que te ayudara?

—¿A quién? —Esa tía era tonta, se dijo Seth—. ¿A la poli? Ella ya me había dicho lo que haría la poli. Yo terminaría en un reformatorio y alguien me haría lo que querían hacerme algunos de sus clientes. Podían hacerme lo que quisieran cuando estuviera dentro. Mientras estuviera fuera, podía escaparme.

—Te mintió —dijo Anna suavemente mientras Sybill buscaba las palabras, cualquier palabra—. La policía te habría ayudado.

—¿Sabía ella...? —consiguió decir Sybill—. ¿Sabía ella que algunos hombres querían... tocarte?

—Claro, le parecía gracioso. Cuando estaba colgada, todo le parecía gracioso. Cuando estaba borracha, era mala.

¿Podía ser hermana de un monstruo como el que describía con tanta naturalidad el chico?

—¿Cómo...? ¿Sabes por qué decidió ponerse en contacto con el señor Quinn?

—No, no sé nada de todo eso. Un día recibió un telegrama y empezó a hablar de una mina de oro. Desapareció unos días.

—¿Te dejó solo?

Sybill no sabía por qué le espantaba eso después de lo que había oído.

—Eh, puedo cuidarme solo. Cuando volvió estaba como loca. Dijo que por fin yo serviría para algo. Tenía dinero, mucho dinero, porque salió y compró mucha droga sin tirarse a nadie. Pasó varios días colgada y feliz. Entonces llegó Ray. Me dijo que podía irme con él. Al principio yo creía que era un hombre más de los que ella llevaba a casa. Pero no lo era. Lo aseguro. Parecía triste y cansado.

Sybill captó que había cambiado el tono, lo había suavizado. Él también sentía el dolor. Hasta que vio el asco en sus ojos.

—Ella fue hasta él —siguió Seth— y Ray se indignó de verdad. No gritó ni nada, pero la miró con mucha dureza. Llevaba dinero y le dijo que si lo quería tendría que irse. Ella lo tomó y se marchó. Me dijo que tenía una casa a la orilla del mar y un perro, y que podía vivir allí si quería. Que nadie me molestaría.

—Y te fuiste con él.

—Era viejo. —Seth se encogió de hombros—. Pensé que podría escaparme si intentaba algo, pero podías confiar en Ray. Era bueno. Dijo que nunca tendría que volver a la vida de antes. Y no lo haré. Me da igual cómo, pero no volveré. Además no me fío de ti. —Volvía a tener ojos de adulto y una voz burlona—. Porque has mentido, has fingido ser honrada y sólo nos espiabas.

—Tienes razón. —Le pareció que reconocer sus pecados y encontrarse con la mirada despectiva de ese chico era lo más tremendo que había tenido que hacer y que haría en su vida—. No tienes por qué fiarte de mí. No te ayudé. Podía haberlo hecho durante el tiempo que te llevó a Nueva York. Yo no quería darme cuenta. Para mí era mucho más fácil. Cuando llegué a casa un día y los dos habíais desaparecido, tampoco hice nada. Me dije que no era asunto mío, que tú no eras responsabilidad mía. No fue sólo una equivocación, fue cobardía.

Él no quería creerla, no quería percibir el arrepentimiento que había en su voz. Cerró los puños sobre las rodillas.

—Sigue sin ser asunto tuyo.

—Es mi hermana. No puedo evitarlo. —No soportaba el desprecio de la mirada de Seth y miró a Anna—. ¿Qué puedo hacer para ayudar? ¿Puedo hacer una declaración? ¿Puedo hablar con su abogado? Soy psicóloga y hermana de Gloria. Supongo que mi opinión puede influir a la hora de conceder la custodia.

—Estoy segura de que lo haría —susurró Anna—. No le resultará fácil.

—No siento nada por ella. No me enorgullezco de decirlo, pero es la verdad. Ya no siento nada por ella y tampoco siento la responsabilidad que sentía hacia ella. Aunque él no lo quiera, soy la tía de Seth y me gustaría poder ayudar.

Se levantó y echó una ojeada a las caras que la rodeaban. Notó un vacío en el estómago.

—Siento muchísimo lo que ha pasado. Ya sé que las disculpas no sirven de nada. No tengo excusas para haber hecho lo que he hecho. Tengo motivos, pero no excusas. Está muy claro que Seth está donde debe estar, donde es feliz. Si me dais unos minutos para ordenar mis ideas, haré una declaración.

Salió de la habitación sin prisa y siguió hasta la calle, donde podía respirar.

—Bueno, lo hizo muy mal, pero ahora está haciéndolo muy bien. —Cam se levantó y fue de un lado a otro del despacho—. No vacila fácilmente.

—No estoy segura —susurró Anna. Ella también era una observadora experta y algo le decía que esa fachada tranquila ocultaba mucho más de lo que todos sospechaban—. Evidentemente, tenerla de nuestro lado nos va a venir muy bien. Lo mejor sería que nos dejarais solas para que pueda hablar con ella. Phillip, habla con el abogado y explícale la situación, pregúntale si quiere tomarle declaración.

—De acuerdo. —Phillip frunció el ceño pensativamente—. Tiene una foto de Seth en su agenda.

—¿Qué…? —Anna parpadeó.

—Anoche fisgué entre sus cosas antes de que volviera a la habitación del hotel. —Sonrió un poco y luego se

221

encogió de hombros al encontrarse con los ojos cerrados de su cuñada—. Me pareció lo más apropiado para la ocasión. En su agenda tiene una foto de Seth cuando era pequeño.

—¿Y qué? —preguntó Seth.

—Que es la única foto que he encontrado. Es interesante. —Levantó las manos y las dejó caer otra vez—. Por otro lado, Sybill podría saber algo de la relación de Gloria con papá. Ya que no podemos preguntárselo a Gloria, deberíamos preguntárselo a ella.

—Me parece que todo lo que ella sepa lo sabrá por Gloria —intervino Ethan—. No será fácil creerlo. Creo que ella nos diría todo lo que sabe, pero lo que sabe puede no ser la verdad.

—No sabremos la verdad ni la mentira hasta que se lo preguntemos —puntualizó Phillip.

—¿Preguntarme, qué?

Sybill, más tranquila y decidida a terminar de una vez, entró en la habitación y cerró la puerta.

—Por qué Gloria se fijó en nuestro padre. —Phillip se levantó para ponerse a la altura de Sybill—. Por qué sabía que le pagaría para proteger a Seth.

—Seth ha dicho que era un hombre bueno. —Sybill miró a la cara de todos los hombres—. Creo que vosotros sois la demostración.

—Los hombres buenos no tienen aventuras adúlteras con mujeres la mitad de años más jóvenes que ellos, para abandonar después al hijo fruto de esa aventura. —La voz de Phillip rebosaba amargura mientras se acercaba a Sybill—. No vas a convencernos de que Ray se acostó con tu hermana a espaldas de nuestra madre y luego abandonó a su hijo.

—¿Cómo? —Sybill, sin darse cuenta, alargó una mano para agarrarse de su brazo y no perder el equilibrio—. Claro que no lo hizo. Tú me dijiste que no creías que tu padre y Gloria...

—Otros sí lo creen.

—Pero eso es... ¿De dónde has sacado la idea de que Seth es su hijo, su hijo con Gloria?

—Lo oyes por todo el pueblo si tienes los oídos abiertos. —Phillip entrecerró los ojos al ver su cara—. Es algo que ha difundido tu hermana. Decía que él había abusado sexualmente de ella, luego lo chantajeó y vendió a su hijo. —Miró a Seth..., a los ojos de Ray Quinn—. Yo digo que es mentira.

—Claro que es mentira. Una mentira espantosa.

Sybill quería con toda su alma hacer algo bien, así que fue hasta Seth y se agachó delante de él. Quería con toda su alma tomarle una mano, pero se contuvo cuando él se alejó de ella.

—Ray Quinn no era tu padre, Seth. Era tu abuelo. Gloria es su hija.

Los labios de Seth temblaron y los ojos azules le brillaron trémulamente.

—¿Mi abuelo...?

—Sí. Siento que no te lo dijera él, siento que no lo supieras antes de que... —Sacudió la cabeza y se levantó—. No sabía que hubiera esta confusión. Debería haberlo supuesto. Yo me enteré hace unas semanas. —Volvió a sentarse en la silla—. Os contaré todo lo que sé.

12

Ya era mucho más fácil. Era casi como dar una conferencia. Sybill estaba acostumbrada a dar conferencias sobre cuestiones sociales. Sólo tenía que distanciarse del asunto y ofrecer información de forma clara y coherente.

—El profesor Quinn tuvo una relación con Barbara Harrow. —Sybill se colocó de espaldas a la ventana de forma que pudiera estar de frente a todos—. Se conocieron en la Universidad de Washington. No conozco bien los detalles, pero lo que sé es que él daba clases allí y ella era una estudiante de posgrado. Barbara Harrow es mi madre y la madre de Gloria.

—Mi padre con tu madre… —dijo Phillip.

—Sí. Hace casi cincuenta años. Doy por supuesto que se gustaron, al menos físicamente. Mi madre… —Se aclaró la garganta—. Mi madre creía que él tenía muchas posibilidades, que ascendería rápidamente de categoría académica. La posición social es fundamental para mi madre. Sin embargo, él la decepcionó por su…, por lo que ella consideraba su falta de ambición. Él estaba satisfecho dando clases. Al parecer, a él no le interesaban las obligaciones sociales que se necesitan para medrar. Además, políticamente, era demasiado liberal para su gusto.

—Ella quería un marido rico e importante y comprobó que él no iba a serlo —resumió Phillip con las cejas arqueadas.

—En esencia, eso es verdad —dijo Sybill con una voz tranquila e inexpresiva—. Hace treinta y cinco años, el país pasaba un momento de agitación, fue nuestra guerra interna entre la juventud y el sistema establecido. En las universidades había mucha gente que cuestionaba la sociedad en general y una guerra que gustaba muy poco. Parece ser que el profesor Quinn las cuestionaba mucho.

—Él creía en la necesidad de usar el cerebro y en tomar una postura —dijo Cam entre dientes.

—Según mi madre, él tomó posturas. —Sybill consiguió esbozar una leve sonrisa—. A menudo, posturas que no gustaban a la dirección de la universidad. Mi madre y él no coincidían en principios y creencias elementales. Al final del curso, ella se volvió a su casa, en Boston, desilusionada, enfadada y, como comprobaría más tarde, embarazada.

—Una mierda. Perdón —rectificó Cam cuando Anna le reprendió con un siseo—. Pero es una mierda. Es imposible que él no aceptara la responsabilidad de un hijo. Absolutamente imposible.

—Ella no se lo dijo. —Sybill cruzó las manos cuando todo el mundo volvió las miradas hacia ella—. Estaba furiosa. Quizá también estuviera asustada, pero estaba furiosa por encontrarse embarazada de un hombre que le parecía inadecuado. Pensó en interrumpir el embarazo, pero había conocido a mi padre y habían congeniado.

—Él sí era adecuado —concluyó Cam.

—Creo que eran adecuados el uno para el otro. —El tono de voz fue gélido. Eran sus padres y no podían negarle todo—. Mi madre estaba en una situación difícil y aterradora. No era una niña. Tenía casi veinticinco años, pero un embarazo imprevisto y no deseado es una complicación para una mujer de cualquier edad. En un momento de debilidad o de desesperación, se lo confesó todo a mi padre y él le pidió que se casara con él —dijo Sybill tranquilamente—. Debió de amarla mucho. Se casaron rápida y discretamente. Ella nunca volvió a Washington. Nunca miró al pasado.

—¿Papá nunca supo que tenía una hija? —preguntó Ethan tomando a Grace de la mano.

—No, imposible. Gloria tenía tres años, casi cuatro, cuando nací yo. No puedo decir cómo fue su relación con mis padres durante aquellos años. Sé cómo fue después. Se sentía marginada. Era complicada y temperamental, muy exigente y alocada. Se esperaba que tuviera ciertas conductas y ella las rechazaba. —Todo aquello sonaba muy frío e inflexible—. En cualquier caso, se fue de casa cuando todavía era bastante joven. Luego, descubrí que mis padres y yo le mandábamos dinero sin que ninguno de nosotros lo supiera. Se ponía en contacto con cualquiera de nosotros y nos rogaba, exigía o amenazaba, lo que surtiera efecto con cada uno. Yo no sabía nada de esto hasta que Gloria me llamó el mes pasado por Seth. —Sybill se detuvo un instante hasta que puso en orden sus ideas—. Antes de venir aquí, fui a París a ver a mis padres. Creía que ellos tenían que saberlo. Seth era su nieto y, que yo supiera, se lo habían arrebatado a Gloria y estaba viviendo con unos desconocidos. Me enfurecí y me quedé asombrada cuando se lo dije a mi madre y ella renunció a participar o a ofrecer cualquier ayuda. Discutimos. —Sybill dejó escapar una risa muy breve—. Ella estaba suficientemente sorprendida, creo, como para contarme lo que acabo de contaros.

—Gloria tenía que saberlo —intervino Phillip—. Tenía que saber que Ray Quinn era su padre, si no, no habría venido aquí.

—Sí, lo sabía. Hace un par de años fue a ver a mi madre cuando mis padres pasaron unos meses en Washington. Me imagino que fue una escena horrorosa. Según lo que me contó mi madre, Gloria le pidió una gran cantidad de dinero si no quería que fuera a la prensa, a la policía o a quien le hiciera caso para acusar a mi padre de abuso sexual y a mi madre de complicidad. Nada de todo ello es verdad —afirmó Sybill con tono cansado—. Para Gloria el sexo equivale a poder y aceptación. Constantemente acusaba a los hombres, sobre todo a los hombres con autoridad, de abusar sexualmente de ella. Vista la situación, mi madre le dio varios miles de dólares y la historia que acabo de contaros. Además, prometió a Gloria que ése sería el último dinero que vería de ella y ésas las últimas palabras que oiría de ella. Es muy raro que mi madre incumpla una promesa de cualquier tipo. Gloria lo sabía perfectamente.

—Entonces, atacó a Ray Quinn —concluyó Phillip.

—No sé cuándo decidió encontrarlo. Quizá llevara tiempo dándole vueltas en la cabeza. Decidiría que ése era el motivo por el que no la habían querido ni aceptado como creía que se merecía. Supongo que culparía a vuestro padre de eso. Cuando Gloria tiene problemas, siempre busca un culpable.

—Y le encontró a él. —Phillip se levantó de la silla y fue de un lado a otro—. Y según el sistema habitual, le pidió dinero, le acusó y amenazó. Sólo que esta vez utilizó a su propio hijo.

—Eso parece. Lo siento. Debería haber supuesto que no estabais al tanto de todo esto. Di por sentado que vuestro padre os habría contado más cosas.

—No tuvo tiempo. —La voz de Cam fue fría y llena de amargura.

—Me dijo que estaba esperando una información —recordó Ethan—. Que lo explicaría todo cuando lo hubiera desvelado.

—Debió de intentar ponerse en contacto con tu madre. —Phillip clavó la mirada en Sybill—. Querría hablar con ella, enterarse.

—No puedo decírtelo, no lo sé.

—Ya… —le concedió Phillip—. Habría hecho todo lo que considerara necesario. Primero, por Seth, porque es un niño, pero habría querido ayudar a Gloria. Para hacerlo, tenía que hablar con su madre, saber qué había pasado. Le parecería importante.

—Sólo puedo deciros lo que sé, lo que me han contado. —Sybill levantó las manos con un gesto de cierta impotencia—. Mi familia se ha portado mal. Todos nosotros —le dijo a Seth—. Pido perdón por mí y por todos los demás. No espero que vosotros… Haré todo lo que pueda para ayudar.

—Quiero que la gente lo sepa. —Seth la miró con los ojos empañados en lágrimas—. Quiero que la gente sepa que era mi abuelo. Están murmurando de él y es mentira. Quiero que sepan que soy un Quinn.

Sybill sólo pudo asentir con la cabeza. Si eso era todo lo que le pedía, ella se encargaría de que lo recibiera. Tomó aliento y se dirigió a Anna.

—¿Qué puedo hacer?

—Ya has tenido un buen comienzo. —Anna miró su reloj de pulsera. Tenía otra cita a los diez minutos—. ¿Quieres hacer pública y oficial la información que nos has dado?

—Sí.

—Tengo una idea para echarlo a rodar.

No se tendría en cuenta le cuestión del bochorno, se recordó Sybill. Viviría y podría vivir con las murmuraciones y las miradas aviesas que se darían cuando atendiera a la propuesta de Anna.

Ella misma redactó su declaración, había pasado dos horas en su habitación para elegir las palabras y las frases correctas. Tenía que explicar con claridad los detalles de los actos de su madre, los de Gloria y los suyos.

No dudó cuando la tuvo corregida e impresa. Llevó las páginas al mostrador de recepción y pidió que las mandaran por fax a la oficina de Anna.

—Necesito que me devuelva el original y espero una respuesta por fax —le explicó a la recepcionista.

—Me ocuparé de todo. —La joven recepcionista sonrió con profesionalidad y entró en un despacho que había detrás.

Sybill cerró los ojos un instante. Ya no había marcha atrás. Cruzó las manos, se recompuso y esperó.

No pasó mucho tiempo. La expresión en los ojos de la recepcionista indicaba claramente que había echado una ojeada a la declaración.

—¿Quiere esperar a la respuesta, doctora Griffin?

—Sí, gracias.

Sybill extendió la mano para que le devolviera los papeles y casi sonrió cuando la recepcionista dio un respingo antes de entregárselos precipitadamente por encima del mostrador.

—¿Está disfrutando de… su estancia?

Sybill pensó que la chica no podía esperar ni un minuto a difundir lo que acababa de leer. Una conducta humana típica y completamente previsible.

—Hasta el momento, todo ha sido bastante interesante.

—Discúlpeme un momento.

La recepcionista volvió a entrar en el despacho.

Sybill estaba dejando escapar un suspiro cuando se puso en tensión. Sabía que Phillip estaba detrás de ella antes de darse la vuelta.

—He mandado el fax a Anna —dijo solemnemente—. Estoy esperando su respuesta. Si lo encuentra satisfactorio, tendré tiempo de ir al banco antes de que cierre y lo firmará el notario. Lo he prometido.

—No he venido como perro guardián, Sybill. He pensado que podrías necesitar cierto apoyo moral.

Ella resopló.

—Estoy bien.

—No, no lo estás. —Para demostrarlo, le pasó una mano por los músculos tensos del cuello—. Pero tu actuación es bastante buena.

—Prefiero hacerlo sola.

—No siempre puedes conseguir lo que quieres. —Miró por encima de ella, con la mano todavía en la nuca de Sybill, al ver que salía la recepcionista—. Hola, Karen, ¿qué tal todo?

La recepcionista se ruborizó hasta el cuero cabelludo y los miró alternativamente.

—Bien…, mmm…, aquí tiene el fax, doctora Griffin.

—Gracias. —Sybill, sin parpadear, tomó el sobre y lo guardó en el bolso—. Inclúyamelo en la factura, por favor.

—Sí, naturalmente.

—Hasta la vista, Karen.

Delicadamente, Phillip bajó la mano hasta el final de la espalda de Sybill y la llevó a través del vestíbulo.

—Antes del próximo descanso, ya se lo habrá dicho a sus seis mejores amigas —susurró Sybill.

—Por lo menos. Son las ventajas de un pueblo pequeño. Esta noche, los Quinn van a ser el motivo de discusión en muchas cenas. A la hora del desayuno el rumor estará echando chispas.

—Te divierte —le dijo Sybill con severidad.

—Me tranquiliza, doctora Griffin. Las tradiciones están hechas para tranquilizar. He hablado con nuestro abogado. —Fueron hacia el paseo marítimo. Las gaviotas perseguían a un barco de pesca que volvía al puerto—. La declaración notarial ayudará, pero le gustaría hablar contigo a principios de la semana que viene, si puedes arreglarlo.

—Concertaré una cita. —Se volvió hacia él. Llevaba ropa informal y el viento le agitaba el pelo. Unas gafas oscuras le ocultaban los ojos, pero a ella tampoco le importaba mucho la expresión que pudieran tener—. Si entro sola, a lo mejor no parece que estoy en arresto domiciliario.

Él levantó las manos y dio un paso atrás. Era dura de pelar, se dijo al verla entrar en el banco, pero tenía la sensación de que, una vez rota la cáscara, dentro había algo delicado, incluso delicioso.

Le sorprendía que alguien tan inteligente y tan conocedor de la naturaleza humana no se diera cuenta de su propia aflicción, que no quisiera o pudiera reconocer que había construido unos muros alrededor de ella misma porque le había faltado algo durante su infancia.

Casi había conseguido que él pensara que era fría y distante y que los sentimientos no la afectaban. No sabía por qué se había empeñado en pensar lo contrario. Quizá sólo fuera un deseo, pero estaba dispuesto a adivinarlo pronto.

Sabía que difundir sus secretos de familia de una forma tan irregular iba a ser humillante para ella y, quizá, doloroso, pero había accedido sin condiciones y estaba cumpliendo sin vacilación.

Criterios, se dijo a sí mismo. Integridad. Los tenía y él creía que también tenía corazón.

Sybill le sonrió levemente al salir del banco.

—Es la primera vez que veo que a un notario casi se le salen los ojos de las órbitas. Creo que eso…

No consiguió terminar la frase porque Phillip le tapó vorazmente la boca con la suya. Ella levantó la mano hasta el hombro de él, pero los dedos se agarraron a su jersey.

—Me ha parecido que lo necesitabas —susurró Phillip mientras le acariciaba una mejilla.

—Sin tener en cuenta…

—Qué más da, Sybill, ya murmuran bastante, ¿por qué no añadirle un toque de misterio?

Los sentimientos se le desbordaban y le resultaba difícil mantener la compostura.

—No tengo intención de quedarme aquí para dar un espectáculo. Si no te importa…

—Perfecto. Vamos a algún lado. Tengo el barco.

—¿El barco? No puedo salir en el barco. No voy vestida para navegar. Tengo trabajo.

Tengo que pensar, se dijo para sus adentros, aunque él estaba arrastrándola al muelle.

—Te vendrá bien navegar. Te está dando otro dolor de cabeza. El aire fresco te calmará.

—No me duele la cabeza. —Sólo sentía una amenaza que estaba a punto de estallar—. Y no quiero…

Estuvo a punto de gritar del susto cuando la tomó en vilo y la dejó sobre la cubierta del barco.

—Considérese enrolada por la fuerza, doctora. —Soltó las amarras rápida y diestramente y saltó a bordo—. Me da la sensación de que no has recibido suficiente tratamiento de ése en tu corta y protegida vida.

—No sabes nada de mi vida ni de lo que he recibido. Si enciendes el motor voy a… —Se calló y apretó los dientes al oír las explosiones del motor—. Phillip, quiero volver al hotel. En este instante.

—Nadie te niega nada, ¿verdad? —dijo alegremente mientras daba una palmada en el asiento de babor—. Siéntate y disfruta del paseo.

Ella no pensaba saltar por la borda vestida con un traje de seda y unos zapatos italianos. Supuso que era la forma que él tenía de desquitarse. Le privaba de su libertad de elección y así afirmaba su voluntad y su dominio físico.

Típico.

Volvió la cabeza para mirar el leve chapoteo. No tenía miedo de él en el sentido físico. Él tenía un aspecto más rudo del que se había imaginado, pero no le haría daño. Además, él quería profundamente a Seth y necesitaba que ella lo ayudara.

Hizo un esfuerzo por no emocionarse cuando izó las velas. El sonido de la tela que se abría con el viento, el sol que resplandecía reflejado en el blanco flameante, la repentina y suave inclinación del barco; todo eso no significaba nada para ella, se dijo insistentemente.

Toleraría el juego de Phillip, pero no reaccionaría. Evidentemente, él se aburriría de su silencio y desdén y la llevaría de vuelta.

—Toma. —Él le lanzó algo y ella dio un respingo. Miró y vio unas gafas de sol que habían caído limpiamente en su regazo—. El sol pega con fuerza. Ha refrescado, pero el veranillo de San Miguel está a la vuelta de la esquina.

Sonrió cuando ella no le contestó, se limitó a ponerse cuidadosamente las gafas y siguió mirando hacia otro lado.

—Primero hace falta una buena helada —continuó diciendo él como si tal cosa—. Cuando las hojas empiezan a cambiar de color, la costa cerca de casa es un espectáculo. Todo se pone dorado y escarlata. De fondo, el cielo de un azul profundo, el agua brillante como un espejo, el aroma a otoño... Llegas a pensar que no hay ningún otro sitio en la tierra donde preferirías estar.

Ella siguió sin abrir la boca y con los brazos cruzados sobre el pecho.

Phillip se pasó la lengua por el interior de la mejilla.

—Incluso un par de animales de ciudad como tú y yo podemos apreciar un buen día de otoño en el campo. Se acerca el cumpleaños de Seth.

Phillip vio por el rabillo del ojo que ella giraba un poco la cabeza y que separaba unos labios temblorosos. Volvió a cerrarlos, pero cuando se dio la vuelta lo hizo con los hombros encogidos a la defensiva.

Vaya, vaya..., se dijo Phillip. Ese envoltorio de frialdad escondía todo un batiburrillo de sentimientos.

—Hemos pensado hacerle una fiesta y llamar a algunos de sus amigos. Ya sabes que Grace hace una tarta de chocolate maravillosa. Nos hemos ocupado del regalo, pero el otro día vi un material de pintura que tenía una pinta sensacional en una tienda de Baltimore. Nada de cosas de niños, material de verdad. Tizas, lápices, carboncillo, pinceles, acuarelas, papel, paletas... Es una tienda especializada que está a unas manzanas de mi oficina. Alguien que sepa un poco de arte podría pasar por ahí y elegir lo adecuado.

Pensaba hacerlo él, pero comprobó que había acertado al decírselo. Estaba mirándolo de frente y el sol resplandecía en sus gafas, pero la inclinación de su cabeza le decía que estaba prestándole toda la atención del mundo.

—Él no querría ningún regalo mío.

—No le das suficiente crédito. Quizá tampoco te lo estés dando a ti.

Orientó las velas para no perder el viento y comprobó que ella había reconocido la curva de árboles a lo largo de la costa. Sybill se levantó inestablemente.

—Phillip, independientemente de lo que sientas por mí ahora, que intentaras acercarme a Seth demasiado pronto no contribuiría a nada.

—No estoy llevándote a casa. —Echó una ojeada al jardín mientras pasaban por delante—. Además, Seth está en el astillero con Cam y Ethan. Necesitas distraerte, Sybill, no enfrentarte. Para que conste, no sé lo que siento por ti en estos momentos.

—Te he dicho todo lo que sé.

—Ya, creo que me has dado los hechos. No me has dicho lo que sientes, cómo te han afectado personalmente, sentimentalmente, esos hechos.

—No es la cuestión.

—Yo estoy convirtiéndolo en la cuestión. Nos guste o no, estamos metidos en esto, Sybill. Seth es tu sobrino y el mío. Mi padre y tu madre tuvieron una aventura y nosotros estamos a punto de tenerla.

—No —negó ella rotundamente—. No estamos a punto de tenerla.

Él giró la cabeza para mirarla con un destello en los ojos.

—Lo sabes perfectamente. Estás dentro de mí y yo sé cuándo estoy dentro de una mujer.

—Y los dos somos bastante mayores como para poder dominar nuestras necesidades más elementales.

Él la miró fijamente durante un instante y se rió.

—Vaya si los somos, pero lo que te preocupa no es el sexo, es la intimidad.

Estaba acertando en todas las dianas. No la enfurecía tanto como la asustaba.

—No me conoces.

—Empiezo a conocerte —replicó él tranquilamente—. Además, soy de los que terminan lo que han empezado. Voy a cambiar de rumbo. Ten cuidado con la botavara.

Sybill se sentó y se apartó. Reconoció la pequeña cala donde habían tomado vino y paté. Había sido hacía sólo una semana, pensó con cierto desinterés. Poca cosa había cambiado. Todo había cambiado.

No podía estar allí con él. No podía correr ese riesgo. La idea de dominarlo era absurda. Aun así, sólo podía intentarlo.

Lo miró sin alterar el gesto. Se pasó la mano despreocupadamente por el sofisticado moño que el viento había despeinado. Sonrió sarcásticamente.

—¿No hay vino? ¿No hay música ni comida de *gourmet*?

Él arrió las velas y detuvo el barco.

—Estás asustada.

—Eres un arrogante. No me preocupas.

—Ahora mientes. —El barco se balanceó ligeramente y él se acercó a ella para quitarle las gafas de sol—. Te preocupo un poco. Crees que me tienes enganchado, pero no sigo el guión. Me parece que casi todos los hombres a los que has permitido que te rondaran eran bastante previsibles. Es más fácil para ti.

—¿Esto es lo que tú entiendes por distraerme? A mí me parece más un enfrentamiento.

—Tienes razón. —Phillip se quitó la gafas y las dejó a un lado—. Ya lo analizaremos más tarde.

Se movió muy deprisa. Ella sabía que era capaz de moverse a la velocidad del rayo, pero no esperaba que pasara del cinismo a la seducción en un abrir y cerrar de ojos. Su boca era ardiente, anhelante y firme. La agarraba de los brazos y la atraía contra sí para que percibiera la necesidad y al ardor, necesidad y ardor que Sybill no sabía si brotaban de él o de ella.

Él se había limitado a decir la verdad cuando dijo que la tenía dentro de sí. En ese momento no le importaba si era un veneno o una salvación. Ella estaba dentro y él no podía evitar que fluyera.

La apartó un poco para que los labios se separaran, aunque las caras seguían estando muy cerca. Él tenía los ojos dorados y poderosos como el resplandor del sol.

—Dime que no me deseas, que no quieres esto. Dímelo sinceramente y paro ahora mismo.

—Yo…

—No. —Impaciente, angustiado, la sacudió para que levantara la vista—. No, mírame a los ojos y dilo.

Ella ya había mentido y las mentiras le pesaban como el plomo.

—Esto sólo complicará las cosas.

Los ojos color caramelo reflejaron un destello de triunfo inconfundible.

—Puedes estar segura —farfulló él—, pero ahora me importa un comino. Devuélveme el beso y hazlo en serio —le exigió.

Ella no pudo contenerse. Esa ansia pura y perversa era desconocida para ella y la dejaba indefensa. Lo besó con el mismo anhelo, con las mismas ganas. El gemido ronco y primitivo que dejó escapar era un eco de palpitación del deseo que ella sentía entre las piernas.

Dejó de pensar. Se encontró arrastrada por las sensaciones, los sentimientos y los anhelos. El beso se encrespó y amenazaba con convertirse en un doloroso mordisco. Ella se aferró al pelo de Phillip, jadeaba para poder respirar y se estremeció de los pies a la cabeza cuando aquella diestra boca descendió por su cuello.

Por primera vez en su vida, se dejó llevar completamente y deseó que la tomara.

Él le agarró la chaqueta de seda, se la quitó y la tiró a un lado. Quería carne, acariciarla y paladearla. Le pasó la ceñida camiseta color marfil por encima de la cabeza y llenó sus manos con los pechos cubiertos de encaje.

Ella tenía la piel más caliente que la seda y, en algún sentido, más suave. Le soltó el cierre del sujetador con un movimiento impaciente, lo tiró a un lado y satisfizo la necesidad de saborear su piel.

El sol la cegaba. Incluso con los ojos bien cerrados, notaba su fuerza en los párpados. No podía ver, sólo sentía. La boca insaciable, casi brutal, la devoraba; las manos ásperas y ansiosas hacían todo lo que les placía. El gemido que le subía por la garganta era un aullido en la cabeza.

«¡Ahora, ahora, ahora!»

Tambaleante, le levantó el jersey para encontrar los músculos y las cicatrices mientras él le quitaba la falda de un tirón. Las medias terminaban en unas tiras de encaje en lo alto del muslo. En otro momento quizá hubiera apreciado el detalle de feminidad y sentido práctico, pero en ése estaba ciego por el deseo y recibió con gozo el jadeo de ella cuando le bajó el pequeño triángulo que los separaba. Antes de que ella pudiera tomar aliento, le introdujo los dedos y la llevó al límite.

Sybill gritó, conmocionada, titubeante por el impacto del ardor que la atravesó sin aviso y la arrastró a lo más alto.

—Dios, Phillip...

Apoyó débilmente la cabeza en el hombro de Phillip, el cuerpo se encrespaba para luego quedarse como muerto. Él la levantó y la tumbó sobre uno de los estrechos asientos.

La sangre le retumbaba en la cabeza y las entrañas le reclamaban una liberación. El corazón le golpeaba contra el pecho con el monótono ritmo de un hacha.

Tenía la respiración entrecortada y la mirada clavada en ella. Tenía la mano entre los muslos y los separó. Entró. Entró con fuerza y profundamente y su gemido interminable se fundió con el de ella.

Ella lo rodeó como un guante ajustado y ardiente. Se movió debajo de él como una mujer estremecida y anhelante. Dijo su nombre con un hilo de voz, suspiró sin poder dejar escapar el aire.

Él entraba una y otra vez, con un ritmo firme que ella se esforzaba por seguir. Se le soltó el pelo y Phillip enterró la cara en él arrastrado por su olor, por la pasión irrefrenable de una mujer llevada más allá de la razón.

Ella clavó las uñas en la espalda de Phillip y ahogó un grito contra su hombro cuando alcanzó el clímax. Lo atenazó con sus músculos, lo poseyó, lo destrozó.

Él estaba tan exhausto como ella y hacía un esfuerzo por llenar de aire los pulmones abrasados. Debajo, ella seguía estremeciéndose con los últimos restos de una relación sexual intensa y satisfactoria.

Cuando Phillip pudo enfocar la vista, vio la preciosa ropa de Sybill diseminadas por la cubierta. También un zapato de tacón negro. Sonrió y se movió lo justo para mordisquearle el hombro.

—Normalmente procuro ser más delicado. —Bajó la mano para jugar con el encaje de una media y apreciar la textura—. Vaya, doctora Griffin, está llena de sorpresas.

Ella flotaba más allá de la realidad. No podía abrir los ojos ni mover la mano.

—¿Qué?

Él, al oír la voz distante y soñadora, levantó la cabeza para mirarla a la cara. Tenía las mejillas sonrojadas, los labios hinchados y pelo despeinado.

—Yo diría, a simple vista, que nunca te habían forzado antes.

Lo dijo con cierto tono guasón y una arrogancia masculina que hicieron que ella volviera a la realidad. Abrió los ojos y vio que los de él reflejaban una sonrisa victoriosa y soñadora.

—Pesas mucho —dijo Sybill lacónicamente.

—De acuerdo. —Se levantó y se sentó, pero la puso sobre su regazo—. Sigues con las medias puestas, y un zapato… —Sonrió y le pellizcó el pequeño y firme trasero—. Es muy sexy…

—Basta. —Notaba que volvía a arder por dentro en una combinación de bochorno y deseo renovado—. Déjame.

—No he terminado contigo todavía. —Agachó la cabeza y le lamió un pezón—. Sigues suave y cálida. Sabrosa.

—Rodeó con los labios el pezón endurecido y succionó delicadamente hasta que a ella le costó respirar—. Quiero más, y tú también.

Ella arqueó el cuerpo hacia atrás y él le pasó la boca por el palpitante cuello. Claro que quería más.

—Sin embargo, esta vez me lo tomaré con más calma —le aseguró Phillip.

Ella bajó la boca hasta la de él.

—Supongo que hay tiempo —dijo con un gemido.

El sol empezaba a ocultarse por el horizonte cuando él se separó de ella. Estaba agotada, radiante, contusionada y rebosante de energía. No sabía que pudiera tener ese apetito sexual, pero una vez descubierto, tampoco sabía qué iba a hacer con él.

—Tenemos que hablar… —Frunció el ceño y se cubrió el cuerpo con un brazo. Estaba medio desnuda, mojada por él y aturdida como no lo había estado jamás—. No, esto… no puede continuar.

—No ahora mismo —concedió él—. Yo también tengo límites.

—No quería decir… Sólo ha sido una diversión, como tú has dicho. Algo que, al parecer, los dos necesitábamos en un aspecto físico. Ahora…

—Cállate, Sybill —dijo delicadamente, pero ella captó cierto fastidio—. Ha sido mucho más que una diversión y más tarde lo comentaremos detenidamente.

Él se apartó el pelo de los ojos y la miró fijamente. Se dio cuenta de que ella empezaba a sentirse incómoda por estar desnuda y por la situación. Sonrió.

—Estamos hechos un asco. Sólo podemos hacer una cosa antes de vestirnos y volver.

—¿Qué?

Sin dejar de sonreír, le quitó el zapato y la tomó en brazos.

—Esto.

La tiró por la borda.

Sybill pudo soltar un grito antes de llegar al agua. Lo que vio después era una mujer furiosa con mechones de pelo mojado sobre los ojos.

—¡Hijo de perra! ¡Imbécil!

—Lo sabía. —Se subió a la borda y soltó una carcajada—. Sabía que estarías maravillosa cuando te enfadaras.

Se lanzó al agua junto a ella.

13

Nadie la había tratado como Phillip Quinn. Sybill no sabía qué pensar de eso y mucho menos qué hacer al respecto.

Él había sido áspero, desconsiderado y exigente. Según él, la había forzado, y más de una vez. Ella no podía decir que hubiera opuesto la más mínima resistencia, pero había sido una seducción que distaba mucho de ser civilizada.

Nunca se había acostado con un hombre al que conocía de tan poco tiempo. Hacerlo era irreflexivo, posiblemente peligroso y ciertamente irresponsable. Incluso si se tenía en cuenta la sintonía abrumadora e inimaginable que había entre los dos, era una conducta estúpida.

Peor que estúpida, se reconoció, porque estaba deseando volver a ser irreflexiva con él.

Tendría que pensarlo cuidadosamente cuando pudiera quitarse de la cabeza el placer increíble que le habían dado aquellas manos diestras y dominantes.

Navegaban de vuelta a St. Christopher. Él estaba completamente a gusto consigo mismo y con ella. Ella nunca habría dicho que él hubiera tenido relaciones sexuales desenfrenadas de más de una hora.

Si no fuera porque ella había participado.

Estaba segura de que lo que habían hecho complicaría más una situación que ya de por sí era espantosamente complicada. Los dos tendrían que ser sensatos, mantener la cabeza fría y ser especialmente prácticos. Hizo todo lo posible por ordenar el pelo mojado que el viento agitaba.

Decidió que conversar un poco era lo mejor para hacer el tránsito entre el sexo y la sensatez.

—¿Cómo te has hecho esas cicatrices?

—¿Cuáles?

Lo preguntó por encima del hombro, pero creía que sabía a qué se refería. Casi todas las mujeres querían saberlo.

—Las del pecho. Parecen de una operación.

—Mmm. Es una historia muy larga. —La miró con una sonrisa—. Te aburriré con ella esta noche.

—¿Esta noche?

A él le encantaba cuando juntaba las cejas para formar una arruga de concentración.

—Tenemos una cita… ¿No te acuerdas?

—Pero yo… mmm.

—Te desconcierto completamente, ¿no?

Harta, dio un manotazo a unos mechones que se empeñaban en taparle los ojos.

—Eso te divierte, ¿verdad?

—Cariño, no sabes cuánto. Tú sigue intentando encasillarme, Sybill, y yo me escabulliré una y otra vez. Tú me consideras un profesional de la ciudad, unidimensional y bastante seguro al que le gustan los vinos añejos y las mujeres cultas, pero eso sólo es una parte del conjunto. —Entraban en el puerto, arrió las velas y encendió el motor—. Tú, a primera vista, eres una mujer de ciudad sana, educada y con una carrera profesional, a la que le gusta el vino blanco y los hombres a una distancia prudencial, pero también eso es sólo una parte del conjunto.

Apagó el motor y dejó que el barco golpeara suavemente contra el muelle. Le dio una amigable palmada en el pelo antes de bajarse para amarrarlo.

—Creo que vamos a pasarlo muy bien mientras desvelamos el resto.

—Que la relación física continúe es...

—Inevitable —terminó él mientras le ofrecía la mano—. No perdamos el tiempo y la energía fingiendo otra cosa. Por el momento podemos llamarlo sintonía elemental. —La abrazó en cuanto puso los pies en el embarcadero y se lo demostró con un beso largo y ardiente—. A mí me funciona.

—Tu familia no lo aceptará.

—La aceptación de la familia es importante para ti.

—Naturalmente.

—Yo tampoco lo descartaría. Normalmente, esto no sería de su incumbencia. En este caso, lo es. —Le preocupaba bastante—. Pero es mi familia y mi preocupación, no las tuyas.

—Puede parecer hipócrita, pero no quiero hacer nada más que pueda molestar o herir a Seth.

—Yo tampoco, pero no voy a permitir que un niño de diez años dirija mi vida personal. Tranquilízate, Sybill —dijo acariciándole la mejilla—. No es una cuestión entre Capuletos y Montescos.

—No te imagino como Romeo —dijo con un tono irónico que hizo que Phillip se riera y la besara.

—Lo harías, cariño, si me lo propusiera, pero, por el momento, sigamos siendo quienes somos. Estás cansada. —Le pasó un pulgar por debajo del ojo—. Tienes una piel delicada, Sybill, la ojera lo demuestra. Échate una siesta. Luego, nos apañaremos con el servicio de habitaciones.

—Con el...

—Yo llevaré el vino —dijo alegremente mientras volvía a saltar al barco—. Tengo una botella de Chateau Olivier que quiero probar —gritó por encima del ruido del motor—. No hace falta que te vistas —añadió con una sonrisa perversa mientras maniobraba para alejarse del muelle.

No estaba segura de lo que le habría gritado si hubiera perdido el dominio de sí misma que le quedaba. Sin embargo, se quedó en el muelle con su traje de seda arrugado pero elegante, el pelo enmarañado y mojado y la dignidad tan vacilante como su corazón.

Cam reconoció las señales. Salir a navegar en una tarde ventosa puede relajar a un hombre, puede desentumecerle los músculos y aclararle las ideas, pero él sólo conocía una cosa que daba ese brillo de satisfacción y abandono a los ojos de un hombre.

Distinguió ese brillo en los ojos de su hermano cuando se acercó al embarcadero para tirarle los cabos. Pensó que era un hijo de perra.

Agarró el cabo y lo ató con fuerza.

—Hijo de perra.

Phillip arqueó las cejas. Esperaba esa reacción, pero no tan pronto. Ya se había preparado para no perder los nervios y explicar su posición.

—Los Quinn siempre te reciben con cariño y simpatía.

—Creía que ya habías pasado la fase de pensar con el rabo.

Phillip, más alterado de lo que había previsto, se bajó del barco y se quedó mirando a su hermano. Él también reconoció las señales. Cam estaba buscando pelea.

—En realidad, suelo dejar que mi rabo piense por su cuenta, aunque a veces coincidimos.

—Eres tonto o estás loco, o te importa todo un rábano. Se trata de la vida de un chico, su tranquilidad de espíritu, su confianza.

—A Seth no va a pasarle nada. Estoy haciendo todo lo posible para que así sea.

—Ah, ya entiendo. Te la has tirado por el bien de Seth.

Phillip agarró a Cam de la chaqueta antes de que asimilara completamente toda la furia. Tenían las caras muy cerca y el gesto de los dos era feroz.

—La primavera pasada te la pasaste revolcándote con Anna, ¿pensabas mucho en Seth cuando la tenías debajo?

Cam disparó un puño que superó la defensa de Phillip. El golpe le mandó la cabeza hacia atrás, pero no soltó a su hermano. El instinto pudo con la razón y empujó a Cam para abalanzarse sobre él.

Soltó una ristra de tacos cuando Ethan apareció por detrás y lo agarró del cuello con un brazo.

—Basta —ordenó Ethan—. Los dos… o apretaré hasta que os hayáis tranquilizado. —Ethan apretó el cuello de Phillip para demostrarlo y miró a Cam con el ceño fruncido—. Conteneos un poco, maldita sea. Seth ha pasado un día espantoso, ¿queréis empeorárselo?

—No, yo no —dijo Cam con amargura—. A éste le importa un comino, pero a mí no.

—Mi relación con Sybill y mi preocupación por Seth son cosas distintas.

—Una mierda.

—Suéltame, Ethan. —El tono era sosegado y Ethan lo soltó—. Mira, Cam, no recuerdo que mi vida sexual te haya importado tanto desde que a los dos nos gustaba Jenny Malone.

—Ya no estamos en el instituto.

—No, y tú tampoco eres mi tutor. Ninguno de los dos. —Se alejó un poco para poder mirarlos. Se explicaría porque le importaba, porque le importaban—. Siento algo por ella y voy a tomarme tiempo para saber qué es. Durante los últimos meses he hecho muchos cambios en mi vida y he aceptado todo lo que queríais, pero, maldita sea, también tengo derecho a tener mi vida personal.

—Yo no voy a discutírtelo, Phil. —Ethan miró hacia la casa con la esperanza de que Seth estuviera ocupado con los deberes o dibujando—. No sé qué le parecerá a Seth esa parte de tu vida personal.

—Hay algo que ninguno de los dos tiene en cuenta: Sybill es la tía de Seth.

—Eso es exactamente lo que tengo en cuenta —le espetó Cam—. Es la hermana de Gloria y ha venido por una mentira.

—Ha venido creyendo una mentira. —A Phillip le parecía que la distinción era esencial—. ¿Has leído la declaración que ha mandado a Anna por fax?

Cam siseó entre dientes y se metió los pulgares en los bolsillos.

—Sí, la he visto.

—¿Cuánto crees que ha podido costarle escribirlo para que antes de veinticuatro horas todo el pueblo esté hablando de eso y hablando de ella? —Phillip esperó un segundo al ver que el músculo de la mandíbula de Cam se relajaba—. ¿Cuánto quieres que pague ella?

—No pienso en ella, pienso en Seth.

—Ella es la mejor defensa que tenemos contra Gloria DeLauter.

—¿Tú crees que ella mantendrá el tipo cuando llegue el momento de la verdad? —preguntó Ethan.

—Sí, lo creo. Él necesita a su familia, a toda su familia. Es lo que habría querido papá. Él me dijo... —Phillip se calló y frunció el ceño mientras miraba el mar.

Cam hizo una mueca con los labios, intercambió una mirada con Ethan y estuvo a punto de sonreír.

—Te veo un poco raro últimamente, Phillip.

—Estoy bien.

—A lo mejor estás un poco estresado. —Como sólo se había llevado un puñetazo, Cam se creía con derecho a divertirse—. Me ha parecido verte hablando solo un par de veces.

—No hablo solo.

—A lo mejor piensas que estás hablando con alguien que no está contigo. —Sonrió ampliamente y con mala intención—. El estrés es terrible. Te destroza la cabeza.

Ethan no pudo reprimir una risa y Phillip lo miró.

—¿Tienes algo que decir sobre mi salud mental?

—Bueno… —Ethan se rascó la barbilla—. Últimamente te he visto un poco tenso.

—Por el amor de Dios, tengo motivos para estar un poco tenso. —Extendió los brazos como si abarcara todo el mundo que llevaba sobre sus hombros—. Trabajo diez o doce horas en Baltimore y luego vengo a sudar como un esclavo en el astillero. Eso cuando no estoy dejándome las pestañas con la contabilidad o las facturas o haciendo de ama de casa en la frutería u ocupándome de que Seth no se descuide con los deberes.

—Siempre has sido un arrogante —farfulló Cam.

—¿Te parezco arrogante? —Phillip se acercó amenazadoramente, pero Cam sonrió y levantó las manos.

—Ethan te tirará al mar. Yo no tengo ganas de darme un baño.

—A mí, las primeras veces me pareció que estaba soñando.

Perplejo y sin saber si quería darle un puñetazo a Cam o sentarse un rato, Phillip miró a Ethan.

—¿De qué coño estás hablando?

—Creía que estábamos hablando de tu salud mental. —El tono de Ethan era tranquilo y familiar—. Me alegré de verlo. Cuesta saber que tienes que despedirte de él otra vez, pero mereció la pena.

Phillip sintió un escalofrío por toda la espina dorsal y se metió las manos vacilantes en los bolsillos.

—A lo mejor tenemos que hablar de tu salud mental.

—Nos imaginábamos que cuando te llegara el turno saldrías corriendo al psicoanalista. —Cam sonrió—. O a Aruba.

—No sé de qué estáis hablando.

—Sí lo sabes. —Ethan lo dijo con calma y se sentó en el embarcadero con los pies colgando mientras sacaba un cigarro—. Te ha llegado el turno. Parece que ha ido presentándose por el mismo orden que nos recogió.

—Simetría —decidió Cam mientras se dejaba caer junto a Ethan—. Le habrá gustado esa simetría. La primera vez que hablé con él fue el día que conocí a Anna. —Se acordó del día que la vio al otro lado del jardín con esa cara impresionante y ese traje espantoso—. Supongo que eso también es una especie de simetría.

El escalofrío seguía subiendo y bajando por la espalda de Phillip.

—¿Qué estáis diciendo? ¿Habéis hablado con él?

—Una charla. —Cam le quitó el cigarro a Ethan de la boca y le dio una calada—. Naturalmente, yo creía que me había vuelto majara. —Levantó la mirada con una sonrisa—. ¿Tú también, Phil?

—No, yo sólo he trabajado demasiado.

—Chorradas, haciendo dibujos y buscando cancioncillas. Menudo trabajo.

—Que te den... —Sin embargo, suspiró y también se sentó en el embarcadero—. ¿Estáis intentando decirme que habéis hablado con papá? ¿El que murió en marzo? ¿El que está enterrado a unas millas de aquí?

Cam le pasó al cigarro a Phillip como si fuera lo normal.

—¿Intentas decirnos que tú no lo has hecho?

—Yo no creo en esas cosas.

—Cuando pasa, da igual que lo creas o no. —Ethan recuperó el cigarro—. La última vez que lo vi fue cuando

252

le pedí a Grace que se casara conmigo. Él tenía una bolsa de cacahuetes.

—La Madre de Dios —susurró Phillip.

—Podía olerlos como puedo oler el humo del cigarro, el mar y el cuero de la chaqueta de Cam.

—Cuando la gente se muere, se acabó. No vuelve. —Phillip se detuvo un momento hasta que le llegó el cigarro otra vez—. ¿Lo… tocasteis?

Cam ladeó la cabeza.

—¿Lo tocaste tú?

—Era sólido. No podía ser.

—Pues una de dos —intervino Ethan—, o lo es o estamos locos.

—Casi no tuvimos tiempo de despedirnos ni de asimilarlo. —Cam suspiró. El dolor ya era menor—. Nos ha regalado un poco más de tiempo. Eso creo yo.

—Él y mamá nos regalaron todo el tiempo cuando nos hicieron Quinn. —Phillip decidió que no podía pensarlo en ese momento—. Debió de quedarse destrozado cuando se enteró de que había tenido una hija a la que no había conocido.

—Le habría gustado ayudarla, salvarla —susurró Ethan.

—Se daría cuenta de que era demasiado tarde para ella, pero no para Seth —concluyó Cam—. Hizo todo lo posible para salvar a Seth.

—Su nieto. —Phillip vio una garceta que levantaba el vuelo y se perdía en la oscuridad. Ya no tenía frío—. Se vería a sí mismo en los ojos de Seth, pero querría algunas respuestas. He pensado en eso. Lo lógico habría sido que hubiera intentado localizar a la madre de Gloria para confirmarlo.

—Habría tardado mucho —opinó Cam—. Está casada, vive en Europa y, según lo que dijo Sybill, no tenía interés en ponerse en contacto con él.

—Y a él se le agotaba el tiempo —terminó Phillip—. Sin embargo, ahora lo sabemos y nos lo quedaremos.

No había querido dormirse. Sybill se dio una ducha larga y caliente y luego se envolvió en una bata con la intención de seguir con las anotaciones. Se obligó a reunir todo su valor para llamar a su madre, decirle lo que pensaba y pedirle que le confirmara por escrito la declaración que ella había hecho ante notario.

No hizo nada de todo eso. Se tumbó boca abajo en la cama, cerró los ojos y se dejó llevar.

La llamada en la puerta la sacó del sueño. Aturdida, se levantó tambaleándose, palpó la pared para buscar el interruptor de la luz, cruzó la sala y casi ni miró por la mirilla para ver quién era.

Dejó escapar un suspiro de fastidio mientras abría los pestillos.

Phillip sonrió al ver la maraña de pelo, los ojos somnolientos y la bata azul marino.

—Bueno, ya te dije que no te vistieras…

—Lo siento. Me he quedado dormida.

Intentó colocarse el pelo. Detestaba parecer desaliñada, sobre todo cuando él tenía un aspecto tan despierto, animado e impresionante.

—Si estás cansada, lo dejamos para mejor ocasión…

—No, yo… si sigo durmiendo, a las tres de la mañana estaré desvelada. Odio las habitaciones de los hoteles a las tres de la mañana. —Se apartó un poco para que él pasara—. Iré a vestirme.

—Ponte cómoda —le propuso él mientras la agarraba y le daba un beso como si fuera lo más normal del mundo—. Ya te he visto desnuda y ha sido una visión muy interesante.

A ella le pareció que todavía le faltaba mucho para recuperar la dignidad.

—No voy a decir que fuera un error…

—Perfecto. —Phillip dejó la botella de vino en la mesa.

—Pero tampoco fue un acierto —siguió ella con un tono de paciencia admirable—. Los dos somos personas sensatas.

—Hable por usted, doctora. Yo pierdo toda sensatez en cuanto capto ese aroma suyo. ¿Qué te pones?

Sybill se apartó cuando él se inclinó para olerla.

—Phillip…

—Sybill… —Phillip se rió—. Me portaré como una persona civilizada y no intentaré llevarte a la cama hasta que estés un poco más despierta.

—Te agradezco tanta cortesía —replicó ella con un tono algo cortante.

—No me extraña. ¿Tienes hambre?

—¿Por qué tienes esa necesidad casi patológica de alimentarme?

—Tú eres la especialista —le contestó mientras se encogía de hombros—. He traído el vino, ¿tienes copas?

Ella hubiera suspirado, pero no habría servido de nada. Quería hablar con él y volver a poner la relación en términos de igualdad. Quería pedirle consejo y esperaba ganar su ayuda para que convenciera a Seth de que aceptara su amistad.

Agarró dos vasos bajos y gruesos que proporcionaba el hotel y arqueó una ceja cuando él sonrió con desprecio al verlos. Su sonrisa de desprecio era muy sexy.

—Son un insulto para este vino delicioso —se lamentó Phillip mientras abría la botella con un sacacorchos de acero que había llevado—, pero si es lo mejor que puedes ofrecer, tendremos que aguantarnos.

—Me olvidé de embalar la cristalería de Bohemia.

—Otra vez será. —Sirvió el vino de color pajizo en los vasos y le dio uno a Sybill—. Por los principios, los intermedios y los finales. Parece como si estuviéramos en los tres.

—¿Lo cual significa…?

—Que la farsa ha terminado, se ha formado un equipo de trabajo y somos amantes. Estoy contento con los tres aspectos de nuestra interesante relación.

—¿Equipo de trabajo? —Eligió el aspecto que no le avergonzaba ni le ponía nerviosa.

—Seth es un Quinn. Con tu ayuda lo será de forma legal y definitiva, y pronto.

Ella se quedó mirando su vaso de vino.

—Para ti es importante que tenga tu nombre.

—El nombre de su abuelo —le corrigió Phillip—. Además, no es tan importante para mí como lo es para Seth.

—Sí, tienes razón. Vi su cara cuando lo dije. Parecía muy impresionado. El profesor Quinn debió de ser un hombre extraordinario.

—Mis padres eran muy especiales. Su matrimonio no era normal. Era una colaboración verdadera que se

256

basaba en la confianza, el respeto, el amor y la pasión. No ha sido fácil preguntarse si mi padre había roto esa confianza.

—Temíais que hubiera engañado a vuestra madre con Gloria y hubiera tenido un hijo con ella —Sybill se sentó—. Gloria fue repugnante al sembrar esa semilla.

—También era un infierno vivir con las semillas que tenía dentro de mí y no podía eliminar. El resentimiento hacia Seth. ¿Era el hijo de mi padre? ¿Era su hijo verdadero mientras yo sólo era un sustituto? En el fondo de mi corazón sabía que no —añadió mientras se sentaba junto a ella—, pero era una de esas obsesiones que te asaltan a las tres de la mañana.

Por lo menos, se dio cuenta Sybill, ella había tranquilizado su conciencia en ese punto, pero no era suficiente.

—Voy a pedirle a mi madre que corrobore por escrito mi declaración. No sé si querrá, lo dudo, pero voy a pedírselo, voy a intentarlo.

—¿Ves? Un equipo de trabajo.

Phillip le tomó la mano y se la besó. Ella lo miró con cautela.

—Tienes la mandíbula amoratada.

—Ya. —Hizo una mueca y la movió de un lado a otro—. Cam todavía tiene una izquierda imparable.

—¿Te ha pegado?

Phillip se rió al notar el tono de impresión absoluta. Evidentemente, la doctora no llegaba de un mundo donde los puñetazos volaban por todos lados.

—Yo iba a pegarle antes, pero se me adelantó. Lo que quiere decir que se la debo. Se la habría devuelto allí mismo, pero Ethan me hizo una llave.

—Dios mío. —Sybill se levantó angustiada—. Ha sido por nosotros; por lo que ha pasado en el barco. No debimos hacerlo. Sabía que te iba a causar problemas con tu familia.

—Sí —confirmó él tranquilamente—, fue por nosotros, pero lo hemos solucionado. Sybill, mis hermanos y yo llevamos pegándonos desde que somos hermanos. Es una costumbre de la familia Quinn. Como la receta de las tortitas de mi padre.

Ella seguía angustiada, pero también se sentía perpleja. ¿Puñetazos y tortitas? Se pasó una mano por el pelo despeinado.

—¿Os peleáis físicamente?

—Claro.

Ella se apretó los dedos contra las sienes para intentar asimilarlo, pero no sirvió de nada.

—¿Por qué?

Phillip lo pensó con una sonrisa.

—¿Porque estamos a mano...? —aventuró.

—¿Y vuestros padres permitían una conducta tan violenta?

—Mi madre era pediatra. Siempre nos remendaba. —Phillip se inclinó hacia delante para servirse un poco más de vino—. Será mejor que te ponga en antecedentes. Sabes que Cam, Ethan y yo somos adoptados.

—Sí, hice algunas averiguaciones antes de venir... —Se calló y miró la tapa de su ordenador portátil—. Bueno, eso ya lo sabes.

—Sí. Tú sabes algunos datos, pero no sabes su significado. Me preguntaste por mis cicatrices. No empieza con eso. —Se quedó pensativo—. En realidad, no. Cam

258

fue el primero. Mi padre lo atrapó cuando intentaba robar el coche de mi madre.

—¿El coche de ella? ¿Robarlo?

—Sí, del camino de casa. Cam tenía doce años. Se había escapado de su casa y quería llegar a México.

—A los doce años robaba coches para irse a México.

—Efectivamente. Fue el primero de los Quinn maleantes. —Phillip levantó el vaso para brindar por su hermano ausente—. Su padre, borracho, le había vuelto a dar una paliza y había decidido que era el momento de salir corriendo o morir.

—Ah. —Sybill apoyó una mano en el brazo del sofá mientras se sentaba otra vez.

—Cam se desmayó, mi padre lo metió en casa y mi madre lo atendió.

—¿No llamaron a la policía?

—No. Cam estaba aterrado y mi madre comprobó que tenía señales de maltrato físico habitual. Hicieron algunas pesquisas y llegaron a algunos acuerdos, trabajaron con las instituciones y las burlaron. Le dieron un hogar.

—¿Lo convirtieron en su hijo?

—Mi madre dijo una vez que ya éramos suyos desde siempre, pero que no nos habíamos encontrado. Luego llegó Ethan. Su madre se prostituía en Baltimore, era drogadicta. Cuando se aburría, le daba una paliza a su hijo. Hasta que tuvo la brillante idea de ganarse un dinero extra vendiendo a su hijo de ocho años a los pervertidos.

Sybill agarró el vaso con las dos manos. No dijo nada, no podía decir nada.

—Pasó así unos años. Una noche, un cliente terminó con Ethan y con ella y se puso violento. Como el blanco era ella y no su hijo, lo apuñaló. Ella escapó y cuando llegaron los policías, llevaron a Ethan al hospital. Mi madre estaba de turno.

—También se lo llevaron —susurró Sybill.

—Sí, eso es en resumidas cuentas.

Sybill levantó el vaso, dio un sorbo y miró a Phillip por encima del borde. No conocía el mundo que le estaba describiendo. Naturalmente, sabía que existía, pero nunca lo había rozado siquiera. Hasta entonces.

—¿Y tú?

—Mi madre se buscaba la vida en Baltimore. Pegaba palos de poca monta. —Se encogió de hombros—. Mi padre había desaparecido antes. Pasó algún tiempo en chirona por atraco a mano armada y cuando salió no fue a buscarnos.

—¿Ella… te pegó?

—De vez en cuando, hasta que crecí lo bastante y empezó a pensar que podía responderle. —Esbozó una sonrisa afilada—. Tenía razón en pensarlo. No nos ocupábamos mucho el uno del otro, pero si yo quería un techo, y lo quería, la necesitaba y tenía que aportar algo. Robaba carteras y reventaba pisos. Se me daba muy bien —dijo con cierto orgullo—. Muy bien… Me hacía con el tipo de cosas que vendes fácilmente o cambias por droga. Si las cosas se ponían muy crudas, me vendía. —Vio que ella abría los ojos como platos y apartaba la mirada—. Sobrevivir no es nada fácil. Casi todo el tiempo era libre. Era un tío duro, malo y listo. Alguna que otra vez me pillaban y me mandaban a los servicios sociales, pero siempre me escapaba. Si hubieran pasado unos años, habría acabado en la cárcel o en el depósito de cadáveres.

Si hubieran pasado unos años más —dijo mirándole directamente a los ojos—, Seth habría seguido el mismo camino.

Sybill hacía un esfuerzo sobrehumano por asimilarlo y miró su vaso de vino.

—Te parece que vuestra situación es parecida, pero...

—Ayer reconocí a Gloria —le interrumpió Phillip—. Una mujer guapa que se había echado a perder. Los ojos duros y punzantes y la boca rebosante de amargura. Mi madre y ella también se habrían reconocido.

¿Qué podía decir? ¿Cómo podía discutirlo si ella había visto lo mismo?

—Yo no la reconocí —aseguró Sybill precipitadamente—. Por un momento, pensé que era un error.

—Ella te reconoció a ti y jugó sus bazas, tocó las teclas que tenía que tocar. Sabía lo que tenía que hacer. —Se detuvo un instante—. Lo sabía perfectamente. Como lo sé yo.

Sybill lo miró y comprobó que la analizaba de una forma muy fría.

—¿Es lo que estás haciendo? ¿Pulsas teclas y juegas tus bazas?

Phillip pensó que quizá estuviera haciéndolo. Era algo que tendrían que aclarar pronto.

—En este momento estoy contestando tus preguntas, ¿quieres el resto?

—Sí.

No dudó porque había comprendido que quería saberlo todo.

—Cuando yo tenía trece años, creía que lo tenía todo controlado. Pensé que no pasaba nada. Hasta que me encontré de bruces en la boca de una alcantarilla y desangrándome. Me dispararon desde un coche en marcha. Estaba en el sitio equivocado y en el momento equivocado.

—¿Te dispararon? —Volvió a mirarlo—. ¿Te pegaron un tiro?

—En el pecho. Lo normal habría sido que me hubiera matado. Uno de los médicos que lo impidió conocía a Stella Quinn. Ella y Ray fueron a verme al hospital. Pensé que eran unos bichos raros benefactores, unos gilipollas, pero fingí estar de acuerdo con ellos. Mi madre no quería saber nada de mí y yo iba a acabar en alguna institución. Pensé que podría aprovecharme de ellos hasta que me mantuviera de pie. Entonces, me llevaría todo lo que pudiera y me largaría.

¿Quién era ese niño que estaba describiéndole? ¿Cómo podía identificarlo con el hombre que estaba hablándole?

—¿Ibas a robarles?

—Es lo que hice. Yo era así. Pero ellos… —¿Cómo podía explicarle que eran un milagro?—. Ellos lo borraron de mí. Hasta que me enamoré de ellos. Habría hecho cualquier cosa para que estuvieran orgullosos de mí. La vida no me la salvaron ni la ambulancia ni los cirujanos, la vida me la salvaron Stella y Ray Quinn.

—¿Cuántos años tenías cuando te acogieron?

—Trece, pero yo no era un crío como Seth ni una víctima como Cam y Ethan, yo había elegido mi camino.

—Te equivocas.

Por primera vez, le tomó la cara entre las manos y le dio un beso con toda delicadeza.

Él la agarró de las muñecas y tuvo que controlarse para no exprimirle la piel como el beso le había exprimido el corazón a él.

—No me esperaba esa reacción.

Ella tampoco se la había esperado, pero sintió lástima del niño que había descrito y admiración por el hombre que había llegado a ser.

—¿Qué reacción sueles recibir?

—Nunca se lo había contado a alguien que no fuera de la familia —dijo sonriendo—. No es bueno para mi imagen.

Ella, conmovida, apoyó la frente en la de él.

—Tienes razón, podría haberle pasado a Seth —susurró ella—. Lo que te pasó a ti, podría haberle pasado a Seth. Tu padre lo salvó. Tu familia y tú lo salvasteis, mientras la mía no ha hecho nada, peor que nada...

—Tú has hecho algo.

—Espero que sea suficiente.

Cuando él la besó, ella se dejó llevar por el consuelo.

14

Phillip abrió el astillero a las siete de la mañana. Le abrumaba que sus hermanos no le hubieran dicho nada por no haber trabajado el día anterior o por haberse tomado todo un domingo la semana antes.

Esperaba poder aprovechar por lo menos una hora antes de que se presentara Cam para seguir con el casco del barco de pesca deportiva. Ethan iba a pescar cangrejos para aprovechar la temporada de otoño e iría allí por la tarde.

Estaría solo y tranquilo para poder ocuparse de todos los papeles que había abandonado durante esos días.

La tranquilidad no implicaba silencio. Lo primero que hizo al entrar en su despacho fue encender las luces, luego puso la radio y a los diez minutos estaba embebido en las cuentas; se sentía como en casa.

Llegó a la conclusión de que tenían deudas con todo el mundo. El alquiler, los suministros, el seguro, el depósito de maderas y las adoradas tarjetas de crédito.

La Administración había reclamado su parte a mediados de septiembre y el pellizco había sido bastante desagradable. El siguiente pago de impuestos no estaba tan lejos como para que se pudiera relajar.

Hizo juegos malabares con las cifras, les dio una y mil vueltas, las acarició y decidió que el color rojo no era tan feo. Habían sacado un beneficio aceptable del primer trabajo y casi todo lo habían reinvertido en la empresa. Cuando hubieran acabado el casco, el cliente les haría otro pago. Se mantendrían a flote, pero iban a pasar una temporada en números rojos.

Repasó todo minuciosamente, puso al día las hojas de cálculo, adaptó las cifras e intentó no lamentar que dos más dos se empeñaran tozudamente en ser cuatro.

Oyó que la pesada puerta se abría y volvía a cerrarse.

—¿Otra vez escondido ahí arriba? —gritó Cam.

—Sí, me lo estoy pasando de miedo.

—Otros tenemos trabajo de verdad.

Phillip miró las cifras que pasaban por la pantalla del ordenador y dejó escapar una risa. Sabía que para Cam nada era un trabajo de verdad si no tenía una herramienta en la mano.

—Es todo lo que puedo hacer —farfulló Phillip antes de apagar el ordenador.

Amontonó las facturas a pagar en un rincón de la mesa, se guardó la chequera en el bolsillo trasero del pantalón y bajó.

Cam estaba poniéndose un cinturón de herramientas. Llevaba una gorra de béisbol puesta al revés para que le quitara el pelo de la cara y mantenerlo debajo de la visera. Phillip vio que se guardaba el anillo de boda en el bolsillo delantero del pantalón.

Cuando terminaba de trabajar, volvía a ponérselo. El anillo podía engancharse en algunas herramientas y costarle un dedo, pero ninguno de los hermanos se los dejaban en casa. Phillip se preguntaba si tenía algún simbolismo o si les confortaba llevar siempre con ellos ese recordatorio del matrimonio.

Se preguntó por qué se lo preguntaba y decidió olvidarse de ese asunto.

Como Cam había llegado antes a la zona de trabajo, en la radio no sonaba el *blues* melancólico que habría elegido Phillip sino un rock de ponerte los pelos de punta. Cam lo miró inexpresivamente mientras Phillip se ponía un cinturón de herramientas.

—No esperaba verte tan despejado y madrugador esta mañana. Suponía que habrías tenido una noche ajetreada.

—No vuelvas a eso.

—Era un comentario.

Anna ya le había echado una bronca cuando se quejó de la aventura de Phillip con Sybill. Que tenía que darle vergüenza, que no tenía por qué meterse, que tenía que tener consideración por los sentimientos de su hermano…

Prefería un puñetazo de su hermano a la paliza verbal de su mujer.

—Si quieres enredar con ella, es asunto tuyo. Está muy bien, pero yo diría que por dentro es bastante fría.

—No la conoces.

—¿La conoces tú? —Cam levantó la mano cuando vio un destello en la mirada de Phillip—. Sólo intentaba hacerme una idea. Va a ser importante para Seth.

—Sé que ella quiere hacer todo lo que pueda para que Seth esté donde tiene que estar. Por lo que he entrevisto, yo diría que ella se crió en un ambiente represivo y asfixiante.

—Un ambiente de gente rica.

—Sí. —Phillip pasó por encima de un montón de listones—. Sí, colegio privado, chófer, club de campo, servicio...

—Cuesta un poco sentir lástima por ella.

—No creo que ella quiera que le tengan lástima. —Levantó un listón—. Has dicho que querías hacerte una idea. Yo te digo que tuvo ventajas, lo que no sé es si tuvo cariño.

Cam se encogió de hombros, decidió que juntos trabajarían mejor y agarró el otro extremo del listón para colocarlo en el casco.

—No me parece desgraciada —aclaró Cam—, me parece fría.

—Contenida. Cauta. —Se acordó de que ella había dado el primer paso la noche anterior. Aun así había sido la primera y única vez. Contuvo la insatisfacción por no estar seguro de si Cam tenía razón—. ¿Acaso Ethan y tú sois los únicos que tenéis derecho a estar con una mujer que os satisface las hormonas y el cerebro?

—No. —Cam empalmó los maderos y relajó los hombros. Había algo en el tono de Phillip que dejaba ver esa insatisfacción y algo más—. No, claro que no. Hablaré con Seth de ella.

—Hablaré yo con él.

—De acuerdo.

—A mí también me importa Seth.

—Ya lo sé.

—No me importaba. —Phillip sacó el martillo para clavar los listones—. Al menos no tanto como te importaba a ti. No lo bastante. Ahora es distinto.

—También sé eso. —Durante unos minutos trabajaron juntos sin decir nada—. En cualquier caso, lo ayudaste

—añadió Cam cuando terminaron de colocar el listón—. Incluso cuando no te importaba bastante.

—Lo hice por papá.

—Todos lo hicimos por papá. Ahora lo hacemos por Seth.

A mediodía, el esqueleto del casco se había cubierto con la carne de la madera. Esa forma de construir el barco exigía mucho trabajo, precisión y era aburrida, pero también era la marca de la casa, una alternativa que ofrecía una solidez estructural máxima y requería mucha destreza del constructor.

Nadie discutiría que Cam era el más diestro de los tres al trabajar con la madera, pero Phillip pensó que él tampoco se quedaba corto.

Se apartó para ver el exterior del casco y pensó que, efectivamente, no se quedaba corto.

—¿Has traído algo de comida? —le preguntó Cam antes de beber agua directamente de la botella.

—No.

—Mierda. Seguro que Grace le ha preparado a Ethan uno de esos festines que hace ella. Pollo frito o lonchas de jamón cocido con miel.

—Tú también tienes una mujer.

Cam resopló y puso los ojos en blanco.

—Ya... No me imagino pidiéndole a Anna que me prepare una comida todos los días. Me partiría la cabeza con el maletín mientras sale por la puerta. Somos dos... Podemos sorprender a Ethan cuando entre.

—Hagamos algo más fácil. —Phillip sacó una moneda del bolsillo—. ¿Cara o cruz?

—Cara. El que pierda, compra la comida y va por ella.

Phillip lanzó la moneda, la agarró y la dejó sobre el dorso de su mano. Pareció como si la cara lo mirara con gesto de burla.

—Maldita sea… ¿Qué quieres?

—Albóndigas, una bolsa grande de patatas fritas y veinte litros de café.

—Eso…, tapónate bien las arterias.

—La última vez que miré no tenían tofu en Crawford's. No sé cómo te comes esa marranada. Vas a morirte en cualquier caso. También puede ir con las albóndigas.

—Tú haz lo que quieras y yo haré lo que yo quiera. —Sacó el talón de Cam del bolsillo trasero del pantalón—. Toma, no te lo gastes todo de golpe.

—Ahora puedo retirarme a una cabaña en Maui. ¿Tienes el de Ethan?

—Lo que queda de él.

—¿Y el tuyo?

—No lo necesito.

Cam entrecerró los ojos mientras Phillip se ponía la chaqueta.

—Las cosas no son así.

—Yo me ocupo de las cuentas y digo cómo son las cosas.

—Tú le dedicas tiempo y tienes que llevarte tu parte.

—No la necesito —repitió Phillip más acaloradamente—. Cuando la necesite, me la llevaré.

Se marchó y dejó a Cam con dos palmos de narices.

—Tozudo hijo de perra —farfulló Cam—. ¿Cómo voy a tocarle las narices si hace estas estupideces?

Se quejaba mucho, se dijo Cam. Machacaba a sus hermanos con los detalles más nimios y luego se ocupaba de esos detalles, pensó mientras bebía de la botella de agua. Te arrinconaba y luego te sacaba las castañas del fuego.

Podía volver loco a cualquiera.

En ese momento estaba perdiendo la cabeza por una mujer que nadie sabía si sería de confianza cuando las cosas se pusieran difíciles. Él, por de pronto, iba a vigilar de cerca a Sybill Griffin. No sólo por Seth. Phillip podía tener cerebro, pero era tan tonto como cualquiera cuando de trataba de una cara bonita.

—Y la joven Karen Lawson, que trabaja en el hotel desde que el año pasado ligó con el hijo de McKinney, lo ha visto por escrito. Llamó a su madre y como Betty Lawson es buena amiga mía y compañera de bridge desde hace mucho tiempo, aunque te falla tu as si no te andas con cuidado, me llamó y me lo contó.

Nancy Claremont se hallaba en su medio natural y ese medio natural era el cotilleo. Como su marido era dueño de una buena parte de St. Chris, lo que significaba que ella también lo era, y en esa parte entraba el viejo pajar que los Quinn, una pandilla de salvajes en su opinión, habían alquilado como astillero y vaya usted a saber qué otras cosas más, ella sabía que no sólo tenía derecho, sino que era su obligación difundir esa suculenta información que había recibido la tarde anterior.

Naturalmente, primero utilizó el método más cómodo: el teléfono. Sin embargo, por teléfono no se disfruta del placer de ver la reacción. Se puso su traje pantalón de color calabaza que acababa de comprarse y se echó a la calle.

No tenía ningún sentido ser la mujer más rica de St. Christopher si no presumía un poco, y el mejor sitio para presumir y difundir un cotilleo era Crawford's.

Luego estaba la peluquería, y ésa sería su segunda etapa; ya había pedido hora para cortarse, teñirse y rizarse el pelo.

Mamá Crawford, que no había salido de St. Chris durante sus sesenta y dos años, estaba sentada detrás del mostrador con su delantal de carnicera y la lengua apretada con fuerza contra la mejilla.

Ya se había enterado de la noticia. No se le escapaba casi nada y tampoco retenía la información durante mucho tiempo, pero se dispuso a escuchar a Nancy.

—¡Pensar que el chico es nieto de Ray Quinn! Y esa escritora con pinta esnob es hermana de la chica tan desagradable que dijo todas aquellas cosas espantosas. El chico es su sobrino. Su propia familia, pero ¿dijo algo al respecto? No, padre, ¡ni una palabra! Todo el rato exhibiéndose de un lado a otro y navegando con Phillip Quinn, y mucho más que navegando, diría yo. Los jóvenes de hoy en día no tienen ninguna decencia.

Le brillaban los ojos de placer.

Mamá Crawford temió que se desviara del asunto que les ocupaba y se encogió de hombros.

—A mí me parece —dijo sabiendo que la gente que había en la tienda era todo oídos— que a mucha gente de este pueblo se le tendría que caer la cara de vergüenza por lo que van diciendo de Ray. Todas esas murmuraciones, a sus espaldas cuando estaba vivo y sobre su tumba cuando está muerto, de que engañaba a Stella, en paz descanse, y que estaba liado con esa DeLauter eran mentira, ¿no?

Echó una ojeada a la tienda con sus ojos penetrantes y, efectivamente, hubo varias cabezas que se agacharon. Satisfecha, clavó la mirada implacable en los ojos brillantes de Nancy.

—Me parece que estás deseando pensar mal de un hombre bueno como Ray Quinn —añadió.

Nancy, profundamente insultada, resopló.

—¡Qué va! Nunca he creído una sola palabra, Mamá Crawford. —Se dijo que comentar las cosas no significaba que las creyera—. La verdad es que hasta un ciego se daría cuenta de que el chico tiene los mismos ojos que Ray. Tenía que haber alguna relación. El otro día le pregunté a Silas si pensaba que ese chico era sobrino o algo de Ray. —Naturalmente, no había dicho nada parecido, pero podría haberlo hecho si se le hubiera ocurrido—. Pero nunca he pensado que sea nieto de Ray. ¿Cómo iba a pensar que Ray tenía una hija desde hace tantos años…?

Lo cual, para empezar, habría demostrado que había hecho algo malo. Ella siempre había pensado que Ray Quinn había tenido una juventud desenfrenada. Quizá hubiera sido hippie, y todo el mundo sabía lo que eso significaba: fumar marihuana, hacer orgías y correr desnudo por el campo.

Sin embargo, no pensaba hablar de eso con Mamá Crawford. Esos asuntos los reservaría para cuando estuviera cómodamente sentada en la butaca de la peluquería.

—Una hija —continuó— que se había desmadrado más que los chicos que él y Stella habían llevado a su casa. La chica del hotel debe ser tan...

Se calló al oír la campanilla de la puerta. Había esperado tener un oyente nuevo y se quedó paralizada al ver a Phillip Quinn. Era mejor que un oyente nuevo, era uno de los actores de esa trama tan apasionante.

Phillip supo el tema de conversación en cuanto abrió la puerta. Al menos, el tema que habían tratado hasta que él entró. El silencio cayó como una losa y todos los ojos se clavaron en él antes de mirar hacia otro lado con aire culpable.

Excepto los de Nancy Claremont y los de Mamá Crawford.

—Vaya, Phillip Quinn, no te veía desde que fuiste con tu familia a la fiesta del cuatro de julio. —Nancy parpadeó. Fuera lo que fuese, era un hombre muy guapo. Nancy creía que la seducción era la mejor manera de tirar de la lengua a un hombre—. Lo pasamos muy bien.

—Es verdad. —Fue hasta el mostrador consciente de que tenía todas las miradas fijas en su espalda—. Mamá Crawford, quiero unas albóndigas y un poco de pavo.

—Ahora mismo, Phil. ¡Junior!

Su hijo dio un respingo por el tono a pesar de que tenía treinta y seis años y tres hijos.

—Sí, mamá...

—¿Vas a cobrar a la gente o vas a rascarte el culo durante todo el día?

Él se sonrojó, masculló algo y se puso detrás de la caja registradora.

—¿Estás trabajando hoy en el astillero?

—Así es, señora Claremont.

Se entretuvo buscando una bolsa de patatas para Cam y luego fue hasta los productos lácteos para buscar un yogur para él.

—Normalmente viene el pequeño a por la comida, ¿no?

Phillip agarró un yogur cualquiera.

—Hoy está en el colegio. Es viernes.

—Es verdad… —Nancy se rió y se dio unos golpecitos en el costado de la cabeza—. No sé dónde tengo la cabeza. Un chico muy guapo. Ray estaría orgulloso.

—No lo dudo.

—Se dice que tiene alguna relación familiar bastante cercana…

—Que yo sepa, siempre acierta con lo que dice, señora Claremont. Mamá Crawford, también quiero dos cafés grandes.

—Enseguida. Nancy, tienes muchas cosas de que hablar hoy. Si sigues intentando sacar algo al chico, vas a perder tu turno en la peluquería.

—No sé de qué estás hablando —Nancy resopló, lanzó una mirada furiosa a Mamá Crawford y se colocó el pelo con una mano—. Pero tengo que irme. Esta noche, mi marido y yo vamos a la fiesta de los Kiwani y tengo que arreglarme un poco.

Salió y fue directamente a la peluquería.

Dentro, Mamá Crawford entrecerró los ojos.

—El resto tendréis cosas que hacer, Junior os cobrará. Esto no es un salón. Si queréis perder el tiempo, podéis perderlo en la calle.

Phillip tosió para disimular una carcajada cuando unas cuantas personas decidieron que tenían cosas que hacer.

—Esa Nancy Claremont tiene menos seso que un mosquito —afirmó Mamá Crawford—. Mal está que se vista de pies a cabeza como una calabaza, pero es que ni siquiera sabe ser sutil. —Mamá Crawford se volvió hacia Phillip y le sonrió—. No voy a decir que no me guste enterarme de las cosas como al que más, pero si no sabes sacar un poco de información sin ser tan evidente, no sólo eres una grosera, sino que eres tonta. No soporto ni los malos modales ni la estupidez.

Phillip se inclinó sobre el mostrador.

—Sabes, madre, he estado pensando que a lo mejor me cambio el nombre por Jean Claude, me voy a vivir al país del vino, al valle del Loira, y me compro un viñedo.

Ella volvió a apretar la lengua contra la mejilla con los ojos resplandecientes. Llevaba años oyendo esa historia o alguna de sus variaciones.

—Cuéntame.

—Vería madurar las uvas al sol. Comería pan recién hecho con queso pasado. Sería una vida maravillosa, pero sólo tengo un problema.

—¿Cuál…?

—No tendría sentido si no vienes conmigo. —Le agarró la mano y se la besó mientras ella soltaba una carcajada.

—¡Eres un caso! Siempre lo has sido. —Tomó aliento, se frotó los ojos y suspiró—. Nancy es tonta, pero en el fondo no es mala. Para ella, Ray y Stella sólo eran unas personas más, pero para mí eran otra cosa.

—Lo sé, Mamá Crawford.

—Le gente ya tiene tema de conversación nuevo y van a exprimirlo a fondo.

—También lo sé. —Phillip asintió con la cabeza—. Como lo sabía Sybill.

Mamá Crawford arqueó las cejas y volvió a bajarlas al darse cuenta de lo que eso quería decir.

—Esa chica tiene agallas. Bravo. Seth puede estar orgulloso de tener una sangre tan valiente. Ray era su abuelo. —Mamá Crawford se detuvo para terminar de preparar los platos—. Creo que esa chica les habría gustado a Ray y a Stella.

—¿Lo crees? —susurró Phillip.

—Sí. A mí me gusta. —Mamá Crawford miró hacia otro lado con una sonrisa mientras envolvía los recipientes—. No es una esnob como ha decidido Nancy. Sólo es tímida.

Phillip agarró la bolsa con la comida y se quedó boquiabierto.

—¿Tímida? ¿Sybill?

—Seguro. Intenta por todos los medios no serlo, pero le cuesta mucho. Llévate las albóndigas para tu hermano antes de que se enfríen.

—A mí qué me importan una pandilla de maricones que vivieron hace doscientos años.

Seth tenía el libro de historia abierto, la boca llena de chicle y una mirada llena de tozudez. Phillip, después de una jornada de diez horas de trabajo manual, no estaba de humor para las cabezonerías de Seth.

—Los padres fundadores de nuestro país no eran una pandilla de maricones.

Seth resopló y señaló el dibujo del Congreso.

—Llevan pelucas y ropa de tía. Eso, para mí, es de maricones.

—Era la moda. —Sabía que su hermano estaba buscándole las cosquillas, pero no podía evitar entrar al trapo—. Además, llamar maricón a alguien por cómo va vestido o por cómo vive, demuestra ignorancia e intolerancia.

Seth se limitó a sonreír. A veces le gustaba exasperar a Phillip.

—Un tío que lleva peluca con rizos y tacones altos tiene lo que se merece.

Phillip suspiró. Esa reacción también encantaba a Seth. Le daba igual la historia, además el último examen lo había pasado con sobresaliente, pero le aburría tener que elegir a uno de esos maricones y escribir una estúpida biografía.

—¿Sabes lo que eran esos tíos? —le preguntó Phillip con los ojos entrecerrados para que no abriera la boca—. No lo digas. Te diré lo que eran. Eran rebeldes, agitadores y tíos con un par…

—¿Con un par? ¡Anda ya!

—Se reunían, redactaban documentos y daban discursos para mandar a la mierda a Inglaterra y sobre todo al rey Jorge. —Captó un destello de interés en los ojos de Seth—. En realidad, no era por el impuesto del té. Eso sólo era la excusa. No iban a aceptar más mierdas de Inglaterra. Se trataba de eso.

—Dar discursos y escribir documentos no es luchar.

—Estaban creando los motivos para luchar. Tienes que dar alternativas. Si quieres que la gente deje la marca X, tienes que darles la marca Y, y hacerla mejor, más fuerte y sabrosa. ¿Que dirías si te dijera que esos chicles son una porquería? —le preguntó Phillip mientras agarraba la bolsa que había en la mesa de Seth.

—A mí me gustan. —Para demostrarlo, hizo un globo enorme.

—Ya, pero yo te digo que es una verdadera marranada y que la gente que los hace son unos canallas. No vas a tirarlos a la papelera porque yo lo diga, ¿verdad?

—Claro que no.

—Pero yo te doy otra alternativa si te hablo de los chicles SuperGlobosGigantes.

—¿SuperGlobosGigantes? Tío, estás vacilándome…

—Calla. Esos chicles son mejores, duran más y cuestan menos. Si los mascas, tú, tus amigos, tus vecinos y tu familia seréis más felices y más fuertes. Es el chicle del futuro, de tu futuro —añadió Phillip con un tono cantarín—. El otro chicle está pasado. Con SuperGlobosGigantes encontrarás tu libertad personal y religiosa y nadie te dirá cuántos puedes meterte en la boca.

—Mola. —Phillip estaba como una cabra, se dijo Seth, pero tenía gracia—. ¿Dónde tengo que firmar?

Phillip, entre risas, dejó la bolsa de chicles en la mesa.

—Entiéndelo. Estos tíos eran los cerebros y la sangre, y tenían que conseguir que la gente se ilusionara.

A Seth le gustó lo de los cerebros y la sangre, así que pensó que podría utilizarlo en la redacción.

—De acuerdo, elegiré a Patrick Henry. No parece tan tonto como los otros.

—Muy bien. Puedes buscar información con el ordenador. Cuando tengas la bibliografía, imprímela. La biblioteca de Baltimore tendrá más libros que la del colegio.

—De acuerdo.

—¿Tienes preparada la redacción para mañana?

—Tío, no paras.

—A ver qué has hecho.

—Dios... —Seth rebuscó en la carpeta y sacó una hoja.

Se llamaba *Una vida de perros* y contaba un día normal visto a través de los ojos de *Tonto*. Phillip notó que sonreía sin querer cuando el narrador perruno explicaba lo mucho que le gustaba perseguir conejos, lo que le molestaban las abejas y cuánto le divertía salir con su buen y sabio amigo *Simon*.

Ese chico era muy listo, se dijo Phillip.

Cuando *Tonto* terminó su agotador día en la cama, que compartía amablemente con su joven amo, Phillip le devolvió la hoja.

—Está muy bien. Supongo que ahora ya sabemos de dónde has sacado ese talento para contar historias.

Seth bajó la mirada mientras guardaba la redacción.

—Ray era muy listo y, además, era catedrático de universidad.

—Era muy listo. Si hubiera sabido que existías, habría hecho algo mucho antes.

—Ya, claro... —Seth se encogió de hombros con el gesto típico de los Quinn.

—Mañana voy a hablar con el abogado. Con la ayuda de Sybill a lo mejor aceleramos un poco las cosas.

Seth sacó un lápiz para hacer garabatos; unos círculos, unos triángulos y unos cuadrados.

—A lo mejor cambia de idea.

—No, no lo hará —le tranquilizó Phillip.

—La gente lo hace constantemente.

Durante semanas había estado preparado para salir corriendo si los Quinn cambiaban de idea, pero no lo habían hecho y él había empezado a confiar. Sin embargo, siempre estaba preparado para salir corriendo.

—Hay gente que cumple sus promesas, sean cuales sean. Ray lo hizo.

—Ella no es Ray. Vino aquí para espiarme.

—Vino para ver si estabas bien.

—Bueno, pues estoy bien y ella ya puede marcharse.

—Es más difícil quedarse —replicó Phillip sin alterar el tono—. Se necesitan más agallas para quedarse. La gente ya está murmurando sobre ella. Ya sabes lo que es que la gente te mire por el rabillo del ojo y murmure.

—Sí. Son unos capullos.

—Quizá, pero duele.

Seth lo sabía perfectamente, pero agarró el lápiz con más fuerza y apretó más al hacer los garabatos.

—Ella te gusta.

—A lo mejor. Desde luego, no pasa desapercibida. Pero eso no cambia lo importante. Chaval, no hay mucha gente que haya hecho tanto por ti. —Esperó a que Seth volviera a levantar la mirada—. A mí me costó un tiempo entregarme, quizá demasiado. Lo hice porque me lo había pedido Ray, porque le quería.

—Pero no querías hacerlo.

—No, no quería hacerlo. Era un coñazo. Tú eras un coñazo, pero todo empezó a cambiar poco a poco. Seguía sin querer hacerlo, seguía siendo un coñazo, pero en un momento dado me di cuenta de que lo hacía por ti tanto como por Ray.

—Pensabas que a lo mejor era hijo suyo y eso te fastidiaba.

Y pensar que los adultos creían que ocultaban sus secretos y sus pecados a los niños…, se dijo Phillip.

—Sí. Era una idea de la que no pude librarme hasta ayer. No podía aceptar la idea de que hubiera engañado a mi madre o que tú fueras su hijo.

—Pero aun así pusiste mi nombre en el cartel del astillero.

Phillip lo miró fijamente un instante y dejó escapar una breve risotada. Se dio cuenta de que a veces se hacían las cosas que había que hacer aunque fuera sin pensarlas y que eso era lo importante.

—Era donde tenía que estar, lo mismo que tú tienes que estar aquí. Sybill ya había hecho bastante por ti y ahora sabemos por qué. Cuando alguien te quiere, es una estupidez alejarlo de ti.

—Crees que tengo que ir a verla y hablar con ella, y todas esas cosas. —Él ya lo había pensado—. No sé qué decir.

—Antes ya la viste y hablaste con ella. Podrías intentarlo otra vez.

—Quizá.

—¿Sabes lo liadas que están Anna y Grace con tu cena de cumpleaños de la semana que viene?

—Sí.

281

Bajó la cabeza para que no le viera la sonrisa de oreja a oreja. No podía creérselo. Una cena de cumpleaños y él había elegido la comida. Además, al día siguiente haría una fiesta con sus amigos. Aunque él no lo llamaría fiesta porque eso no molaba nada cuando ibas a cumplir once años.

—¿Por qué no le pides que vaya si le apetece? —le propuso Phillip.

La sonrisa se esfumó.

—No sé. Supongo. Además, seguramente no querría venir.

—¿Por qué no se lo preguntas? Podrías sacar otro regalo.

—¿Sí? —dijo esbozando una sonrisa lenta y maliciosa—. Tendría que hacerme uno bueno…

—Así me gusta.

15

La reunión de noventa minutos con el abogado de Baltimore había dejado a Sybill nerviosa y agotada. Ella creía que se había preparado; al fin y al cabo, había tenido dos días y medio desde que llamó el lunes por la mañana y el abogado le buscó un hueco para el miércoles por la tarde.

Pensó que ya había pasado. Al menos había pasado esa primera fase. No se había imaginado que le costaría tanto revelar a un desconocido, profesional o no, los secretos y defectos de su familia. Además de revelárselos a ella misma.

En ese momento tenía que aguantar una lluvia heladora, el tráfico de Baltimore y sus escasas dotes para conducir. Como no tenía ningún interés en el tráfico y en la conducción, dejó el coche en un aparcamiento y se enfrentó a la lluvia como peatona.

Temblorosa, cruzó rápidamente el paso de cebra y comprobó que el otoño había dejado muy atrás al verano. Los árboles empezaban a cambiar de color y los pequeños arbustos tenían ya hojas rojas con bordes dorados. La temperatura había bajado bruscamente con la humedad y el viento la azotaba y arrastraba su paraguas mientras se acercaba al puerto.

Habría preferido un día soleado para poder pasear y disfrutar de los viejos edificios primorosamente rehabilitados, del ordenado paseo marítimo y de los barcos antiguos atracados allí. Sin embargo, resultaba atractivo aunque el día fuera lluvioso y gélido.

El mar tenía un color plomizo, estaba picado y sus límites se difuminaban en el cielo de forma que resultaba imposible adivinar hasta dónde llegaba. La mayoría de los paseantes se había refugiado a cubierto y los que no lo habían hecho caminaban a toda velocidad.

Se encontraba sola e insignificante en medio de la lluvia, mirando al mar y preguntándose qué haría más tarde.

Suspiró y se dio la vuelta para mirar las tiendas. El viernes tenía una fiesta de cumpleaños. Tenía que comprar un regalo para su sobrino.

Tardó más de una hora en comparar, elegir y desechar material de pintura. Había reducido las posibilidades y no notó el brillo en los ojos de la dependienta cuando empezó a amontonarlas. Habían pasado más de seis años desde que hizo el último regalo a Seth. Iba a resarcirlo por ello.

Tenían que ser los lápices adecuados y la colección de tizas perfecta. Examinó los pinceles para acuarelas como si una elección equivocada fuera el fin del mundo para ella. Comprobó y pesó el papel de dibujo durante veinte minutos y luego se volvió loca para encontrar una caja para todo lo que había elegido.

Decidió que lo mejor era la sencillez. Seguramente, un chico joven se encontraría más cómodo con una sencilla caja de nogal. También duraría más. Si la cuidaba, la tendría durante años. Quizá, después de pasados esos años, la miraría y se acordaría de ella con cariño.

—Su sobrino va a emocionarse —le comentó la dependienta mientras hacía la cuenta—. Es un material muy bueno.

—Tiene mucho talento. —Sybill, distraída, empezó a morderse la uña del pulgar, una costumbre que había abandonado hacía años—. ¿Podría envolver todo cuidadosamente y meterlo en una caja?

—Claro. ¡Janice! ¿Puedes echarme una mano? ¿Es usted de esta zona? —le preguntó a Sybill.

—No, no. Un amigo me ha recomendado su tienda.

—Se lo agradecemos mucho. Janice, tenemos que envolver y embalar todo esto.

—¿Tienen papel de regalo?

—No tenemos, lo siento, pero en este centro hay una papelería con papeles de regalo muy bonitos, lazos y tarjetas.

Era lo que le faltaba. ¿Qué papel le gusta a un chico de once años? ¿Cintas? ¿Le gustarían las cintas y los lazos?

—Son quinientos ochenta y tres dólares y sesenta y nueve centavos —le comunicó la dependienta con una sonrisa resplandeciente—. ¿Cómo quiere pagarlo?

—Quinientos… —Sybill se calló. Evidentemente, se había vuelto loca. Casi seiscientos dólares por el regalo de un chico—. ¿Admiten la tarjeta VISA? —preguntó con un hilo de voz.

—Naturalmente. —La dependienta, sin dejar de sonreír, alargó la mano para tomar la tarjeta dorada.

—¿Usted podría decirme...? —resopló, sacó la agenda y buscó la letra Q—. ¿Cómo puedo encontrar esta dirección?

—Claro, está a la vuelta de la esquina.

Vaya, si Phillip hubiera vivido a varias manzanas, ella quizá hubiera desistido.

Era un error, se advertía mientras luchaba con dos enormes bolsas y un paraguas que no estaba dispuesto a colaborar. No tenía ningún motivo para aparecer allí.

Quizá ni siquiera estuviera en su casa. Eran las siete. Seguramente habría salido a cenar. Sería mejor que volviera por su coche y se fuera a la costa. Había menos tráfico, aunque la lluvia era la misma.

Por lo menos, podía llamar antes, pero el maldito teléfono móvil estaba en el bolso y ella sólo tenía dos manos. Había oscurecido, llovía y lo más probable era que no encontrara el edificio. Si no lo encontraba antes de cinco minutos, se daría la vuelta y se iría al estacionamiento.

Encontró el edificio alto y elegante a los tres minutos y, hecha un manojo de nervios, entró en el vestíbulo cálido, seco y acogedor.

Era silencioso y distinguido, tenía árboles de interior en macetas de cobre, suelo de madera pulida y unos sofás de colores neutros con grandes almohadones. Toda aquella elegancia la habría aliviado si no se hubiera sentido como una rata empapada que se colaba en un trasatlántico de lujo.

Tenía que estar loca para presentarse allí de aquella manera. ¿Acaso no había decidido que iría a Baltimore para ver al abogado y comprar el regalo, pero que no haría lo que estaba haciendo? No le había dicho nada de la cita porque no quería que él supiera que estaba en Baltimore. Habría intentado convencerla de que pasara el día con él.

¡Había estado el domingo con él! No había ningún motivo para tener esa necesidad de volver a verlo. Se iría a St. Christopher en ese preciso instante porque había cometido un error terrible.

Se maldijo cuando fue hasta el ascensor, entró y pulsó el botón del piso dieciséis.

¿Qué le pasaba? ¿Por qué estaba haciendo aquello? ¿Qué pasaría si estaba en casa, pero no estaba solo? La sola idea le dolió como un puñetazo en la boca del estómago. Nunca habían hablado de exclusividad. Él tenía todo el derecho del mundo para ver a otras mujeres. Tendría un montón de mujeres. Lo cual demostraba, para empezar, que había hecho una tontería al liarse con él.

Estaba claro que no podía presentarse así, sin avisar, sin que la hubiera invitado, sin que la esperara. Todo lo que le habían enseñado sobre modales, protocolo y conducta social le ordenaba que apretara a fondo el botón de bajada y se marchara de allí. Cada resquicio de orgullo le exigía que se alejara de allí antes de que quedara humillada.

No supo qué fue lo que superó a todo aquello y la sacó del ascensor para dirigirla hasta la puerta 1605.

Dentro de su cabeza algo le decía a gritos que no lo hiciera, se lo ordenaba incluso cuando tenía el dedo clavado en el timbre.

¿Qué había hecho? ¿Qué le diría? ¿Cómo se lo explicaría?

Suplicó que no estuviera en casa. Fue lo último que hizo antes de que se abriera la puerta.

—Sybill... —Los ojos de Phillip se abrieron como platos y esbozó una sonrisa.

Ella empezó a balbucir.

—Lo siento. Debería haber llamado. Yo no quería... No debería... He venido a la ciudad y estaba...

—A ver, dame todo eso. ¿Has comprado toda la tienda? —Estaba quitándole las bolsas húmedas de las manos heladas—. Estás congelada. Pasa.

—Debería haber llamado. Estaba...

—No seas tonta. —Dejó las bolsas en el suelo y empezó a quitarle la gabardina—. Tenías que haberme dicho que ibas a venir a Baltimore. ¿Cuándo has llegado?

—A... Sobre las dos y media. Tenía una cita. Yo sólo... Estaba lloviendo —dijo atropelladamente mientras se detestaba—. No estoy acostumbrada a conducir con lluvia. La verdad es que no estoy acostumbrada a conducir en absoluto y todavía estoy un poco nerviosa por eso.

Ella fue de un lado a otro mientras él la miraba con las cejas arqueadas. Tenía las mejillas sonrojadas, pero él no creía que fuera por el frío. Hablaba como si estuviera alterada y eso era una novedad interesante. Parecía como si no supiera qué hacer con las manos.

La gabardina le había protegido el impecable traje gris pizarra, pero tenía los zapatos empapados y el pelo lleno de gotas de lluvia.

—Estás nerviosa, ¿no? —susurró él mientras le frotaba los brazos para que entrara en calor—. Tranquila.

—Tenía que haber llamado —dijo por tercera vez—. He sido mal educada y presuntuosa...

—No, no lo has sido. Quizá un poco osada. Si hubieras venido veinte minutos antes, yo no habría llegado todavía —dijo acercándose un poco más—. Sybill, tranquilízate.

—De acuerdo. —Sybill cerró los ojos.

Phillip la miró con ojos guasones mientras ella tomaba unas profundas bocanadas de aire.

—¿Eso de la respiración funciona realmente? —le preguntó con una risotada.

El tono de irritación fue inapreciable, pero estaba en su voz.

—Hay estudios que demuestran que el flujo de oxígeno y la concentración mental alivian el estrés.

—No lo dudo. Yo he hecho estudios por mi cuenta. Vamos a intentarlo a mi estilo.

Acercó los labios a los de ella, los frotó suavemente, convincentemente, hasta que ella ablandó los suyos, cedió y lo acogió. La lengua de Phillip jugueteó con la de ella, que dejó escapar un suspiro.

—Sí, esto funciona conmigo —susurró mientras le pasaba la mejilla por el pelo mojado—. Me funciona muy bien. ¿A ti?

—También está demostrado que la estimulación oral es un remedio contra el estrés.

Él se rió.

—Corro el peligro de enloquecer por ti. ¿Te apetece un vino?

A ella no le interesó la definición que él daba a esa locura.

—No me importaría tomar una copa. Pero no debería. Tengo que conducir.

Phillip pensó que esa noche no iba a conducir, pero se limitó a sonreír.

—Siéntate. Vuelvo enseguida.

Ella volvió a sus ejercicios de respiración mientras él desaparecía en otra habitación. Cuando consiguió serenarse un poco, Sybill observó el apartamento. Unos sofás de color verde oscuro dominaban la sala. En medio había una mesa baja y cuadrada. Sobre ella, un velero hecho con cristal de Murano y un par de candelabros de hierro verde con velas blancas y gruesas.

En el extremo más alejado de la habitación había una pequeña barra con un par de taburetes forrados de cuero negro y, detrás, un cartel antiguo de Nuits-St. Georges, en Borgoña, que representaba a un oficial de caballería francés del siglo dieciocho sentado sobre una barrica con un vaso, una pipa y una sonrisa de satisfacción.

Las paredes eran blancas y de ellas colgaban algunas obras de arte. Un cartel enmarcado de champán Tattinger con una elegante mujer, seguro que era Grace Kelly, vestida con un traje negro que levantaba una burbujeante copa delante de ella y se apoyaba en una mesa redonda de cristal con patas curvadas de acero. También había un grabado de Joan Miró y una preciosa reproducción del *Automme* de Alphonse Mucha.

Las lámparas eran ligeramente modernas y Art Decó; la moqueta, mullida y de color gris claro, y los ventanales no tenían cortinas y estaban mojados por la lluvia.

Le pareció que la habitación reflejaba un gusto masculino, ecléctico y divertido. Ella estaba admirando un reposapiés de cuero con forma de cerdo cuando él volvió.

—Me gusta tu cerdo.

—Me llamó la atención. ¿Por qué no me cuentas este día tan interesante?

—Ni siquiera te he preguntado si tenías algo que hacer.

Ella se había dado cuenta de que llevaba una camiseta negra de algodón, vaqueros y que iba descalzo, pero eso no significaba…

—Ya lo sé. —La tomó de la mano y la llevó hasta el sofá con forma de U y cómodos almohadones—. Esta tarde has estado con el abogado.

—¿Lo sabías?

—Es un buen amigo y me mantiene al tanto. —Y él, se dijo Phillip, se sintió profundamente decepcionado cuando ella no le llamó para decirle que iba a ir a la ciudad—. ¿Qué tal ha ido todo?

—Creo que bien. Parece confiado en conseguir la custodia. Sin embargo, no he podido convencer a mi madre para que hiciera una declaración.

—Está enfadada contigo.

Sybill dio un breve sorbo de vino.

—Sí, está enfadada. Seguro que se arrepiente mucho de haber tenido el lapsus de contarme lo que pasó entre ella y tu padre.

Phillip la agarró de la mano.

—Para ti es muy difícil. Lo siento.

Ella bajó la mirada a sus dedos entrelazados y pensó distraídamente que él la tocaba con mucha soltura, como si fuera lo más natural del mundo.

—Ya soy mayorcita. Dado que no creo que este pequeño incidente, por mucho que sea un acontecimiento en St. Christopher, cruce al Atlántico hasta París, supongo que ella lo superará.

—¿Y tú?

—La vida sigue. Una vez que se hayan tramitado las cuestiones legales, Gloria no tendrá ningún motivo para molestaros a ti y a tu familia. Ni a Seth. Seguirá molestándose a sí misma, pero ya no puedo hacer nada. Tampoco quiero hacerlo.

Phillip se preguntó si era un rasgo de frialdad o una forma de defensa.

—Cuando se hayan tramitado las cuestiones legales, Seth seguirá siendo tu sobrino. Ninguno de nosotros te impedirá que lo visites ni que formes parte de su vida.

—No formo parte de su vida —afirmó ella inexpresivamente—. Además, mientras él se hace una vida, sería crispante que tuviera recuerdos de la vida que ha dejado atrás. Es un milagro que no tenga cicatrices más profundas por todo lo que le hizo Gloria. La sensación de seguridad que tenga se la debe a tu padre, a ti y a tu familia. No confía en mí, Phillip, ni tiene por qué hacerlo.

—La confianza hay que ganársela. Tienes que querer ganártela.

Sybill se levantó, fue hasta el ventanal y miró las luces de la ciudad que se extendían bajo la lluvia.

—Cuando fuiste a vivir con Ray y Stella Quinn, cuando ellos te ayudaban a rehacer tu vida, ¿mantenías contacto con tu madre o con tus amigos de Baltimore?

—Mi madre era una puta circunstancial que detestaba cada brizna de aire que yo respiraba y mis amigos eran

292

camellos, drogadictos y ladrones. Yo no quería tener más contacto con ellos que el que ellos querían tener conmigo.

—Aun así —dijo volviéndose para mirarlo—. Sabes lo que quiero decirte.

—Lo sé, pero no lo comparto.

—Yo creo que Seth sí lo comparte.

Phillip dejó la copa de vino y se levantó.

—Quiere que vayas el viernes a su fiesta de cumpleaños.

—Tú quieres que vaya —le corrigió ella—. Y te agradezco mucho que lo convencieras para que me dejara ir.

—Sybill…

—Por cierto, he encontrado la tienda que me dijiste. —Le cortó ella mientras señalaba hacia las bolsas que había junto a la puerta.

—¿Eso? —Se quedó mirando fijamente a las bolsas—. ¿Todo eso?

Ella se mordió la uña del dedo pulgar.

—Es demasiado, ¿verdad? Lo sabía. Me he visto atrapada. Puedo devolver parte o quedármela, hace tiempo que no dibujo…

Phillip fue hasta las bolsas y miró dentro.

—¿Todo esto? —Se rió y sacudió la cabeza—. Va a encantarle. Va a volverse loco.

—No quiero que se lo tome como un chantaje, como si quisiera comprar su cariño. No sé qué me ha dado. Cuando he empezado, era como si no pudiera parar.

—Si yo fuera tú, dejaría de preguntarme los motivos para hacer algo bueno, algo impulsivo y un poco por encima de lo normal —dijo dándole una palmada delicada en la mano—. Y deja de morderte la uña.

—No me muerdo las uñas. Yo nunca… —Ofendida, se miró la mano y vio la uña mordisqueada—. Dios mío, estoy mordiéndome las uñas. No lo hacía desde que tenía quince años.

Phillip se acercó a ella, que buscaba su estuche de manicura en el bolso.

—¿Eras una niña nerviosa?

—¿Mmm?

—¿Te mordías las uñas?

—Era una mala costumbre, nada más.

Cuidadosa y eficientemente, empezó a reparar los daños.

—Una costumbre nerviosa, ¿no le parece, doctora Griffin?

—Quizá, pero acabé con ella.

—No del todo. Te muerdes las uñas —susurró él mientras se acercaba más—. Migrañas…

—Muy de vez en cuando.

—Te saltas las comidas. No te molestes en decirme que has cenado esta noche. Lo sé perfectamente. Me parece que la respiración y la concentración no te está sirviendo de mucho contra el estrés. Voy a probar otra vez mi sistema.

—Tengo que irme —dijo mientras él la abrazaba— antes de que se me haga demasiado tarde.

—Ya es demasiado tarde. —Sus labios se rozaron—. Tienes que quedarte. Es de noche, hace frío y está lloviendo —susurró sin dejar de mordisquearle los labios—. Además, eres una conductora malísima.

—Yo sólo… —La lima de uñas se le cayó de las manos—. Estoy desentrenada.

—Quiero acostarme contigo, en mi cama. —El siguiente beso fue más profundo, más largo y más húmedo—. Quiero quitarte ese preciosos traje, pieza a pieza, y ver qué hay debajo.

—No sé cómo lo consigues. —La respiración se le entrecortaba y el cuerpo se tensaba—. No puedo pensar coherentemente cuando estás tocándome.

—Me gusta tu incoherencia. —Deslizó las manos debajo de la chaqueta hasta colocar los pulgares a los lados de los pechos—. Me gustas incoherente y temblorosa. Cuando tiemblas, me entran ganas de hacerte de todo.

Ella sentía llamaradas ardientes y punzadas gélidas por todo el cuerpo.

—¿Qué… tipo de cosas?

Él hizo un ruido grave y de placer contra el costado de su cuello.

—Te lo enseñaré. —La tomó en brazos.

—Yo no hago estas cosas. —Ella se apartó el pelo de la cara y lo miró mientras la llevaba al dormitorio.

—¿Qué cosas?

—No voy a la casa de un hombre y dejo que me lleve a la cama. No hago esas cosas.

—Entonces, lo consideraremos como un cambio en tus pautas de conducta —dijo mientras la besaba minuciosamente antes de dejarla en la cama— producido por… —se detuvo para encender tres velas que había en una esquina— la estimulación directa.

—Podría servir. —Las velas hacían maravillas con un rostro irresistible—. Es que eres muy atractivo.

Él se rió, se tumbó junto a ella y le besó la barbilla.

—Y tú eres muy débil.

—Normalmente, no. En realidad, mi apetito sexual suele ser inferior a la media, en general...

—¿De verdad? —La levantó lo justo para poder quitarle la chaqueta.

—Sí. He comprobado que... si bien una relación sexual puede ser agradable... —Se quedó sin aliento al notar los dedos que le desabotonaban la blusa.

—¿Agradable? —espetó él.

—Rara vez, si es que ocurre alguna vez, me produce una impresión que no sea momentánea. Eso, naturalmente, se debe a mi estructura hormonal.

—Naturalmente.

Él bajó la boca a la delicada hinchazón de sus pechos que se elevaba tentadoramente sobre las copas del sujetador y lamió.

—Pero... Pero...

Ella cerró los puños mientras la lengua de Phillip se abría paso debajo de la tela y la estremecía.

—Estás intentando pensar.

—Estoy intentando comprobar si puedo.

—¿Y qué tal?

—No muy bien.

—Me hablabas de tu estructura hormonal —le recordó él mientras le miraba la cara y le bajaba la falda.

—¿Yo? Ah, ya... Tenía razón.

No sabía en qué, pensó vagamente Sybill mientras notaba un escalofrío al pasarle él un dedo por el abdomen.

Phillip comprobó con placer que ella llevaba esas medias tan sexys que se sujetaban en el muslo, esa vez eran de un color negro humo. Supuso que ella habría pensado que el sujetador y las medias de color negro combinaban bien.

Dio gracias a Dios por ello.

—Sybill, me encanta lo que hay debajo de tu ropa.

Bajó la boca por su vientre y notó un sabor cálido y femenino. También notó la tensión de sus músculos. Sybill dejó escapar un leve sonido de impotencia y se colocó debajo de él.

Podía llevarla a cualquier parte. El poder que le daba saberlo lo embriagaba como el vino. La tomó, lentamente, recreándose los dos en cada paso, y se dejó llevar.

Bajó las medias a lo largo de aquellos muslos largos y deliciosos y siguió ese camino con su boca hasta alcanzar los dedos de los pies. Tenía la piel de color marfil, suave y fragante. Perfecta, pero más seductora cuando se estremecía ligeramente debajo de la de él.

Metió los dedos y la lengua debajo de la fantasía sedosa que colgaba de sus caderas hasta que ella se arqueó, se estremeció y gimió. Allí estaba la pasión. Justo allí, una pasión ardiente, húmeda y creciente.

Cuando aquel tormento los enloqueció, él retiró la barrera que los separaba y se abalanzó sobre el derroche de ardor que ella le ofrecía. Sybill gritó, se encrespó y se aferró al cabello de él mientras la elevaba a la cúspide. Cuando se abandonó jadeante, él no cesó.

Siguió con sus enseñanzas.

Podía disponer de todo. De todo. Ella no tenía fuerzas para negarse, para resistirse al embate de sensaciones que la abrumaba. Él era lo único que había en el mundo, lo único. El sabor de su piel en la boca de Sybill, la textura del pelo en las manos o contra la piel de Sybill, el movimiento de su músculo entre los dedos de Sybill.

Los susurros, los susurros de Phillip que retumbaban en su cabeza. El sonido de su propio nombre como un murmullo de placer. La respiración que dejaba escapar Sybill como un sollozo mientras buscaba vorazmente su boca para verter todo lo que ella era en una emoción desbordante y abrasadora.

Una y otra vez, una y otra vez. El apremio, la exigencia; todo daba vueltas en su cabeza mientras ella se aferraba y se entregaba, se entregaba, se entregaba.

Entonces fue él quien cerró los puños en los costados de la cabeza de Sybill, quien sintió el impacto abrumador de las sensaciones que lo cegaban de deseo, que lo derretían con un anhelo tan irresistible que lo desgarraba.

Ella se abrió para darle paso como una invitación palpitante. Entró en ella, la satisfizo. Levantó la cabeza y vio el resplandor dorado de las velas que la iluminaban.

Sybill tenía los ojos clavados en él, los labios separados y la respiración entraba y salía entre ellos con dificultad. Le pareció notar un chasquido, como un cerrojo que se abría o una conexión. Buscó sus manos para entrelazarlas con las suyas.

Con lentitud, con delicadeza, con cada movimiento recibía un placer nuevo y pleno. Una esperanza tersa y sedosa en la oscuridad. Vio que a ella le resplandecían los ojos, sintió la tensión, la oleada, la besó en la boca para hacerse con el jadeo del clímax.

—No te vayas —susurró él mientras le recorría la cara con los labios y se movía al ritmo de su cuerpo—. No te vayas.

¿Qué alternativa tenía ella? Estaba indefensa ante lo que él le había impuesto, incapaz de negarse a lo que él le pedía a cambio.

La presión volvió a crecer como una exigencia interna que no podía negarse. Cuando ella se libró tambaleantemente, él la abrazó y cayeron juntos.

—Iba a cocinar —dijo Phillip al cabo de un rato cuando ella se dejó caer sobre él sin fuerzas y sin poder hablar—. Pero creo que voy a pedirlo y a comer en la cama.

—De acuerdo.

Sybill seguía con los ojos cerrados y se ordenaba escuchar los latidos de su corazón y no prestar atención a la voz que le brotaba de dentro.

—Mañana puedes dormir.

Él jugaba despreocupadamente con el pelo de Sybill. Quería tenerla allí por la mañana, quería con locura tenerla allí por la mañana. Pensaría en ello más tarde.

—Puedes hacer algo de turismo o ir de compras —insistió Phillip—. Si te quedas hasta la tarde, podemos ir juntos a casa.

—De acuerdo.

No tenía fuerzas para imponerse. Además, no era ninguna tontería. La carretera de circunvalación de Baltimore era terreno desconocido. Disfrutaría recorriendo la ciudad durante un par de horas. Era una solemne tontería conducir de noche y en medio de la lluvia.

—Eres espantosamente fácil de convencer.

—Me has pillado en un momento de debilidad. Tengo hambre y no me apetece conducir esta noche. Además, echo de menos la ciudad, cualquier ciudad.

—Entonces, ¿no es por mi atractivo irresistible y mi impresionante hazaña sexual?

Ella no pudo evitar una sonrisa.

—No, pero tampoco molestan.

—Por la mañana te haré una tortilla de clara de huevo y serás mi esclava.

Ella consiguió reírse.

—Eso ya lo veremos.

Sybill ya temía estar demasiado cerca de la esclavitud. El corazón, al que intentaba no hacer caso, se empeñaba en asegurar que estaba enamorada.

Eso, se advirtió a sí misma, sería un error mucho mayor y más permanente que haber llamado a la puerta de su casa en una noche lluviosa.

16

Cuando una mujer de veintinueve años se cambia tres veces de ropa antes de ir a la fiesta de un niño de once años, esa mujer tiene un problema grave.

Sybill se hizo esa reflexión mientras se quitaba una blusa de seda blanca y la cambiaba por un jersey de cuello alto.

Iba a una cena familiar sin etiqueta, no era una recepción diplomática. La cual, se reconoció con un suspiro, no le habría causado tantos problemas. Sabía cómo vestirse, cómo comportarse y lo que se esperaba de ella en una recepción de gala, una cena de Estado o un baile de caridad.

Comprendió que no saber qué ponerse ni cómo comportarse en el cumpleaños de su sobrino era una demostración lamentable de su limitada experiencia social.

Se puso un largo collar con cuentas de plata y se lo quitó acto seguido, se maldijo y volvió a ponérselo. Poco vestida o muy vestida, ¿qué más daba? No encajaría en ningún caso. Ella fingiría que sí encajaba, los Quinn fingirían que sí encajaba y todo el mundo respiraría tranquilo cuando se despidiera y se fuera.

Se dijo que no estaría más de dos horas. Podría soportarlo. Todos serían educados y evitarían las escenas desagradables por Seth.

Agarró el cepillo para estirarse el pelo y sujetárselo en la nuca con una pinza antes de mirarse detenidamente en el espejo. Le pareció que daba la sensación de estar segura de sí misma, agradable y nada amenazadora.

Salvo… Quizá el color del jersey fuera demasiado llamativo, quizá fuera mejor uno gris o marrón.

Era insoportable.

La llamada de teléfono le pareció una bendición. Estuvo a punto de abalanzarse sobre él.

—Dígame, soy la doctora Griffin.

—Syb, sigues ahí. Temía que te hubieras marchado.

—Gloria. —Las rodillas le flaquearon y se sentó en el borde de la cama—. ¿Dónde estás?

—Ah, estoy cerca. Eh, siento que el otro día te dejase tirada. Estaba alterada.

Alterada, se dijo Sybill. Era una buena expresión para ciertas situaciones. A juzgar por la velocidad a la que hablaba su hermana, suponía que también estaba alterada en ese momento.

—Me robaste dinero de la cartera.

—Ya te he dicho que estaba alterada, ¿no? Me entró el pánico y necesitaba algo de pasta. Te lo devolveré. ¿Has hablado con esos cabrones de los Quinn?

—He tenido una reunión con la familia Quinn, como prometí. —Sybill abrió la mano que había cerrado en un puño—. Había prometido, Gloria, que las dos nos veríamos con ellos para hablar de Seth.

—Bueno, yo no había prometido nada, ¿no? ¿Qué dijeron? ¿Qué van a hacer?

—Dijeron que trabajas de prostituta, que has maltratado físicamente a Seth, que permitiste que tus clientes intentaran abusar sexualmente de él.

—Mentirosos. Son unos cabrones mentirosos. Sólo quieren humillarme. Ellos…

—Ellos dijeron —continuó Sybill sin alterarse— que acusaste una docena de veces al profesor Quinn de agredirte sexualmente, que insinuaste que Seth era hijo suyo; que lo chantajeaste y que le vendiste a Seth; que él te dio más de ciento cincuenta mil dólares.

—Todo eso es una mierda.

—Todo no, pero una parte sí. Tu parte puede describirse acertadamente como una mierda. El profesor Quinn no te tocó, ni hace doce años ni hace doce meses.

—¿Por qué lo sabes? Por qué coño sabes lo que…

—Mamá me dijo que el profesor Quinn era tu padre.

Se hizo un silencio que sólo se interrumpió con la respiración entrecortada de Gloria.

—Entonces, me lo debía, ¿no? Me lo debía. ¡El catedrático de universidad con su vida triste y aburrida! Me debía mucho. Era culpa suya. Todo era culpa suya. Todos esos años sin darme nada. Acogía toda la basura de la calle, pero a mí no me daba nada.

—No sabía que existías.

—Se lo dije, ¿no? Le dije lo que él había hecho, quién era yo y lo que él iba a hacer al respecto. ¿Qué hizo? Me miró fijamente. Quería hablar con mi madre. No iba a darme un puto dólar hasta que hablara con mi madre.

—Así que fuiste a ver al rector y le dijiste que había abusado sexualmente de ti.

—Le metí el temor de Dios. Maldito hijo de perra.

Sybill pensó que había tenido razón. Al final, resultaba que sus instintos habían acertado cuando entró en la comisaría. Era un error. Aquella mujer era una desconocida.

—Y cuando no funcionó, utilizaste a Seth.

—Los ojos del niño son idénticos a los suyos, cualquiera puede verlo. —Se oyó el ruido de Gloria aspirando de un cigarrillo—. Cambió de rollo en cuanto vio al niño.

—Te dio dinero por Seth.

—No fue bastante. Me lo debía. Escucha, Sybill… —Le tembló la voz con un sollozo—. No sabes lo que es esto. He cuidado sola de ese niño desde que el mamón de Jerry DeLauter se largó. Nadie iba a ayudarme. Nuestra querida madre ni siquiera contestaba a mis llamadas y tampoco lo hacía el capullo tarado con el que se casó y pretendía pasar por mi padre. Podría haberme deshecho del niño en cualquier momento, pero el poco dinero que dan los servicios sociales es despreciable.

Sybill se quedó mirando por las puertas de la terraza.

—¿Siempre resulta ser una cuestión de dinero?

—Es fácil desdeñarlo cuando te sobra —le replicó Gloria—. Nunca has tenido que buscarte la vida, nunca has tenido que preocuparte. La hija perfecta siempre ha tenido de todo. Ahora me toca a mí.

—Yo te habría ayudado, Gloria. Lo intenté hace años cuando llevaste a Seth a Nueva York.

—Ya, ya, la misma cantinela de siempre. Trabaja, rehaz tu vida, límpiate… Mierda, yo no quiero bailar esa canción, ¿lo entiendes? Es mi vida, hermanita, no la tuya.

304

No podías pagarme para que la viviera. Además, es mi hijo, no el tuyo.

—¿Qué día es hoy, Gloria?

—¿Qué? ¿De qué coño hablas?

—Hoy es veintiocho de septiembre. ¿Te dice algo esa fecha?

—¿Qué coño debería decirme? Es un viernes de los cojones.

Y el undécimo cumpleaños de tu hijo, pensó Sybill mientras se levantaba.

—No vas a recuperar a Seth, Gloria, aunque las dos sabemos que tampoco lo querías.

—No puedes…

—Cállate. Deja de enredar. Te conozco. No he querido hacerlo, he preferido fingir que no te conocía, pero te conozco. Si quieres ayuda, sigo dispuesta a pagarte la factura de una clínica de rehabilitación.

—No necesito tu maldita ayuda.

—Muy bien, tú sabrás. No vas a sacar ni un céntimo de los Quinn ni vas a volver a ver a Seth. He declarado ante el abogado de ellos y he formalizado notarialmente mi declaración ante la asistente social de Seth. Les he contado todo y si hace falta, declararé ante un tribunal que el deseo de Seth es quedarse definitivamente con los Quinn y que eso es lo mejor para él. Haré cualquier cosa para que no vuelvas a utilizarlo.

—Puta. —El siseo rebosaba ira, pero también dejaba entrever cierta sorpresa—. ¿Crees que puedes joderme de esta manera? ¿Crees que puedes dejarme a un lado y largarte con esos cabrones? Voy a acabar contigo.

—Puedes intentarlo, pero no vas a conseguirlo. Has hecho tu apuesta y no hay nada más que hablar.

—Eres como ella, ¿verdad? —Gloria escupió las palabras como si fueran balas—. Eres como el coño frío de nuestra madre. La perfecta princesa de la sociedad, pero por debajo sólo eres una puta.

Quizá lo fuera, se dijo Sybill con aire cansado, quizá tuviera que serlo.

—Chantajeaste a Raymond Quinn, que no te había hecho nada. Funcionó. Al menos funcionó para que te pagara. No funcionará con sus hijos, Gloria, y tampoco funcionará conmigo. Ya no.

—¿No? A ver qué te parece esto. Quiero cien mil, cien mil, o voy a hablar con la prensa. *National Enquirer, Hard Copy*. Ya veremos cómo se vende tu repugnante libro cuando les cuente mi historia.

—Es posible que las ventas aumenten un veinte por ciento —dijo Sybill tranquilamente—. No vas a chantajearme, Gloria. Haz lo que quieras. Tienes una acusación penal en Maryland y una orden de alejamiento de Seth. Los Quinn tienen pruebas. Las he visto. —Sybill se acordó de las cartas de Gloria—. Podrían acusarte también de extorsión y maltrato infantil. Si yo fuera tú, intentaría no salir muy mal parada.

Colgó en medio de una ristra de obscenidades, cerró los ojos y metió la cabeza entre las rodillas. Sentía una náusea pringosa en el estómago y la migraña se acercaba amenazadoramente. No podía dejar de temblar. Había contenido los temblores durante la conversación, pero ya no podía detenerlos.

Se quedó así hasta que pudo volver a dominar la respiración, hasta que pasó la amenaza del vómito. Luego se levantó, tomó una pastilla contra la migraña y se dio un poco de color en las mejillas. Agarró el bolso, los regalos de Seth, una chaqueta y salió.

El día había sido interminable. ¿Qué tío podía pasar horas y horas en el colegio el día de su cumpleaños? Tenía once añazos. Iba a cenar pizza, patatas fritas, tarta de chocolate y helado, y seguramente le harían regalos.

En realidad, nunca le habían hecho un regalo de cumpleaños. Al menos, él no lo recordaba. Seguramente le regalarían ropa y esas cosas prácticas, pero serían regalos.

Si aparecía alguien.

—¿Por qué tardan tanto? —Volvió a preguntar Seth.

Anna, dispuesta a ser paciente, siguió cortando patatas para las patatas fritas que Seth había pedido como parte del menú de cumpleaños.

—Estarán viniendo.

—Son casi las seis. ¿Por qué he tenido que venir a casa después del colegio en vez de ir al astillero?

—Porque sí. —Anna no dio más explicaciones—. Deja de meter el dedo en todo —añadió al ver que Seth volvía a abrir la puerta de la nevera—. Pronto vas a ponerte morado.

—Me muero de hambre.

—Estoy haciendo las patatas fritas, ¿no?

—Creía que iba a hacerlas Grace.

Anna le clavó una mirada implacable por encima del hombro.

—¿Insinúas que yo no sé hacer patatas fritas?

Estaba tan aburrido e inquieto que ni siquiera disfrutó por haberla ofendido en su vanidad.

—Bueno, ella hace unas buenísimas.

—Ah. —Anna se dio la vuelta—. ¿Y yo no?

—No están mal. En cualquier caso, tenemos la pizza. —Estuvo a punto de sacarla, pero soltó una carcajada.

—Gamberro.

Anna se abalanzó hacia él entre risas, pero Seth se escabulló dando gritos.

—Llaman a la puerta. ¡Yo abriré!

Salió corriendo y Anna se quedó mirándolo con una sonrisa en los labios.

Sin embargo, la risa se desvaneció de los ojos de Seth cuando abrió la puerta de par en par y se encontró a Sybill en el porche.

—Ah, hola.

A ella se le cayó el alma a los pies, pero sonrió lo más educadamente que pudo.

—Feliz cumpleaños.

—Gracias… —La miró con un poco de recelo y se apartó de la puerta.

—Gracias por invitarme. —Sacó las dos bolsas de regalos—. ¿Puedes recibir ya los regalos?

—Claro, supongo. —Los ojos se le salían de las órbitas—. ¿Todo eso?

Ella estuvo a punto de suspirar. Le recordó mucho a Phillip.

—Es un lote.

—Mola. ¡Eh, ésa es Grace!

Con las bolsas a cuestas, pasó como pudo junto a Sybill.

La alegría que reflejaba su voz y la sonrisa de felicidad contrastaban mucho con la expresión que había puesto al verla a ella. A Sybill se le hizo añicos el alma, que ya tenía en los pies.

—¡Hola, Grace! ¡Hola, Aubrey! Voy a decirle a Anna que ya habéis llegado.

Volvió a entrar en la casa como una flecha y dejó a Sybill junto a la puerta abierta y sin saber qué hacer. Grace salió del coche y sonrió.

—Parece emocionado.

—Sí, bueno…

Vio que Grace abría el maletero y dejaba una bolsa y un recipiente de plástico con una tarta. Luego fue a desatar a la balbuceante Aubrey de su silla.

—¿Te echo una mano?

—Y las dos… Un minuto, cariño. Si no dejas de revolverte… —Volvió a sonreír a Sybill por encima del hombro mientras ésta se acercaba—. Lleva todo el día muy nerviosa. Seth es su favorito.

—¡Seth! Cumpleaños. Hemos hecho una tarta.

—Claro que sí. —Grace consiguió sacar a Aubrey y se la pasó a una atónita Sybill—. ¿Te importa? Se ha empeñado en ponerse este vestido, pero la carrera de aquí a la casa lo dejará hecho un asco.

—Ah, bueno…

Sybill se encontró mirando a una cara angelical y resplandeciente y sujetando un cuerpecito robusto con un vestido rosa con chorreras.

—Vamos a una fiesta —le dijo Aubrey con las dos manos en las mejillas de Sybill para que le prestara atención—. Yo haré una fiesta cuando cumpla tres años. Puedes venir.

—Gracias.

—Hueles muy bien. Yo también.

—Desde luego que hueles muy bien.

Sybill no podía mantener la rigidez inicial ante esa sonrisa encantadora. El jeep de Phillip se paró detrás del coche de Grace, y Sybill recuperó toda la rigidez cuando Cam se bajó por la puerta del acompañante y le dirigió una mirada gélida y de advertencia.

Aubrey soltó un alarido de saludo.

—¡Hola! ¡Hola!

—Hola, preciosidad. —Cam se acercó, besó ligeramente los labios que Aubrey había entrecerrado cómicamente y miró a Sybill con aquellos ojos pétreos—. Hola, doctora Griffin.

—Sybill. —Phillip, que había notado claramente la frialdad del saludo, se acercó, le puso una mano en el hombro como gesto de apoyo, y se inclinó para recibir el beso que le ofrecía Aubrey—. Hola, cariño.

—Tengo vestido nuevo.

—Estás impresionante.

Como habría hecho cualquier otra mujer, Aubrey abandonó a Sybill sin mirarla y pasó a los brazos de Phillip.

—¿Llevas mucho tiempo aquí? —le preguntó Phillip a Sybill.

—No, acabo de llegar. —Vio que Cam entraba en la casa con tres cajas de cartón con pizzas—. Phillip, no quiero causar ninguna...

—Vamos dentro. —La tomó de la mano y tiró de ella—. Tenemos que hacer esta fiesta. ¿Verdad, Aubrey?

—Seth tiene regalos. Son un secreto —susurró Aubrey mientras se inclinaba junto a Phillip—. ¿Qué son?

—Mmm. No puedo decírtelo. —La dejó en el suelo en cuanto entraron en la casa y le dio un pequeño azote en el trasero. Ella salió corriendo hacia la cocina mientras llamaba a Seth—. Se chivaría.

Sybill, dispuesta a que todo fuera bien, puso la mejor de sus sonrisas.

—Yo no.

—Tú puedes esperar. Voy a darme una ducha rápida antes de que Cam se me adelante y acabe con toda el agua caliente. —Le dio un beso fugaz de forma distraída—. Anna te dará algo de beber —añadió mientras subía las escaleras.

—Estupendo.

Sybill resopló y se dispuso a enfrentarse sola a los Quinn.

La cocina era un jaleo. Aubrey chillaba y Seth no paraba de hablar como una ametralladora. Las patatas se freían y Grace estaba a los mandos de los fogones porque Cam había acorralado a Anna contra la nevera y la miraba con ojos rebosantes de lujuria.

—Ya sabes cómo me pongo cuando te veo con delantal.

—Ya sé cómo te pones cuando me ves respirar. —Esperaba que siempre fuera así, pero entrecerró los ojos—. Quita esas manos, Quinn. Estoy ocupada.

—Has estado encadenada a unos fogones. Deberías darte una ducha… conmigo.

—No pienso… —Notó un movimiento por el rabillo del ojo—. Hola, Sybill. —Con un movimiento que a

311

Sybill le pareció muy efectivo y que dominaba perfectamente, Anna se zafó y clavó el codo en el estómago de su marido—. ¿Qué quieres beber?

—Ah... el café huele muy bien, gracias.

—Yo tomaré una cerveza —dijo Cam sacando una de la nevera— e iré a asearme.

Cam volvió a dirigir la misma mirada hacia Sybill y salió de la cocina.

—Seth, no te acerques a las bolsas —le ordenó Anna mientras sacaba una taza—. Todavía no hay regalos.

Había decidido que no abriera los regalos de Sybill hasta después de la cena. Pensaba que su tía buscaría cualquier excusa para salir corriendo cuando hubiera terminado ese ritual.

—¡Jo! ¿Es mi cumpleaños o no?

—Sí, si sobrevives. ¿Por qué no te llevas a Aubrey a la otra habitación? Juega un rato con ella. Comeremos en cuanto llegue Ethan.

—¿Y dónde se ha metido?

Seth salió entre gruñidos con Aubrey pegada a sus talones y no se dio cuenta de la sonrisa que intercambiaron Grace y Anna.

—Eso también vale para tus perros.

Anna dio un golpecito a *Tonto* con la punta del pie y señaló con el dedo. Los dos perros se fueron de la cocina entre suspiros caninos.

—Paz. —Anna cerró los ojos para disfrutarla—. Un momento de paz.

—¿Puedo ayudar? —preguntó Sybill.

Anna sacudió la cabeza y le pasó la taza de café.

—Creo que todo está controlado. Ethan tiene que estar a punto de llegar con la gran sorpresa. —Se acercó a la ventana y miró hacia la oscuridad, que cada vez era mayor—. Espero que hayas venido con apetito de adolescente. El menú de hoy consiste en pizza de pimiento y salchicha, patatas fritas, helado de frutas, nueces y caramelo quemado y la impresionante tarta de chocolate de Grace.

—Acabaremos todos en el hospital —comentó Sybill antes de pensarlo siquiera.

Aunque parpadeó, Anna se rió.

—Los que vamos a morir te saludan. Vaya, vaya, ahí está Ethan. —Bajó la voz hasta el susurro. Grace dejó caer de golpe la cuchara—. ¿Te has quemado?

—No, no. —Grace se apartó con una risa contenida—. No, yo voy... voy a ayudar a Ethan.

—Muy bien, pero... mmm. —Grace pasó a toda velocidad a su lado—. ¿Nerviosa? —murmuró Anna antes de encender las luces de fuera—. Todavía no ha oscurecido del todo, pero lo habrá hecho cuando hayamos terminado. —Sacó las últimas patatas fritas y apagó el fuego—. Es precioso, ¿no te parece?

Sybill fue a la ventana junto a Anna. Vio a Grace en el embarcadero iluminada por los últimos rayos del atardecer y a Ethan que se acercaba a ella.

—¡Es un barco! —dijo Sybill—. Un barquito de vela.

—Es un tres metros. Lo llaman un Pram. —La sonrisa de Anna casi no le cabía en la cara—. Lo han construido los tres en la otra casa de Ethan, la que alquila. Los inquilinos les han dejado usar el cobertizo para que Seth no se enterara de nada.

313

—¿Se lo han construido?

—En los ratos que iban sacando. Le va a encantar. Bueno, ¿y qué es eso?

—¿Qué?

—Eso. —Anna miró fijamente por la ventana. Vio que Grace hablaba con las manos entrelazadas y que Ethan la miraba atentamente. Luego, él bajó la cabeza hasta la de ella—. Espero que no... —Se calló al ver que Ethan la abrazaba, escondía la cara entre el pelo de ella y ella le rodeaba el cuello con los brazos—. Mmm. —A Anna se le empañaron los ojos—. Debe de estar... ¡está embarazada! Acaba de decírselo. Lo sé. ¡Mira! —Agarró del brazo a Sybill mientras Ethan, entre risas, tomaba en brazos a Grace—. Es precioso.

Los dos estaban abrazados y formaban una sola silueta.

—Sí, sí que lo es.

—Mírame. —Anna, que se reía de sí misma, arrancó un trozo de toalla de papel y se sonó la nariz—. Estoy hecha un desastre. Esto va a afectarme, lo sé. Voy a querer uno. —Volvió a sonarse la nariz y suspiró—. Estaba segura de que podría esperar un años o dos, pero ahora ya no podré esperar tanto tiempo. Me puedo imaginar a Cam cuando... —Se detuvo—. Perdona —dijo con una risa deslavazada.

—No pasa nada. Es precioso que estés contenta por ellos. Que estés tan contenta por ti misma. Ésta es una verdadera reunión familiar, sobre todo ahora. Anna, debería irme.

—No seas cobarde —le dijo Anna señalándola con un dedo—. Has venido y tendrás que aguantar esta pesadilla de ruido e indigestión como todos nosotros.

—Yo creo…

Sybill se calló cuando se abrió la puerta y entró Ethan con Grace en brazos. Los dos sonreían de oreja a oreja.

—Anna, estamos esperando un hijo —dijo Ethan con la voz entrecortada.

—¿Crees que estoy ciega? —Apartó a Ethan para darle un beso a Grace—. He estado con la nariz pegada a la ventana. ¡Enhorabuena! —Los abrazó—. Estoy tan feliz.

—Tienes que ser la madrina. —Ethan le dio un beso—. No habríamos llegado hasta aquí si no llega a ser por ti.

—Ya está hecho. —Anna rompió a llorar cuando entraba Phillip.

—¿Qué pasa? ¿Por qué llora Anna? Dios mío, Ethan, ¿qué le ha pasado a Grace?

—Nada, estoy bien. Estoy fantásticamente. Estoy embarazada.

—¿En serio? —Se la arrebató a Ethan para besarla generosamente.

—¿Qué es todo este barullo? —preguntó Cam.

Phillip, con Grace todavía en brazos, le sonrió.

—Vamos a tener un bebé.

—¿No me digas? —Cam arqueó las cejas—. ¿Qué opina Ethan?

Phillip se rió mientras dejaba a Grace en el suelo con mucho cuidado.

—¿Te sientes bien? —le pregunto Cam a Grace.

—Maravillosamente.

—Tienes un aspecto maravilloso. —Cam la abrazó y le frotó la barbilla en la coronilla. Sybill se quedó sorprendida por la ternura de los gestos—. Buena jugada, hermano —murmuró Cam a Ethan.

—Gracias. ¿Podéis devolverme a mi mujer?

—Casi he terminado. —Cam sujetó a Grace con los brazos completamente extendidos—. Si no os cuida bien a ti y al pequeño Quinn que llevas dentro, le partiré el alma.

—¿Vamos a comer alguna vez? —preguntó Seth antes de quedarse parado en el umbral de la puerta—. ¿Por qué lloran Anna y Grace? —Miró a todos, incluida Sybill, con ojos acusadores—. ¿Qué ha pasado?

—Estamos felices. —Grace sollozó y aceptó el pañuelo de papel que sacó Sybill de su bolso—. Voy a tener un hijo.

—¿De verdad? Es guay. ¿Lo sabe Aubrey?

—No, Ethan y yo se lo diremos más adelante. Pero ahora voy a por ella porque hay una cosa que tienes que ver. Fuera.

—¿Fuera?

Seth fue hacia la puerta, pero Phillip se interpuso en su camino.

—Todavía no.

—¿Qué pasa? Quítate. Déjame ver qué hay fuera.

—Deberíamos vendarle los ojos —propuso Phillip.

—Deberíamos amordazarlo —fue la propuesta de Cam.

Ethan se hizo cargo de la situación y se montó a Seth en los hombros. Cuando Grace entró con Aubrey, Ethan guiñó un ojo y fue hacia la puerta con Seth, que no dejaba de menearse.

—¡No iréis a tirarme otra vez! —La voz de Seth sonaba cargada de placer y cierto espanto—. Vamos, tíos, el agua está muy fría.

—Canijo —se burló Cam cuando Seth levantó la cara desde las espaldas de Ethan.

—Si lo intentáis —avisó Seth con un brillo de felicidad y desafío en los ojos—, me llevaré a alguno de vosotros conmigo.

—Ya, ya, eso dices. —Phillip empujó la cara de Seth hacia abajo—. ¿Preparados? —preguntó cuando todos se colocaron en el borde del agua—. Muy bien. Adelante, Ethan.

—Tío, el agua está helada. —Seth estaba preparado para dar un grito cuando Ethan lo dejó en el suelo y le dio la vuelta para que viera el barquito de madera con velas azules que flameaban a la brisa del atardecer—. ¿Qué…? ¿De dónde ha salido eso?

—Del sudor de nuestras frentes —respondió irónicamente Phillip mientras Seth miraba boquiabierto el barco.

—Es… ¿Quién va a comprarlo?

—No está en venta —respondió Cam lacónicamente

—Es… es… —Pensó que no podía ser mientras el corazón se le salía del pecho por la emoción, la esperanza y la sorpresa. Aunque dominaba la sorpresa. Durante el año anterior había aprendido a tener esperanza—. ¿Es mío?

—Eres el único que cumple años —le recordó Cam—. ¿Quieres verlo más de cerca?

—¿Es mío? —lo susurró con tanta emoción y placer que a Sybill se le empañaron los ojos—. ¿Mío? —explotó mientras se daba la vuelta. Esa vez a Sybill se le hizo un nudo en la garganta por la felicidad y alegría de Seth—. ¿Para mí?

—Eres un buen navegante —le dijo Ethan tranquilamente—. Él es un barquito muy marinero. Es estable, pero se mueve.

—¿Lo habéis construido para mí? —Miró a Ethan, a Cam y a Phillip—. ¿Para mí?

—¡Qué va!, lo hemos construido para otro mocoso. —Cam le dio un sopapo en el costado de la cabeza—. ¿Tú que crees? Échale una ojeada.

—Voy. —La voz le tembló mientras se daba la vuelta—. ¿Puedo montarme? ¿Puedo sentarme?

—Por el amor de Dios, es tuyo, ¿no? —Cam, con la voz ronca por la emoción, agarró a Seth de la mano y lo llevó al embarcadero.

—Creo que esto es una cosa de hombres —susurró Anna—. Vamos a darles unos minutos para que se les pase la emoción.

—Lo quieren mucho. —Sybill se quedó mirando un instante mientras los cuatro hombres organizaban un jaleo en el barquito de madera—. Creo que no me había dado cuenta de verdad hasta este momento.

—Él también los quiere mucho.

Grace apoyó la mejilla en la de Aubrey.

Había algo más, pensó Sybill más tarde mientras picaba la comida en la ruidosa cocina. Había sido la impresión en la cara de Seth. La incredulidad absoluta de que alguien le quisiera, que le quisiera lo bastante como para entender el deseo de su corazón y que, al entenderlo, hiciera lo posible por dárselo.

La pauta de su vida se había roto, modificado y reformado antes de que ella apareciera. Ya estaba establecido cómo tenía que ser.

Ella no era parte de aquello. No podía quedarse. No podía soportarlo.

—De verdad, tendría que irme —dijo Sybill con una sonrisa muy educada—. Os agradezco…

—Seth no ha abierto tu regalo todavía —la interrumpió Anna—. ¿Por qué no le dejas que lo abra y luego tomamos un poco de tarta?

—¡Tarta! —Aubrey golpeó la trona con las manos—. Soplar las velas y pedir un deseo.

—Enseguida —le dijo Grace—. Seth, acompaña a Sybill a la sala para abrir el regalo.

—Claro.

Esperó a que Sybill se levantara y se puso en marcha con un movimiento de hombro.

—Lo he comprado en Baltimore —dijo Sybill, que se sentía incomodísima—. Si no te gusta, Phillip podría cambiarlo.

—Vale.

Seth sacó una caja de la primera bolsa, se sentó en el suelo con las piernas cruzadas y, en cuestión de segundos, hizo trizas el papel que a ella le había costado un siglo elegir.

—Podías haber usado papel de periódico —le dijo Phillip mientras la llevaba a una butaca entre risas.

—Es una caja —dijo Seth desconcertado.

Sybill se quedó chafada por la falta de interés del tono.

—Sí, bueno... Tengo la factura. Puedes devolverlo y llevarte lo que quieras.

—Sí, vale. —Seth captó la mirada inflexible de Phillip e hizo un esfuerzo—. Es una caja muy bonita. —Iba a poner los ojos en blanco cuando descuidadamente abrió el cierre de latón y levantó la tapa—. ¡Copón bendito!

—Por Dios, Seth —farfulló Cam mientras miraba por encima de su hombro y Anna entraba de la cocina.

—Tío, ¿has visto todo esto? Tiene... de todo. Carboncillo, pastel, lápices... —Miró a Sybill con ese titubeo fruto de la impresión—. ¿Puedo quedármelo todo?

—Va en un lote. —Sybill jugueteó con las cuentas de plata del collar—. Dibujas tan bien que pensé... que podías probar otras técnicas. La otra caja tiene más cosas.

—¿Más?

—Acuarelas y pinceles. Algo de papel. Ah... —Se sentó en el suelo mientras Seth desenvolvía la segunda caja—. Puedes decidir si te gusta el acrílico o la tinta, pero a mí me gustan las acuarelas y he pensado que podías probar qué tal se te daba.

—No sé cómo se pinta.

—Bueno, es bastante sencillo.

Sybill agarró uno de los pinceles y empezó a explicarle la técnica más elemental. Mientras hablaba, se olvidó de los nervios y le sonrió.

La luz de la lámpara le iluminó una parte de la cara y captó algo en sus ojos que se removió en un rincón de la memoria de Seth.

—¿Tenías un cuadro en la pared? ¿Unas flores blancas en un florero azul?

A ella se le crispó la mano alrededor del pincel.

—Sí, en mi dormitorio, en Nueva York. Era una de mis acuarelas. No era muy buena.

—Y tenías frascos de colores en una mesa. Muchos frascos de distintos tamaños.

—Frascos de perfume. —Se le hizo otro nudo en la garganta y tuvo que aclarársela—. Los coleccionaba.

—Me dejaste que durmiera en tu cama contigo. —Seth entrecerró los ojos como si rebuscara en sus recuerdos. Olores delicados, voces delicadas, colores, formas—. Me contaste un cuento de una rana y un príncipe.

Ella vio en su cabeza la imagen de un niño que se acurrucaba contra ella, la lámpara de la mesilla alejaba la oscuridad de ellos, la miraba con aquellos ojos azules e intensos y ella le calmaba sus temores con un cuento de magia y felicidad para siempre.

—Tenías… Cuando viniste de visita, tenías pesadillas. Eras un niño pequeño.

—Tenía un cachorrillo. Me compraste un cachorrillo.

—Era de peluche, no era de verdad. —Se le nublaba la vista, el nudo de la garganta crecía y el corazón se le hacía migas—. Tú…, tú no tenías juguetes. Cuando lo llevé a casa, me preguntaste de quién era y te dije que era tuyo. Así lo llamaste: *Tuyo*. Ella no se lo llevó cuando… Tengo que irme. —Se levantó de un salto—. Lo siento, tengo que irme.

Salió disparada.

17

Fue hasta el coche y tiró de la manivela hasta que se dio cuenta de que había cerrado con llave. Lo cual era una estupidez, un reflejo urbano que tenía tan poco sentido como ella en ese precioso pueblo.

Luego se dio cuenta de que había salido corriendo sin el bolso, la chaqueta y las llaves, y de que prefería irse andando al hotel antes que volver a entrar en la casa y encontrarse con los Quinn, después de haberse portado de una forma tan grosera y excesivamente sentimental.

Se dio la vuelta al oír pasos y no supo si sentirse aliviada o avergonzada al ver a Phillip, que se acercaba. No sabía lo que era ella, ni qué era aquello que le bullía en su interior, que le abrasaba y le inflamaba el corazón y la garganta. Sólo sabía que tenía que escapar de ello.

—Lo siento, ya sé que he sido una grosera. Tengo que irme, de verdad. —Las palabras se precipitaban y se amontonaban unas encima de las otras—. ¿Te importaría traerme el bolso? Lo necesito. Tengo las llaves dentro. Espero no haber estropeado…

Fuera lo que fuese lo que bullía en ella, cada vez era más intenso y la asfixiaba.

—Tengo que irme.

—Estás temblando —dijo él amablemente, y extendió los brazos, pero ella se apartó bruscamente.

—Hace frío y me he olvidado la chaqueta.

—No hace tanto frío, Sybill. Ven conmigo.

—No, quiero irme. Me duele la cabeza. Yo... no, no me toques.

Phillip, sin hacerle caso, la estrechó firmemente contra él.

—No pasa nada, cariño.

—Sí, sí que pasa. —Quería gritarlo. ¿Estaba ciego? ¿Era tonto?—. No debería haber venido. Tu hermano me odia. Seth tiene miedo de mí. Tú... tú... yo...

Le dolía. La presión en el pecho era una tortura y cada vez era mayor.

—Déjame que me vaya. Yo no soy de esta casa.

—Sí, sí lo eres.

Él lo había visto, había visto la conexión cuando Seth y ella se miraron el uno al otro. Los ojos de ella de un azul muy claro y los de él muy brillantes. Sólo le faltó oír el chasquido de la conexión.

—Nadie te odia y nadie tiene miedo de ti. Suéltalo. —Posó la boca en su sien y habría jurado que sintió el zumbido del dolor—. ¿Por qué no lo sueltas?

—No voy a hacer ninguna escena, si me traes el bolso, me iré.

Ella estaba rígida como el mármol entre sus brazos, pero el mármol estaba quebrándose y se desmoronaba con la presión. Si no se desahogaba, explotaría. Tendría que ayudarla.

—Él te ha recordado. Se ha acordado de que le querías.

En medio de la espantosa presión había un puñal que le atravesaba el corazón.

—No puedo soportarlo. —Se aferró a los hombros de Phillip—. Ella se lo llevó. Se lo llevó y me destrozó el corazón.

Sollozaba con los brazos alrededor de su cuello.

—Lo sé. Sé que lo hizo —susurró mientras la tomaba en brazos, se sentaba en la hierba y la acunaba contra él.

La abrazó y las lágrimas ardientes y desesperadas de ella le empaparon la camisa. ¿Frío? Se preguntó al sentir el dolor que la abrasaba como un río de lava. En ella no había nada de frío, sólo el miedo al sufrimiento.

No le dijo que parara aunque los sollozos eran tan violentos que parecía como si fueran a partirla en dos. No le ofreció soluciones, promesas ni consuelo. Conocía el valor del desahogo. La abrazó, la acarició y la acunó mientras ella soltaba todo su dolor.

Cuando Anna salió al porche, Phillip le hizo un gesto con la cabeza sin dejar de acariciarla y siguió acunándola mientras la puerta volvía a cerrarse y se quedaban solos.

Cuando no le quedaron lágrimas, notó que la cabeza le ardía y que tenía la garganta y el estómago en carne viva. Débil y desorientada, se quedó exangüe en sus brazos.

—Lo siento.

—No lo sientas. Lo necesitabas. Creo que no había conocido a nadie que necesitara tanto una buena llantina.

—No soluciona nada.

—Sabes muy bien que sí. —Se levantó, la ayudó a levantarse y la llevó hasta el jeep—. Móntate.

—No, tengo que…

—Móntate —repitió con cierta impaciencia—. Te traeré el bolso y la chaqueta. —La ayudó a subir al asiento del pasajero—. Pero no vas a conducir. —La miró a los ojos cansados y cargados y añadió—: Y tampoco vas a quedarte sola esta noche.

Ella no tenía fuerzas para discutir. Se sentía vacía y sin consistencia. Si la llevaba al hotel, podría dormir. Se tomaría una pastilla si la necesitaba y se desentendería de todo. No quería pensar. Si volvía a pensar, podría volver a sentir. Si volvía a sentir, si volvía ese torrente de sentimientos, se ahogaría en él.

La expresión de Phillip era inflexible cuando salió de la casa con sus cosas y Sybill aceptó su cobardía y cerró los ojos.

Él no dijo nada, se montó a su lado y puso el motor en marcha. Ella tampoco dijo nada cuando él entró en el vestíbulo del hotel con ella y buscó la llave de la habitación en su bolso. Volvió a tomarla de la mano y la llevó a su dormitorio.

—Desvístete —le ordenó—. No voy a abalanzarme sobre ti, ¿por quién me tomas? —añadió al ver que ella abría de par en par los ojos irritados.

No sabía de dónde le había salido ese genio. Quizá fuera de verla en ese estado, de verla tan profundamente destrozada e indefensa. Él se dio la vuelta y fue al cuarto de baño.

Al cabo de unos segundos, Sybill oyó el agua que golpeaba contra la bañera. Phillip salió con un vaso de agua y una aspirina.

—Tómatela. Si tú no te cuidas, alguien tendrá que hacerlo por ti.

El agua le supo a gloria para su abrasada garganta, pero él le quitó el vaso y lo dejó a un lado antes de que ella pudiera agradecérselo. Sybill se inclinó un poco y parpadeó cuando él le quitó el jersey por encima de la cabeza.

—Vas a darte un baño caliente y a relajarte.

Él la desnudaba como a una muñeca y ella estaba demasiado estupefacta como para discutir. Phillip dejó la ropa a un lado y ella se estremeció un poco, pero no dijo nada. Sólo lo miró fijamente cuando la tomó en brazos, la llevó al cuarto de baño y la metió en la bañera.

La bañera estaba llena y el agua mucho más caliente de lo que ella consideraba saludable. No le dio tiempo a encontrar las palabras para decírselo.

—Reclínate y cierra los ojos. ¡Hazlo!

Lo dijo con una fuerza tan inesperada que ella obedeció. Mantuvo los ojos cerrados incluso cuando oyó que él salía y cerraba la puerta.

Se quedó así durante veinte minutos y estuvo a punto de dar un par de cabezadas. No se durmió por el miedo a ahogarse y salió tambaleándose de la bañera por la incordiante idea de que él volviera, la sacara de la bañera y la secara.

Por otro lado, quizá se hubiera ido. Quizá se hubiera cansado de su arrebato y la hubiera dejado sola. ¿Quién iba a reprochárselo?

Sin embargo, cuando ella entró en su dormitorio, lo vio mirando la bahía junto a la puerta de la terraza.

—Gracias. —Sabía que era incómodo para los dos e hizo un esfuerzo cuando él se volvió para mirarla—. Lo siento…

—Si vuelves a disculparte, Sybill, vas a cabrearme. —Fue hacia ella y le puso las manos en los hombros. Levantó las cejas cuando ella dio un respingo—. Mejor —decidió él mientras le pasaba las manos por el cuello y los hombros—, pero no perfecto. Túmbate.

Phillip suspiró y la arrastró hacia la cama.

—No voy a acostarme contigo. Tengo cierto dominio de mí mismo y puedo sacarlo a relucir cuando me encuentro con una mujer agotada física y psíquicamente. Boca abajo. Vamos.

Se tumbó en la cama y no pudo contener un gemido cuando notó sus dedos sobre los omóplatos.

—Eres psicóloga —le recordó él—. ¿Qué pasa con alguien que reprime sus sentimientos constantemente?

—¿Física o emocionalmente?

Él se rió un poco, se sentó a horcajadas sobre ella y se puso a trabajar en serio.

—Yo le diré lo que pasa, doctora. Le dan dolores de cabeza, acidez y dolores de estómago. Cuando el dique de contención se rompe, todo se desborda con tanta fuerza y tan rápidamente que tiene que vomitar.

Le bajó el albornoz por los hombros y le masajeó los músculos.

—Estás enfadado conmigo.

—No, no lo estoy, Sybill. Cuéntame la vez que Seth se quedó contigo.

—Fue hace mucho tiempo.

—Él tenía cuatro años —empezó Phillip, que se concentró en el músculo que acababa de tensarse—. Estabas en Nueva York. ¿En la misma casa que ahora?

—Sí. Central Park West. Es una zona tranquila y segura.

Selecta, se dijo Phillip. Nada del East Village tan de moda.

—¿Un par de dormitorios?

—Sí, uso uno como despacho.

Casi podía verlo: ordenado, organizado, atractivo…

—Supongo que es donde durmió Seth.

—No, lo usó Gloria. Pusimos a Seth en el sofá del salón. Era un niño pequeño.

—¿Ellos aparecieron de repente en la puerta de tu casa?

—Más o menos. Hacía años que no la veía. Sabía que Seth existía. Me llamó cuando la abandonó el hombre con el que se había casado. Yo le mandaba dinero cada dos por tres. No quería que fuera a mi casa. Nunca le dije que no podía hacerlo, pero no quería. Es tan… perturbadora, tan complicada.

—Pero fue.

—Sí. Una tarde volví de una conferencia y ella estaba en la puerta del edificio. Estaba furiosa porque el portero no la dejaba entrar y subir a mi piso. Seth lloraba y ella gritaba. Era… —Sybill suspiró—. Lo típico, supongo.

—Pero tú sí la dejaste entrar.

—No podía echarla. Sólo tenía un niño pequeño y una mochila. Me suplicó que les dejara quedarse un tiempo. Dijo que había estado haciendo autostop y que estaba arruinada. Empezó a llorar y Seth se arrastró hasta el sofá y se durmió. Tenía que estar agotado.

—¿Cuánto tiempo se quedaron?

—Unas semanas. —La mente empezó a moverse entre el pasado y el presente—. Iba a ayudarla a conseguir un trabajo, pero dijo que antes necesitaba descansar. Dijo que había estado enferma, y luego que un camionero la había violado en Oklahoma. Sabía que era mentira, pero...

—Era tu hermana.

—No, no —dijo con aire cansado—. Si hubiera sido sincera, me habría reconocido que eso no me importaba desde hacía años. Pero Seth era... Casi no hablaba. No sabía nada de niños, pero consulté un libro y decía que tenía que hablar mucho más.

Phillip estuvo a punto de sonreír. Era muy fácil imaginársela eligiendo el libro adecuado, estudiándolo e intentando poner todo en orden.

—Era como un pequeño fantasma —susurró Sybill—. Como una sombra en el piso. Cuando Gloria salía durante algún tiempo y me lo dejaba, él andaba a gatas un poco. La primera noche que ella no volvió hasta el día siguiente, Seth tuvo pesadillas.

—Y tú dejaste que durmiera contigo y le contaste un cuento.

—El de la rana que se convertía en príncipe. Mi niñera me lo contaba. Le gustaban los cuentos de hadas. Él tenía miedo a la oscuridad. Yo también tuve miedo a la oscuridad. —Tenía la voz espesa y lenta por el cansancio—. A mí me habría gustado dormir con mis padres cuando tenía miedo, pero no me dejaban. Sin embargo, pensé que a él no le vendría mal.

—No. —Podía imaginarse una niña de pelo oscuro y ojos claros que temblaba en la oscuridad—. No habría pasado nada.

—Le gustaba mirar mis frascos de perfume. Le gustaban las formas y los colores. Le compré unos lápices de pastel. Siempre le gustó dibujar.

—Le regalaste un perro de peluche.

—Le gustaba mirar a los perros que paseaban por el parque. Fue muy cariñoso cuando se lo regalé. Iba a todas partes con él y también dormía con él.

—Te enamoraste de él.

—Le quise muchísimo. No sé cómo pudo pasar, sólo fueron unas semanas.

—El tiempo no siempre tiene algo que ver. —Le apartó el pelo de la cara para poder verle el perfil; la curva de la mejilla y el arco de la frente—. No siempre tiene importancia.

—No me importó que se llevara mis cosas. No me importó que me robara cuando se fue. Ni siquiera me dejó que me despidiera de él. Se lo llevó y dejó el perro de peluche porque sabía que me dolería. Sabía que por las noches pensaría en que Seth estaría llorando por el perrito. Tuve que dejarlo. Tuve que dejar de pensar en eso. Tuve que dejar de pensar en él.

—Ya está. Todo eso ya ha terminado. —La acarició con delicadeza y la abrazó para que se durmiera—. Nunca volverá a hacer nada a Seth, ni a ti.

—Fui estúpida.

—No, no lo fuiste. —Le acarició el cuello y los hombros, notó que el cuerpo se levantaba y volvía a caer con un suspiro prolongado—. Duérmete.

—No te vayas.

—No me iré. —Frunció el ceño al notar la fragilidad de la nuca bajo sus dedos—. No voy a irme a ninguna parte.

Le pasó las manos por los brazos y la espalda y se dio cuenta de que ése era el problema precisamente: quería quedarse con ella, estar con ella. Quería verla dormir como estaba durmiendo en ese momento, profunda y tranquilamente. Quería ser él quien la abrazara cuando lloraba, porque no creía que llorara muy a menudo ni que tuviera a nadie que la abrazara cuando lo hiciera.

Quería ver la risa en aquellos ojos como lagos y en sus labios delicados y adorables. Podía pasar horas oyendo los cambios de tono de su voz, del tono guasón al estirado y del formal al ardiente.

Le gustaba su aspecto por la mañana, ese gesto de leve sorpresa al verlo junto a ella, y su aspecto por la noche, cuando el placer y la pasión se reflejaban en su cara.

Ella no tenía ni idea de lo expresivo que era su rostro, se dijo mientras bajaba las sábanas y movía a Sybill para poder taparla entera. Era muy sutil, como su aroma. Un hombre tenía que acercarse mucho para entenderlo, pero él se había acercado mucho sin que ninguno de los dos se diera cuenta, y había visto cómo observaba ella a su familia, con melancolía, con anhelo.

Siempre se mantenía a cierta distancia, siempre era una observadora.

También había visto cómo observaba a Seth; con amor y añoranza, y a cierta distancia.

¿Para no interferir? ¿Para protegerse? Le pareció que era una mezcla de las dos cosas. No sabía exactamente lo que pasaba por su cabeza ni por su corazón, pero estaba decidido a descubrirlo.

—Creo que es posible que me haya enamorado de ti, Sybill —dijo en voz baja mientras se tumbaba a su lado—. Y eso nos complica las cosas a los dos.

Sybill se despertó en la oscuridad y por un instante, como en un destello, volvió a ser la niña que tenía miedo de todas las cosas que le acechaban entre las sombras. Tuvo que apretar los labios con fuerza, hasta que le dolieron. Si gritaba, alguno de los sirvientes podría oírla y decírselo a su madre. Su madre se enfadaría. A su madre no le gustaría que gritara en medio de la noche.

Hasta que se acordó de que ya no era una niña. No había nada acechándola entre las sombras sino más sombras. Era una mujer adulta que sabía que era una tontería tener miedo a la oscuridad cuando había tantas cosas a las que tener miedo.

Había hecho el ridículo, se dijo para sus adentros cuando empezó a acordarse de más cosas. Un ridículo espantoso. Había llegado a alterarse. Peor aún, había permitido que se notara y había perdido todo dominio de sí misma. No había mantenido la compostura y había salido corriendo de la casa como una idiota.

Inexcusable.

Luego lloró como una Magdalena en brazos de Phillip. Gimoteó como una niña…

Phillip.

La vergüenza y la humillación hicieron que dejara escapar un gemido y se tapara la cara con las manos. Contuvo un grito cuando un brazo la rodeó.

—Shh.

Reconoció el contacto y el olor incluso antes de que la atrajera hacia él, antes de que le rozara la sien con los labios, antes de que adaptara su cuerpo al de ella.

—No pasa nada —susurró él.

—Creía… que te habías ido.

—Dije que me quedaría. —Abrió los ojos y echó una ojeada al tenue resplandor rojo del despertador—. Tres de la mañana hora del hotel. Debería habérmelo imaginado.

—No quería despertarte.

A medida que se acostumbraba a la oscuridad, Sybill podía distinguir la curva de su pómulo, el filo de la nariz y la forma de su boca. Tuvo que hacer un esfuerzo para no acariciarlos.

—Difícilmente puede importarme que me despierte una mujer tan hermosa.

Ella sonrió aliviada porque no iba a insistirle con su conducta de unas horas antes. Podían ser sólo dos personas, sin un ayer que lamentar ni un mañana del que preocuparse.

—Supongo que tienes mucha experiencia.

—Hay cosas que te gusta que sean como es debido.

Su voz era cálida; su brazo, fuerte; el cuerpo, firme…

—Cuando te despiertas en medio de la noche con una mujer que quiere seducirte, ¿te importa?

—Casi nunca.

—Muy bien, si no te importa…

Sybill se colocó encima de él, buscó sus labios, buscó su lengua.

—Ya te avisaré cuando empiece a importarme.

Ella se rió en un tono grave y cálido. Se sintió embargada por la gratitud por lo que había hecho por ella, por lo que había llegado a ser para ella.

Quería demostrárselo por todos los medios.

Estaba oscuro. Ella podía ser cualquier cosa en la oscuridad.

—A lo mejor no paro cuando me avises.

—¿Me amenazas? —Estaba tan sorprendido y excitado por el tono provocador de su voz como por los círculos que trazaba en su cuerpo con las yemas de los dedos—. No me asustas.

—Puedo hacerlo. —Empezó a seguir los círculos con la boca—. Lo haré.

—Apunta bien. —Phillip bizqueó—. Diana.

Ella volvió a reírse y le lamió como un gato. Cuando él se estremeció y se le entrecortó la respiración, ella le pasó lentamente las uñas por los costados.

Sybill pensó que el cuerpo de aquel hombre era una maravilla. Era duro, suave, con planos y ángulos que estaban hechos para ensamblarse perfectamente con la mujer. Con ella.

Sedoso y áspero. Firme y flexible. Podía hacer que él la deseara y anhelara como ella le deseaba y anhelaba. Ella podía entregar, podía tomar como él y podía hacer todas las cosas maravillosas y perversas que hacían las personas en la oscuridad.

Se volvería loco si ella seguía. Se moriría si se paraba. La boca de Sybill era ardiente e insaciable y estaba en todas partes. Aquellos dedos elegantes hacían que la sangre le hirviera. Cuando las pieles empezaron a humedecerse, el cuerpo de ella se deslizaba sobre el de él; era una pálida silueta en la oscuridad.

Era una mujer. Era la única mujer. La ansiaba como a la vida.

Ella se irguió encima de él, se quitó el albornoz, se arqueó hacia atrás y dejó caer el pelo. Transmitía libertad. Poder. Lujuria. Sus ojos resplandecían en la oscuridad como los de un gato y lo hechizaban.

Descendió y lo tomó lentamente, consciente del esfuerzo que iba a costarle a él aceptar que ella marcara el ritmo. Sybill contuvo el aliento y volvió a soltarlo con un suspiro o quizá un jadeo de placer.

Otra vez lo contuvo y otra vez lo soltó cuando las manos de Phillip se apoderaron de sus pechos y los poseyeron con voracidad.

Ella se cimbreaba levemente, con unos movimientos tan lentos que eran una tortura, excitándose con tanto poder. No apartaba los ojos de los de él. Phillip se estremecía debajo de ella, los músculos en tensión, el cuerpo apresado entre los muslos de Sybill. Pensaba que él era fuerte, lo bastante fuerte como para permitirle que lo tomara como quisiera.

Apoyó las manos en el pecho de él y se inclinó. El pelo los tapó como una cortina y lo besó con una maraña de lenguas, dientes y alientos.

El orgasmo la arrasó como una ola que aumentaba y la abrumaba. Volvió a erguirse, a arquearse, a cabalgar en aquella ola.

A cabalgar en él. Phillip se aferró a sus caderas y le clavó los dedos mientras ella se encrespaba sobre él. Era todo velocidad irreflexiva y luz cegadora, pasión y ansia. Se quedó en blanco, los pulmones le reventaban y todo su cuerpo buscaba una salida liberadora.

Cuando la encontró fue resplandeciente e incontenible.

Ella pareció derretirse sobre él, tenía el cuerpo tan suave, ardiente y fluido como un estanque de cera líquida. El corazón le retumbaba con fuerza contra el de él. Phillip no podía hablar, no podía encontrar el aire que formara las palabras. Pero las dos que se le formaban en la lengua eran las dos que siempre había tenido mucho cuidado de no decir a una mujer.

En ella todavía se notaba el triunfo. Se estiró, perezosa y satisfecha como una gata, y se acurrucó junto a él.

—Eso —susurró ella con aire somnoliento—, ha sido exactamente como es debido.

—¿Cómo?

Ella se rió levemente y bostezó.

—Quizá no te haya asustado, pero te he fundido las neuronas.

—Puedes estar segura.

Unas neuronas saturadas de sexo. Los hombres que empezaban a pensar en el amor y llegaban a tener esa palabra en la punta de la lengua cuando están desnudos, excitados y en brazos de una mujer, se metían en problemas.

—Es la primera vez que me ha gustado despertarme a las tres de la madrugada. —Medio dormida, apoyó la cabeza en el hombro de Phillip—. Frío.

Phillip alcanzó el barullo de sábanas y mantas y los tapó. Ella agarró un borde y se lo subió hasta la barbilla.

Por segunda vez esa noche, Phillip se quedó tumbado, despierto y mirando el techo mientras ella dormía profunda y tranquilamente a su lado.

18

Casi no había amanecido cuando Phillip se levantó de la cama. Ni siquiera se lamentó. ¿De qué iba a servirle? Que casi no hubiera dormido, que tuviera la cabeza nublada por el cansancio y las preocupaciones, que le esperara un día de trabajo manual agotador no eran motivos para quejarse.

Que no hubiera café sí era un motivo más que de sobra para quejarse.

Sybill se agitó mientras él se vestía.

—¿Tienes que ir al astillero?

—Sí.

Se pasó la lengua por los dientes y se subió el pantalón. Ni siquiera tenía un cepillo de dientes.

—¿Quieres que pida algo de desayuno? ¿Café?

Café. Aquella palabra era como música celestial.

Sin embargo, agarró la camisa. Si ella pedía café, tendría que hablar con ella. No le parecía muy inteligente tener una conversación cuando estaba de un humor tan espantoso. ¿Por qué estaba de un humor tan espantoso?, se preguntó a sí mismo. Porque no había dormido y ella había abierto una brecha en sus míticas defensas cuando él no miraba, porque había conseguido que se enamorara.

—Tomaré algo en casa. —Tenía la voz nerviosa y precipitada—. Tengo que ir a cambiarme.

Por eso se había levantado tan pronto.

Sybill se sentó y las sábanas susurraron. La miró por el rabillo del ojo y agarró los calcetines. Estaba despeinada, desaliñada y tentadoramente abandonada.

Sí, era una rastrera. Lo había dejado conmocionado con su vulnerabilidad, había llorado en sus brazos y le había parecido indefensa y dolida. Luego, se había despertado en medio de la noche y se había transformado en una especie de diosa del sexo.

Encima, le ofrecía café. Tenía una cara muy dura.

—Te agradezco que te quedaras anoche. Me vino muy bien.

—A mandar —replicó el lacónicamente.

—Yo… —Se mordió el labio inferior, perpleja y alerta por el tono—. Fue un día muy difícil para los dos. Creo que yo habría hecho mejor si no hubiera ido. Ya estaba un poco alterada por la llamada de Gloria y luego…

Él levantó la cabeza como impulsada por un resorte.

—¿Cómo? ¿Gloria te llamó?

—Sí.

Sybill comprendió que, efectivamente, aquella era una información que debería haberse guardado. Estaba trastornado. Todo se trastornaría.

—¿Te llamó? ¿Ayer? —Agarró un zapato y lo miró para contener la ira—. ¿No te parece que podrías habérmelo dicho antes?

—No me pareció que hubiera ningún motivo para hacerlo. —No podía mantener quietas las manos así que

338

se colocó el pelo y estiró las sábanas—. En realidad, no iba a decir nada en absoluto.

—¿No ibas a decir nada? Quizá hayas olvidado casualmente que Seth es responsabilidad de mi familia; que tenemos derecho a saber si Gloria va a causar problemas. Tengo que saberlo —dijo levantándose cuando la ira alcanzó su punto de ebullición— para que podamos protegerlo.

—Ella no va a hacer nada a...

—¿Cómo coño lo sabes? —Phillip explotó y ella agarró las sábanas con tal fuerza que los nudillos se le quedaron blancos—. ¿Cómo lo sabes? ¿Observando desde cuatro metros de distancia? Maldita sea, Sybill, esto no es un estudio de los cojones. Esto es la realidad. ¿Qué coño quería?

Ella quería encogerse, como le pasaba siempre ante la ira. Cubrió de hielo su voz y su corazón, como hacía siempre para enfrentarse a la ira.

—Quería dinero, naturalmente. Quería que yo os lo pidiera y que le diera más. También me gritó y dijo obscenidades como tú. Parece ser que al mantenerme a cuatro metros de distancia, me he quedado en medio.

—Quiero saber si se pone en contacto contigo y cuándo. ¿Qué le dijiste?

Sybill agarró el albornoz con una mano firme.

—Le dije que tu familia no iba a darle nada y yo tampoco, que había hablado con tu abogado y que yo había contribuido, y seguiría haciéndolo, para que Seth fuera parte de tu familia definitivamente.

—No está mal —farfulló Phillip mientras la miraba con el ceño fruncido y ella se ponía el albornoz.

—Es lo mínimo que puedo hacer, ¿no? —El tono era helador, distante y rotundo—. Discúlpame.

Sybill entró en el cuarto de baño y cerró la puerta. Phillip oyó el significativo chasquido del cerrojo.

—Muy bien, perfecto.

Fue hasta la puerta, agarró la chaqueta y se largó antes de empeorar más las cosas.

Las cosas tampoco mejoraron cuando llegó a su casa y se encontró con que no quedaba más que media taza de café. Cuando a mitad de la ducha comprobó que Cam había acabado con casi toda el agua caliente, decidió que eso era lo que le faltaba para que todo fuera redondo.

Entró en su cuarto, con una toalla anudada a la cadera, y se encontró a Seth sentado en el borde de su cama.

—Hola. —Seth lo miró fijamente.

—Te has levantado temprano.

—Pensé que podía ir contigo un par de horas.

Phillip se volvió para sacar ropa interior y unos vaqueros del armario.

—Hoy no trabajas. Tus amigos van a venir a la fiesta.

—Eso será esta tarde. —Seth se encogió de hombros—. Hay tiempo.

—Como quieras.

Esperaba que Phillip estuviera cabreado. A él le gustaba Sybill, ¿no? Le había costado ir a su habitación, esperar y saber que tendría que decirle algo.

Dijo lo único que tenía en la cabeza.

—Yo no quería hacerla llorar.

Mierda, eso fue lo único que se le ocurrió a Phillip. Se puso los calzoncillos. No conseguiría salir de aquello.

—No la hiciste llorar. Necesitaba llorar, eso es todo.

—Supongo que estará muy cabreada, ¿no?

—No, no lo está. —Phillip, resignado, se puso los vaqueros—. Mira, en el mejor de los casos, cuesta entender a las mujeres. Este caso es un espanto.

—Me lo imagino. —Tampoco estaba tan cabreado después de todo—. Sólo me acordé de algunas cosas. —Seth miró las cicatrices de Phillip porque era más fácil que mirarlo a los ojos; bueno, y porque molaban—. Ella se quedó hecha polvo y todo eso.

—Hay gente que no sabe qué hacer con los sentimientos. —Suspiró, se sentó al lado de Seth y se sintió amargamente avergonzado de sí mismo. Había disparado a la mismísima línea de flotación de Sybill porque él no sabía qué hacer con sus sentimientos—. Entonces, lloran, gritan o salen corriendo y se enfurruñan en un rincón. Ella te quiere, pero no sabe exactamente qué hacer al respecto. O qué quieres tú que ella haga al respecto.

—No lo sé. Ella… ella no es como Gloria. —Subió un poco el volumen de la voz—. Ella es buena. Ray también era bueno y me parece… que son familiares, ¿no? Así que entiendo…

Comprendió algo que le atenazó el corazón.

—Tienes los ojos de Ray. —Phillip lo dijo como si sólo constatara un hecho porque sabía que Seth le creería si se lo decía así—. El mismo color y la forma, pero también tienes algo oculto en ellos que él tenía. Ese algo que era bueno. Tienes una cabeza muy buena, como Sybill. Piensa, analiza, se pregunta y, sobre todo, intenta hacer lo correcto. Como es debido. Tienes las dos cosas. —Dio un codazo a Seth—. Mola, ¿eh?

—Ajá. —Sonrió de oreja a oreja—. Mola.

—Vale, vámonos o nunca saldremos de aquí.

Llegó al astillero cuarenta y cinco minutos después que Cam y esperaba que le echara una bronca. Cam ya estaba en la cepilladora preparando la siguiente serie de tablones. Bruce Springsteen atronaba desde la radio. Phillip bajó el volumen. La cabeza de Cam asomó al instante.

—Si no está alta no la oigo con el ruido de las herramientas.

—Todos dejaremos de oír si nos machacas los oídos durante horas y horas.

—¿Cómo? ¿Decías algo?

Phillip se rió.

—Vaya, estamos de buen humor, ¿eh? —Cam apagó la máquina—. ¿Qué tal está Sybill?

—No empecemos.

Cam ladeó la cabeza y Seth miró a los dos hombres mientras se frotaba las manos ante lo que se presentaba como una batalla entre dos Quinn.

—Sólo he hecho una pregunta.

—Sobrevivirá. —Phillip se puso el cinturón con las herramientas—. Ya sé que tú preferirías que se largara del pueblo humillada públicamente, pero tendrás que conformarte con que esta mañana le haya dado una paliza verbal y no física.

—¿Por qué lo has hecho?

342

—¡Porque me ha tocado las narices! —gritó Phillip—. Porque todo me toca las narices. Sobre todo, tú.

—Muy bien, ¿quieres intentarlo con una paliza física? Yo estoy dispuesto, pero sólo había hecho una pregunta muy sencilla. —Cam sacó el tablón de la cepilladora y lo dejó caer en el montón—. Ya se llevó un buen puñetazo en el estómago ayer, ¿por qué has insistido esta mañana?

—¿Estás defendiéndola? —Phillip se acercó hasta que las narices se rozaron—. ¿Estás defendiéndola después de toda la mierda que me has dicho de ella?

—Tengo ojos, ¿no? Vi su cara anoche. ¿Por quién coño me tomas? —Clavó un dedo en el pecho de Phillip—. Habría que retorcer el cuello a cualquiera que machaque a una mujer que está tan destrozada.

—Hijo de…

Phillip apretó el puño y fue a lanzarlo, pero se detuvo. Le habría encantado una buena pelea, sobre todo en ese momento que no estaba Ethan para separarlos, pero la verdad era que la paliza se la merecía él.

Abrió la mano, estiró los dedos y se dio la vuelta para intentar dominarse. Vio a Seth que lo miraba con unos ojos llenos de interés.

—Tú no empieces.

—No he abierto el pico.

—Me ocupé de ella, ¿vale? —Se pasó una mano por el pelo y dirigió su razonamiento a los dos—. Dejé que se desahogara, llorara y le agarré de la mano. La metí en un baño caliente y la acosté. Me quedé con ella. Quizá consiguiera dormir una hora y en estos momentos a lo mejor estoy un poco irascible.

—¿Por qué le gritaste? —quiso saber Seth.

—De acuerdo. —Tomó aire y se apretó los dedos contra las sienes—. Esta mañana me dijo que la había llamado Gloria. Ayer. Quizá me haya excedido, pero tenía que habérnoslo dicho.

—¿Qué quería?

Los labios de Seth se habían quedado blancos y Cam se acercó para ponerle una mano en el hombro.

—No dejes que te asuste. Ya estás por encima de eso. ¿Qué trato ha hecho? —le preguntó a Phillip.

—No me dio los detalles. Bastante tenía con echarle la bronca a Sybill por no habérmelo dicho antes. El fondo del asunto era el dinero. —Phillip desvió la mirada hacia Seth—. Le dijo a Gloria que se fuera a hacer puñetas. Nada de dinero ni nada de nada. Le dijo que había ido a ver al abogado y que estaba haciendo todo lo posible para que te quedaras donde estás.

—Tu tía no se deja manejar —afirmó Cam tranquilamente mientras apretaba el hombro de Seth—. Tiene agallas.

—Sí. —Seth se puso recto—. Está guay.

—Ese hermano tuyo —dijo Cam haciendo un gesto hacia Phillip— es un gilipollas, pero los demás sabemos que Sybill no dijo lo de la llamada telefónica porque era tu cumpleaños. No quería molestar a nadie. Un tío no cumple once años todos los días.

—Yo la he jodido y yo lo arreglaré —farfulló Phillip mientras agarraba un listón y se disponía a soltar toda su impotencia a golpe de clavos y martillo.

Sybill también tenía que arreglar algunas cosas. Había tardado casi todo el día en reunir el valor y en hacer un plan. Entró en el camino de los Quinn justo después de las cuatro y se alegró de no ver el jeep de Phillip.

Calculó que se quedaría una hora más en el astillero. Seth estaría con él. Era sábado y seguramente se pararían por el camino para comprar algunas cosas de cena.

Aquella era la pauta de conducta de ellos y ella conocía su propia pauta de conducta.

A cuatro metros de distancia y volvía a estar completamente dolida, se dijo para sus adentros.

Fastidiada, hizo un esfuerzo por bajar del coche. Haría lo que había ido a hacer. No tardaría ni quince minutos en pedir perdón a Anna y en que le perdonara, aunque fuera aparentemente. Le contaría la llamada de Gloria con todo detalle para que la documentara y luego se iría.

Mucho antes de que Phillip volviera, ya estaría en el hotel concentrada en su trabajo.

Llamó enérgicamente a la puerta.

—Está abierta —fue la respuesta—. Prefiero cortarme las venas a levantarme.

Cautamente, Sybill agarró el picaporte, dudó y abrió la puerta. Se quedó clavada en el sitio.

El salón de los Quinn siempre estaba desordenado, siempre parecía muy vivido, pero en ese momento parecía como si lo hubiera habitado un ejercito de duendes desaforados.

El suelo y la mesa estaban repletos de platos de papel y vasos de plástico, varios de ellos derramados. Por todos lados había pequeños muñecos de plástico, como si se hubiese librado una batalla y hubiera muchísimas bajas. Evidentemente, los coches y los camiones de juguete habían sufrido accidentes espantosos. Los restos del papel de envolver cubrían todos los rincones como si fuera el confeti de una fiesta de Fin de Año especialmente desmadrada.

Anna estaba tirada en un sofá, como una superviviente del desastre. Tenía el pelo sobre la cara y estaba completamente pálida.

—Genial —murmuró mientras miraba a Sybill con los ojos entrecerrados—. Ahora aparece ella.

—Lo… lo siento…

—Eso es muy fácil decirlo. Me he pasado dos horas y media peleando con diez niños de once años. Mejor dicho —corrigió entre dientes—, no eran niños, eran animales, bestias. Engendros satánicos. Acabo de mandar a Grace a su casa con órdenes estrictas de que se tumbe. Me da miedo que esta experiencia pueda afectar a su hijo, podría nacer un mutante.

Sybill se acordó de la fiesta de cumpleaños mientras recorría la habitación con los ojos fuera de las órbitas.

—¿Ya ha terminado?

—Nunca terminará. Durante el resto de mi vida me despertaré entre gritos en medio de la noche hasta que me lleven a una habitación acolchada. Tengo helado en el pelo. Hay una especie de… masa en la mesa de la cocina. Me da miedo ir allí. Creo que se ha movido. Tres niños se cayeron al agua y hubo que sacarlos y secarlos. Seguramente agarren una pulmonía y nos denunciarán. Una de esas criaturas disfrazada de niño pequeño se comió unos sesenta y cinco trozos de tarta, luego se montó en mi coche y empezó a vomitar.

—Dios mío. —Sybill sabía que no era cuestión reírse de ella, pero notó que los músculos del abdomen le temblaban—. Lo siento. ¿Puedo ayudarte a… limpiar?

—No pienso tocar nada. Esos hombres, el que dice ser mi marido y los idiotas de sus hermanos, van a hacerlo. Van a fregar, a barrer, a limpiar y a meter la pala mecánica. Van a hacerlo todo. Lo sabían —dijo con un siseo perverso—. Sabían lo que era el cumpleaños de un niño. ¿Cómo iba a saberlo yo? Ellos lo sabían y se refugiaron en el astillero con la estúpida excusa de los plazos de entrega del contrato. Nos dejaron a Grace y a mí con esta tarea inenarrable. —Cerró los ojos—. El horror… —Anna se quedó un rato con los ojos cerrados y en silencio—. Adelante, puedes reírte. Ni siquiera tengo fuerzas para azotarte.

—Hiciste todo esto por Seth.

—Se lo ha pasado como en su vida. —Anna esbozó una sonrisa mientras abría los ojos—. Además, como estoy dispuesta a que Cam y sus hermanos lo ordenen todo, me siento encantada. ¿Qué tal estás tú?

—Bien. He venido a pedirte perdón por lo de anoche.

—Perdón… ¿Por qué?

La pregunta la desconcertó. Todo se había salido de lo previsto y estaba distraída por el caos y el monólogo incoherente de Anna. Sybill se aclaró la garganta y empezó otra vez.

—Por lo de anoche. Fui una grosera al marcharme sin darte las gracias…

—Sybill, estoy muy cansada de oír disparates. No fuiste grosera, no tienes que pedir perdón por nada y me cabrearás si sigues por ahí. Estabas alterada y tenías motivos de sobra para estarlo.

Eso tiró por tierra todo el discurso que había preparado tan cuidadosamente.

—De verdad, no entiendo por qué los miembros de esta familia no escuchan, y mucho menos aceptan, unas disculpas sinceras por una conducta reprochable.

—Caray, si ése es el tono que empleas en tus conferencias —comentó Anna con admiración—, el público no podrá levantarse de las sillas. Pero en respuesta a tu pregunta, supongo que no lo hacemos porque nosotros también cometemos lo que llamas «conducta reprochable». Te invitaría a que te sentaras, pero esos pantalones son preciosos y no sé qué sorpresa puede haber oculta entre los almohadones.

—No tengo intención de quedarme.

—No pudiste verte la cara cuando te miró —dijo Anna con un tono más delicado—, cuando te dijo todo lo que recordaba, pero yo sí pude, Sybill. Pude ver que lo que te trajo hasta aquí era mucho más que una cuestión de responsabilidad o un intento valiente de hacer lo que creías que tenías que hacer. Tuvo que destrozarte que ella se lo llevara hace tantos años.

—No puedo hacerlo otra vez. —Las lágrimas le abrasaban el fondo de los ojos—. Sencillamente, no puedo hacerlo otra vez.

—No tienes que hacerlo —susurró Anna—. Sólo quiero que sepas que lo entiendo. En mi trabajo veo a mucha gente muy machacada. Mujeres golpeadas, niños maltratados, hombres al límite de su resistencia, ancianos a los que dejamos a un lado alegremente. Yo me ocupo de eso, Sybill. Yo me ocupo de todo aquel que viene a mí en busca de ayuda. —Suspiró y estiró los dedos—. Sin embargo, para ayudarlos tengo que alejar una parte de mí, ser objetiva, realista y práctica. Si vertiera todas mis emociones en todos mis casos, no podría hacer mi trabajo. Me quemaría. Entiendo la necesidad de cierta distancia.

—Ya. —La espantosa tensión desapareció de los hombros de Sybill—. Claro que lo entiendes.

—Con Seth fue distinto. Desde el primer instante, todo lo referente a él me absorbió. No pude impedirlo. Lo intenté, pero no pude. Lo he pensado y creo, sinceramente, que lo que sentía por él lo sentía desde antes de conocerlo. Estábamos hechos para ser parte de la vida del otro. Él estaba hecho para ser parte de esta familia y esta familia estaba hecha para ser la mía.

Sybill decidió arriesgarse y se sentó en el brazo del sofá.

—Quería decirte que eres muy buena con él, y Grace también. Sois muy buenas con él. La relación que tiene con sus hermanos es maravillosa y vital. Esa influencia masculina tan fuerte es importante para un niño, pero la femenina, la que le dais Grace y tú, es igual de importante.

—Tú también tienes algo que darle. Está fuera —le dijo Anna—. Babeando con su barco.

—No quiero molestarle. Tengo que irme.

—Que anoche salieras corriendo es comprensible y aceptable. —La mirada de Anna era directa, tranquila y desafiante—. Que salgas corriendo ahora no lo es.

—Tienes que hacer muy bien tu trabajo —reconoció Sybill al cabo de un instante.

—Muy, muy bien. Ve a hablar con él. Si alguna vez consigo levantarme de esta butaca, haré una cafetera.

No era fácil cruzar el jardín para ir hasta el chico que estaba sentado en su barco soñando con vientos que lo llevaran velozmente, pero Sybill supuso que no tenía por qué serlo.

Tonto fue el primero en verla y corrió hacia ella sin dejar de ladrar. Sybill alargó una mano con la esperanza de detenerlo. *Tonto* metió la cabeza debajo de la mano y el gesto defensivo se convirtió en una caricia.

Tenía el pelo tan suave, los ojos tan adorables y la cara realmente tan tonta, que ella tuvo que sonreír.

—Eres realmente tonto, ¿verdad?

Él se sentó y le dio unos golpes con la pata hasta que ella la tomó con la mano. Satisfecho, corrió otra vez hacia el barco donde Seth los miraba y esperaba.

—Hola. ¿Todavía no has salido a navegar?

—No. Anna no me ha dejado salir con algunos amigos. —Se encogió de hombros—. Como si fuéramos a ahogarnos o algo así.

—Pero te lo has pasado bien en la fiesta.

—Guay. Anna está un poco cabreada… —Se calló y miró hacia la casa. A ella le espantaba que dijera palabrotas—. Está muy enfadada porque Jake ha vomitado en su coche, así que me quedaré un rato por aquí hasta que se calme.

—Me parece bastante sensato.

Cayó un silencio espeso y los dos se quedaron mirando al mar sin saber qué decir.

Sybill reunió fuerzas.

—Seth, anoche no me despedí de ti. No debí marcharme como lo hice.

—Da igual. —Volvió a encogerse de hombros.

—No creía que te acordaras de mí ni de la temporada que pasaste en Nueva York.

—Yo creía que me lo había inventado. —Era difícil estar dentro del barco y mirar a lo lejos, de modo que salió y se sentó en el borde del embarcadero con los pies colgando—. A veces sueño con esas cosas. Con el perro de peluche y todo eso.

—*Tuyo* —susurró ella.

—Sí. Gloria no hablaba de ti ni de nada, así que yo creía que me lo había inventado.

—A veces... —Se atrevió a sentarse a su lado—. A veces a mí me pasaba algo parecido. Todavía tengo el perro.

—¿Lo guardaste?

—Fue lo único que me quedó de ti. Tú me preocupabas. Ya sé que ahora parece imposible, pero me preocupabas. Y no quería que lo hicieras.

—¿Porque era hijo de ella?

—En parte. —Tenía que ser sincera, tenía que darle eso por lo menos—. Ella nunca fue buena, Seth. Tenía algo torcido. Parecía que sólo podía ser feliz si los que la rodeaban no lo eran. No quería que ella volviera a mi vida. Tenía pensado darle un margen de un par de días y luego llevaros a un albergue. Así cumpliría con mi obligación familiar y podría seguir con mi tipo de vida.

—Pero no lo hiciste.

—Primero me puse excusas. Una noche más... Luego me reconocí que dejaba que se quedara porque quería tenerte. Te tendría cerca si le encontraba un trabajo, si la ayudaba a encontrar un apartamento, si trabajaba con ella para que se recuperara. Nunca he tenido… Tú eras… —Tomó aliento y se obligó a decirlo—. Tú me querías. Eras la primera persona que me había querido. No quería perder eso. Cuando lo perdí, volví a retroceder, retrocedí a donde había estado antes de que tú llegaras. Pensaba mucho más en mí que en ti. Me gustaría enmendarlo un poco y pensar en ti ahora.

Seth apartó la mirada y la clavó en los pies que se balanceaban a ras del agua.

—Phil ha dicho que ella te llamó y la mandaste a hacer puñetas.

—No exactamente con esas palabras.

—Pero era lo que querías decir, ¿verdad?

—Supongo que sí. —Estuvo a punto de sonreír—. Sí.

—Vosotras tenéis la misma madre, pero… padres distintos, ¿no?

—Eso es.

—¿Sabes quién era mi padre?

—No lo conocí.

—No, quiero decir que si realmente sabes quién es mi padre. Ella siempre se inventaba nombres distintos y tíos distintos y toda esa mierda…, esas cosas —se corrigió—. Me lo preguntaba, nada más.

—Sólo sé que se llamaba Jeremy DeLauter. No estuvieron casados mucho tiempo y…

—¿Casada? —Volvió a mirarla—. Nunca se casó. Estaba vacilándote.

—No, vi el certificado de matrimonio. Lo llevaba cuando apareció en Nueva York. Creía que yo podría ayudarla a localizarlo y denunciarlo para que le diera dinero para tu sustento.

Él lo pensó un instante y sopesó la posibilidad.

—Es posible. Me da igual. Yo me imaginaba que había tomado el nombre de alguien con quien había vivido un tiempo. Si él se enganchó de ella, tenía que ser una ruina de tío.

—Podría buscarlo. Estoy segura de que lo encontraríamos. Llevaría un poco de tiempo.

—No quiero. —No había espanto en su voz, sólo desinterés—. Sólo quería saber si lo habías conocido, eso es todo. Ya tengo una familia.

Levantó un brazo, *Tonto* le olisqueó la axila y él le abrazó el cuello.

—Claro que la tienes.

Sybill se arqueó un poco y empezó a levantarse. Dudó y un destello blanco le llamó la atención. Vio una garza planear sobre el agua justo al borde de los árboles. Luego desapareció por un recodo y dejó un leve murmullo en el aire.

Era algo hermoso. Un lugar hermoso. Un refugio para almas atribuladas, para jóvenes que sólo necesitaban que les dieran la oportunidad de convertirse en hombres. Quizá no pudiera agradecerles a Ray y Stella Quinn lo que habían hecho, pero podía mostrar su gratitud y alejarse para que sus hijos terminaran su labor con Seth.

—Bueno, tengo que irme.

—Las cosas de dibujo que me regalaste son geniales.

—Me alegro de que te gusten. Tienes talento.

—Anoche jugué un poco con el carboncillo.

Ella volvió a dudar.

—¿Y?

—No le encuentro el truco. —Volvió la cabeza para mirarla—. Es muy distinto al lápiz. A lo mejor tú podrías enseñarme.

Sybill se quedó con la mirada fija en el mar porque sabía que no estaba preguntándoselo sino que estaba ofreciéndose. Estaban dándole una oportunidad, una alternativa.

—Claro que podría enseñarte.

—¿Ahora?

—Sí. —Hizo un esfuerzo por no alterar la voz—. Podría enseñarte ahora.

—Mola.

19

Así que había sido demasiado duro con ella. Quizá pensara que tendría que haberle dicho inmediatamente que Gloria la había llamado. Con fiesta o sin fiesta, ella podía haberlo llevado aparte y contárselo. Sin embargo, él no tenía que haberle echado esa bronca y luego marcharse.

Aun así, en su defensa, se había sentido perturbado, enfadado y desquiciado. Había pasado media noche preocupado por ella y la otra media preocupado por sí mismo. ¿Tenía que estar contento porque ella había carcomido sus defensas? ¿Tenía que saltar de alegría porque en cuestión de semanas Sybill había conseguido taladrar el impecable escudo que había lucido tan orgullosamente durante más de treinta años?

Creía que no.

Sin embargo, estaba dispuesto a reconocer que no se había portado bien. Incluso estaba dispuesto a ofrecerle un gesto de paz en forma de su mejor champán y un ramo de rosas de tallo largo.

Él mismo hizo la cesta. Dos botellas de Dom Perignon bien frías, dos copas altas (no pensaba ofender a tan legendario monje francés con unos vasos de hotel) y el caviar Beluga que había escondido astutamente, para una ocasión así, en una caja vacía de yogur desnatado porque sabía que nadie de su familia tocaría tal cosa.

Él mismo hizo las tostadas finísimas y eligió tanto las resplandecientes rosas como el jarrón.

Pensó que ella se resistiría un poco a la visita y nunca estaba de más allanar el camino con champán y flores. Además, como él también estaba dispuesto a sonsacarle cosas, le vendrían muy bien. Iba a ablandarla, iba a hablarle y, sobre todo, iba a hacer que hablara ella. No iba a marcharse hasta que tuviera una idea mucho más clara de quién era Sybill Griffin.

Llamó alegremente a su puerta. Ése sería su planteamiento: una alegría despreocupada. Sonrió de forma encantadora a la mirilla cuando oyó unos pasos y vio una sombra vaga y reveladora.

Así se quedó al oír que los pasos se alejaban.

De acuerdo. Quizá se resistiera algo más que un poco. Volvió a llamar.

—Vamos, Sybill. Sé que estás ahí. Quiero hablar contigo.

Comprobó que el silencio no tenía por qué estar vacío, podía estar lleno de hielo.

Miró la puerta con el ceño fruncido. Ella lo quería por las malas.

Dejó la cesta junto a la puerta, fue hasta la escalera de incendios y empezó a bajar. Se le había ocurrido algo y era mejor que no le vieran cruzar el vestíbulo.

—Le has hinchado las narices, ¿verdad? —le comentó Ray mientras bajaba las escaleras al lado de su hijo.

—Por los clavos de Cristo. —Phillip miró airadamente a su padre—. La próxima vez podrías pegarme un tiro en la cabeza, sería menos bochornoso que morirme de un ataque al corazón a mis años.

—Tu corazón está muy fuerte. Así que ella no te habla...

—Me hablará —afirmó Phillip rotundamente.

—¿Vas a sobornarla con unas burbujas? —Ray señaló con el pulgar hacia atrás.

—Funciona.

—Las flores son un buen detalle. Yo solía engatusar a tu madre con flores. Era más rápido si me humillaba un poco.

—No voy a humillarme. —Eso lo tenía claro—. Ella ha tenido tanta culpa como yo.

—Ellas nunca tienen tanta culpa como uno —le corrigió Ray con un guiño—. Cuanto antes lo aceptes, antes recibirás el sexo que te compense.

—Por Dios, papá. —Sólo pudo pasarse una mano por la cara—. No voy a hablar de asuntos sexuales contigo.

—¿Por qué no? No sería la primera vez —suspiró cuando llegaron a la planta baja—. Me parece que tu madre y yo te hablamos bastante y con toda franqueza de las cuestiones sexuales. También te dimos los primeros condones.

—Eso fue entonces —murmuró Phillip—. Ahora ya me basto y me sobro yo solo.

Ray soltó una carcajada.

—Estoy seguro, pero, en cualquier caso, el sexo no es lo más importante en este asunto. Siempre es importante —añadió—. Somos hombres, no podemos evitarlo.

Pero la muchacha de arriba te tiene preocupado y no es por el sexo; es por el amor.

—No estoy enamorado de ella... exactamente. Estoy... enrollado.

—El amor siempre te ha costado. —Ray salió a la noche ventosa y se subió la cremallera de la cazadora desgastada que llevaba encima de los vaqueros—. En lo que se refiere a las mujeres, claro. Siempre que algo empezaba a tomar visos de seriedad, tú salías corriendo en dirección contraria —dijo sonriendo a Phillip—. Me parece que esta vez vas de cabeza.

—Es la tía de Seth. —Notaba cierto fastidio en la nuca mientras daba la vuelta al edificio—. Si va a ser parte de su vida, de nuestras vidas, tengo que entenderla.

—Seth es una parte, pero tú te pasaste esta mañana porque estabas asustado.

Phillip se paró en seco con las piernas separadas y elevó los hombros mientras miraba fijamente a la cara de Ray.

—Primero, no puedo creerme que esté discutiendo contigo. Segundo, tengo la sensación de que cuando estabas vivo me dejabas vivir mi vida mucho más que cuando estás muerto.

Ray se limitó a sonreír.

—Bueno, ahora tengo lo que podríamos llamar un punto de vista mucho más amplio. Quiero que seas feliz, Phillip. No voy a marcharme hasta que esté seguro de que la gente que me importa es feliz. Estoy preparado para marcharme —dijo tranquilamente—. Para estar con tu madre.

—Has... ¿Qué tal está?

358

—Está esperándome. —Se le iluminaron los ojos—. Y nunca ha sido de las que les gustaba esperar.

—La echo mucho de menos.

—Lo sé. Yo también. Se sentiría halagada y enfadada a la vez porque nunca has querido conformarte con una mujer que fuera menos que ella.

Phillip lo miró asombrado porque era verdad, pero también era un secreto que había mantenido bajo siete llaves.

—No es eso, no es eso del todo.

—Bueno, sólo será una parte. —Ray asintió con la cabeza—. Tienes que encontrarlo por ti mismo y hacerlo por ti mismo. Estás acercándote. Hoy lo has hecho muy bien con Seth. Ella también —dijo mientras miraba a la luz que brillaba en el dormitorio de Sybill—. Hacéis un equipo muy bueno, a pesar de que tiráis en direcciones opuestas. Eso es porque los dos lo queréis más de lo que podéis entender.

—¿Sabías que era tu nieto?

—No. Al principio, no —suspiró—. Cuando Gloria me encontró, me lo lanzó todo de golpe. No sabía que existía y ella me lo soltó entre gritos, juramentos, acusaciones y exigencias. No podía tranquilizarla ni entender nada. Lo siguiente que supe fue que había ido a ver al rector para decirle que yo la había agredido sexualmente. Es una joven con muchos problemas.

—Es una zorra.

Ray se limitó a encogerse de hombros.

—Si yo hubiera sabido antes que ella existía… Bueno, ya está. No pude salvar a Gloria, pero pude salvar a Seth. Lo supe nada más verlo. Le di dinero a Gloria.

Quizá fuera un error, pero el niño me necesitaba. Tardé semanas en localizar a Barbara. Sólo quería que me lo confirmara. Le escribí tres veces. Incluso llamé a París, pero ella no quiso hablar conmigo. Seguía trabajando en ese asunto cuando tuve el accidente. Una estupidez —reconoció—. Dejé que Gloria me alterara. Estaba furioso con ella, conmigo mismo, con todo; estaba preocupado por Seth, por cómo lo tomaríais vosotros tres cuando os lo explicara. Iba demasiado deprisa y sin prestar atención.

—Nosotros habríamos estado de tu lado.

—Lo sé. Permití que se me olvidara y eso también fue una estupidez. Stella había muerto, vosotros tres teníais vuestras vidas y yo me reconcentré en mí mismo y me olvidé. Vosotros os ocupáis de Seth ahora y eso es lo importante.

—En eso estamos. Y Sybill aporta su voz, la custodia definitiva es un hecho.

—Ella aporta algo más que su voz y todavía aportará más cosas. Es más fuerte de lo que ella misma cree y de lo que cualquiera cree. —Ray, con un cambio de humor súbito, chasqueó la lengua y sacudió la cabeza—. Supongo que vas a subir ahí arriba.

—Es lo que tenía pensado.

—Nunca perdiste del todo esa habilidad tan nefasta. Quizá ahora sea por una buena causa. A esa chica podrían venirle bien algunas sorpresas en su vida. —Ray volvió a guiñarle el ojo—. Ándate con ojo.

—Tú no subirás, ¿verdad?

—No. —Ray le dio una palmada en la espalda y soltó una carcajada muy franca—. Hay cosas que un padre no debe ver.

—Mejor, pero ya que estás aquí, ¿te importaría levantarme hasta el primer balcón?

—Claro. No pueden detenerme, ¿no?

Ray juntó las manos y las puso de estribo para Phillip. Luego se apartó y lo vio escalar. Lo miró y sonrió.

—Voy a echarte de menos.

Sybill, en la sala, estaba muy concentrada en el trabajo. Le importaba un rábano si había sido mezquina e irracional por no hacer caso de la llamada de Phillip. Ya había tenido bastante trastorno emocional para un fin de semana. Además, él tampoco había insistido mucho, ¿no? Oyó el viento que batía contra las ventanas, apretó los dientes y aporreó el teclado.

Al parecer, las noticias internas tienen más importancia que las externas. Si bien el acceso a la televisión, los periódicos y otras fuentes de información es tan fácil en las comunidades pequeñas como en las zonas urbanas, los actos y la participación de los vecinos cobran preferencia cuando la población es escasa.

La información se transmite, con distinto grado de precisión, de forma oral. Se acepta el cotilleo como una forma de comunicación. La red es admirablemente rápida y eficaz.

Lo que podríamos llamar discreción, es decir, fingir que no escuchamos una conversación ajena en un lugar público, no está tan extendida en una comunidad pequeña como en una gran ciudad. No obstante, esa discreción sigue siendo una pauta de conducta aceptable y consecuente en lugares de paso como los hoteles. Yo diría que esto se debe a que en esos lugares la entrada y salida de foráneos es muy habitual. Sin embargo, la indiscreción descarada se da en sitios como…

Se le paralizaron los dedos y se quedó boquiabierta al ver que Phillip abría la puerta de la terraza y entraba en la habitación.

—¿Qué…?

—Los pestillos de estas cosas son un asco. —Fue hasta la puerta de la habitación, la abrió y agarró la cesta y el florero que había dejado allí—. Supuse que podía correr este riesgo. Por aquí no hay muchos robos. Puedes añadirlo a tus anotaciones.

Dejó el florero en la mesa de Sybill.

—¿Has trepado por la fachada? —No podía dejar de mirarlo sin salir de su sorpresa.

—El viento es un coñazo. —Abrió la cesta y sacó la primera botella—. Me vendría bien beber algo, ¿a ti?

—¿Has trepado por la fachada?

—Eso ya lo hemos dejado claro. —Abrió el champán con un taponazo sordo.

—No puedes… —Sybill agitó los brazos—. No puedes irrumpir aquí y abrir una botella de champán.

—Ya lo he hecho. —Sirvió dos copas y comprobó que a su vanidad tampoco le venía mal que ella lo mirara babeando—. Siento mucho lo de esta mañana, Sybill. —Sonriendo, le ofreció una copa—. Estaba furioso y lo pagué contigo.

—Así que tu forma de disculparte es forzando el balcón de mi habitación…

—No he forzado nada. Además, no ibas a abrir la puerta y las flores querían estar aquí dentro. Y yo también. ¿Una tregua?

Había trepado por la fachada del edificio. Todavía no podía asimilarlo. Nadie había hecho algo tan estúpido e intrépido por ella. Le miró a aquellos ojos dorados y angelicales y notó que se le ablandaba el corazón.

—Tengo trabajo.

Phillip sonrió porque captó que ella se ablandaba.

—Yo tengo caviar Beluga.

Sybill tamborileó con los dedos en la mesa.

—Flores, champán, caviar… ¿Siempre vas tan bien provisto cuando fuerzas una entrada?

—Sólo cuando quiero pedir perdón y dejarme en manos de la misericordia de una mujer hermosa. ¿Te queda algo de misericordia, Sybill?

—Supongo. No estaba ocultándote la llamada de Gloria.

—Ya lo sé. Créeme, si no me lo hubiera imaginado yo solo, Cam me lo habría metido en la cabeza a golpes esta mañana.

—Cam… —Sybill parpadeó—. No le gusto.

—Te equivocas. Estaba preocupado por ti. ¿Puedo convencerte para que dejes de trabajar un rato?

—De acuerdo. —Guardó el archivo y apagó el ordenador—. Me alegro de que no estemos enfadados el uno con el otro. Sólo complica las cosas. He estado con Seth esta tarde.

—Eso me han dicho.

Ella aceptó el champán y dio un sorbo.

—¿Habéis limpiado la casa tú y tus hermanos?

Phillip la miró con ojos de espanto.

—Prefiero no hablar de eso. Voy a tener pesadillas. —La tomó de la mano y la llevó al sofá—. Vamos a hablar de algo menos aterrador. Seth me ha enseñado el dibujo del barco a carboncillo que le ayudaste a hacer.

—Se le da muy bien. Capta las cosas muy deprisa. Escucha y presta atención. Tiene buen ojo para los detalles y la perspectiva.

—También he visto el que tú hiciste de la casa. —Despreocupadamente, Phillip se inclinó, agarró la botella y llenó la copa de Sybill—. También es muy bueno. Me sorprende que no seas profesional.

—Tomé lecciones de niña. Arte, música, danza… También di un par de cursos en la universidad. —Aliviada por no estar enfadados, se reclinó en el sofá y disfrutó del champán—. Nada en serio. Siempre supe que sería psicóloga.

—¿Siempre?

—Más o menos. El arte no estaba hecho para personas como yo.

—¿Por qué?

La pregunta desconcertó a Sybill y la puso en guardia.

—No era útil. ¿No has dicho que tenías caviar?

El primer paso atrás, pensó Phillip. Tendría que rodearla.

—Mmm. —Sacó el recipiente y las tostadas y le llenó la copa—. ¿Qué instrumento tocas?

—El piano.

—¿Sí? Yo también. —Sonrió con franqueza—. Tenemos que preparar un dúo. A mis padres les encantaba la música. Todos tocamos algún instrumento.

—Es muy importante que los niños aprendan a apreciar la música.

—Claro, es muy divertido. —Extendió caviar en una tostada y se la ofreció—. A veces, los cinco pasábamos la noche del sábado tocando juntos.

—¿Tocabais juntos? Es maravilloso. Siempre me ha espantado tocar delante de alguien. Es muy fácil equivocarse.

—¿Qué importaba? Nadie iba a cortarte un dedo por equivocarte de nota.

—Mi madre se sentía fatal y eso era peor que… —Se calló, miró el champán, frunció el ceño y fue a dejarlo a un lado. Él le sirvió más—. A mi madre le entusiasmaba el piano. Por eso lo elegí. Quería compartir algo concreto con ella. Yo la adoraba. Todos la adorábamos, pero para mí tenía toda la amabilidad, la fuerza y la justicia de una mujer. Quería que estuviera orgullosa de mí. Era una sensación maravillosa cuando me demostraba que lo estaba o me lo decía. Hay personas que luchan durante toda su vida para conseguir la aceptación de sus padres y nunca se acercan a merecerse su orgullo. —El tono de voz tenía un regusto amargo. Ella lo notó y forzó una risa—. Estoy bebiendo demasiado. Se me está subiendo a la cabeza.

Él volvió a llenarle la copa intencionadamente.

—Estás entre amigos.

—Beber demasiado alcohol, aunque sea un alcohol maravilloso, es un exceso.

—Beber demasiado habitualmente es un exceso —la corrigió él—. ¿Has estado borracha alguna vez?

—Claro que no.

—Lo estarás. —Chocó la copa con la de ella—. Cuéntame la primera vez que probaste el champán.

—No me acuerdo. De niñas, muchas veces nos daban vino con agua en las cenas. Era importante que aprendiéramos a apreciar los vinos para cada ocasión, cómo se servían, la copa indicada para el vino tinto, la copa para el vino blanco… Cuando tenía doce años podría haber organizado una cena de etiqueta para veinte personas.

—¿De verdad?

Sybill se rió un poco y dejó que el champán burbujeara en su cabeza.

—Es una formación muy importante. ¿Puedes imaginarte lo que pasaría si colocas mal a la gente o sirves un vino algo peor con el plato principal? La velada se echa a perder y arrastra tu reputación con ella. La gente da por descontado cierto aburrimiento, pero no con un Merlot vulgar.

—¿Has ido a muchas cenas de etiqueta?

—Sí, claro. Al principio a cenas menores, lo que se podrían llamar cenas de práctica con amigos de mis padres, hasta que se consideraba que ya estaba preparada. Cuando yo tenía dieciséis años, mi madre dio una cena muy importante para el embajador francés y su mujer. Ésa fue mi primera aparición en público. Estaba aterrada.

—¿No tenías suficiente práctica?

—Tenía práctica de sobra y había aprendido todo el protocolo. Sencillamente, era muy tímida.

—¿Lo eras?

Phillip le colocó un mechón de pelo detrás de la oreja. Un punto para Mamá Crawford, se dijo a sí mismo.

—Es increíble, pero cada vez que tenía que tratar con gente de esa manera, se me encogía el estómago y el corazón se me aceleraba. Estaba aterrada por si tiraba algo, por si decía algo inconveniente o no tenía nada que decir.

—¿Se lo dijiste a tus padres?

—¿Decirles qué?

—Que tenías miedo.

—Ah. —Agitó una mano como si fuera una idea absurda y se sirvió más champán—. ¿Qué sentido tenía? Yo debía hacer lo que se esperaba de mí.

—¿Por qué? ¿Qué hubiese pasado si no lo hacías? ¿Te hubiesen pegado? ¿Te hubiesen encerrado en un armario?

—Claro que no. No eran unos monstruos. Se hubieran sentido decepcionados. Era espantoso cuando te miraban de aquella manera, con los labios apretados y la mirada gélida, como si te faltara algo o fueras defectuosa. Era más fácil salir del paso y al cabo de algún tiempo aprendías a sobrellevarlo.

—Observar más que participar.

—He hecho una profesión de ello. Quizá no cumpliera con mis obligaciones de casarme con alguien importante, de dedicar mi vida a esas cenas disparatadas y de criar un par de hijos bien educados y como Dios manda —dijo cada vez más acalorada—, pero he empleado bien mi educación y tengo una buena profesión, para la que estoy más dotada que otros. Me he quedado sin champán.

—Vamos a bajar un poco el ritmo…

—¿Por qué? —Se rió y agarró del cuello la otra botella—. Estamos entre amigos. Estoy emborrachándome y me parece que me gusta.

Phillip le quitó la botella. Quería atravesar esa superficie tan pulida y correcta de ella. Una vez que había llegado a ese punto, no tenía sentido echarse atrás.

—Pero te casaste una vez —le recordó Phillip.

—Ya te dije que eso no cuenta. No fue un matrimonio importante. Fue un impulso, un ligero y fallido intento de rebeldía. No se me da bien ser rebelde. Mmm. —Tragó el champán e hizo un gesto con la copa—. Estaba destinada a casarme con uno de los hijos del socio de mi padre en Gran Bretaña.

—¿Cuál?

—Cualquiera. Los dos eran muy presentables. Familiares lejanos de la reina. Mi madre estaba decidida a que su hija se emparentara con la realeza. Habría sido un triunfo para ella. Naturalmente, yo sólo tenía catorce años, de modo que tuvo mucho tiempo para tramar el plan y los plazos. Creo que tenía decidido que me comprometiera formalmente con uno de los dos cuando cumpliera dieciocho años. La boda sería a los veinte años, el primer hijo a los veintidós... Lo tenía muy pensado.

—Pero no colaboraste.

—No tuve la ocasión. Habría colaborado fácilmente. Me costaba mucho oponerme a mi madre. —Lo meditó un segundo y se lo quitó de la cabeza con más champán—. Gloria los sedujo a los dos a la vez, en el salón principal, cuando mis padres estaban en la ópera. Creo que era de Vivaldi. En cualquier caso... —Volvió a agitar la mano y a beber—. Volvieron a casa y se encontraron la situación. La escena fue considerable. Eché una ojeada a escondidas. Estaban desnudos..., y no eran precisamente mis padres.

—Claro.

—También estaban colocados de algo. Hubo muchos gritos, amenazas y súplicas… a los gemelos de Oxford. ¿Te había dicho que eran gemelos?

—No.

—Eran idénticos. Rubios, pálidos y chupados de cara. A Gloria le importaban un comino, naturalmente. Sabía que los pillarían; lo hizo porque mi madre los había elegido para mí. Ella me odiaba. Gloria, no mi madre. —Frunció la frente—. Mi madre no me odiaba.

—¿Qué pasó?

—Mandaron a los gemelos a su casa humillados y deshonrados, y a Gloria la castigaron. Lo que significó, inevitablemente, que acusara al amigo de mi padre de haberla seducido, lo cual llevó a otra escena espeluznante y a que ella acabara escapándose. Todo era más tranquilo sin ella, pero daba más tiempo para que mis padres se concentraran en forjarme. Me preguntaba por qué me veían más como una creación que como una niña. Por qué no me querían, pero claro… —Volvió a reclinarse en el respaldo del sofá—. No soy muy querible. Nadie me ha querido jamás.

Phillip, que añoraba a la mujer y a la niña, dejó la copa a un lado y le tomó la cara entre las manos.

—Te equivocas.

—No, no me equivoco. —La sonrisa estaba bañada en champán—. Soy una profesional. Sé de estas cosas. Mis padres no me quisieron nunca y Gloria tampoco. El marido que no cuenta no me quiso. Ni siquiera tuve una de esas doncellas de gran corazón que salen en las novelas y que me apretara amorosamente contra su pecho.

369

Nadie se tomó la molestia de fingir lo bastante como para usar esas palabras. Tú, en cambio, eres muy querible —dijo pasándole la mano libre por el pecho—. Nunca me he acostado con un hombre borracha. ¿A ti qué te parece?

—Sybill. —Le agarró la mano antes de que lo distrajera—. Ellos te infravaloraron. No lo hagas tú contigo misma.

—Phillip. —Se inclinó hacia delante con el labio inferior entre los dientes—. Mi vida ha sido un aburrimiento predecible hasta que apareciste tú. La primera vez que me besaste, mi cabeza se desconectó. Nadie me lo había hecho jamás. Cuando me acaricias —dijo llevando lentamente al pecho las manos de los dos—, mi piel empieza a arder y el corazón se me acelera. Has trepado por la fachada del edificio. —Le pasó los labios por la mandíbula—. Me has traído rosas. Me deseabas, ¿verdad?

—Sí, te deseaba, pero no sólo…

—Tómame. —Echó la cabeza hacia atrás para poder mirar aquellos ojos maravillosos—. Nunca le había dicho eso a un hombre. Tómame, Phillip. —Las palabras eran una súplica y una oferta—. Sencillamente, tómame.

Le rodeó el cuello con los brazos y se le cayó la copa vacía. Incapaz de resistirse, la tumbó en el sofá… y la tomó.

El dolor que tenía detrás de los ojos, y el otro más intenso que le martilleaba las sienes, era exactamente lo que se merecía, decidió Sybill mientras intentaba sofocarlos debajo del chorro de la ducha.

Ponía a Dios por testigo de que nunca más volvería a pasarse con cualquier tipo de bebida alcohólica.

Le habría encantado que las secuelas de la bebida le hubieran hecho olvidar, pero recordaba con toda claridad cómo parloteó de sí misma y las cosas que le dijo a Phillip. Cosas humillantes y personales, cosas que casi no se decía ni a sí misma.

Tendría que mirarlo a la cara. También tendría que afrontar que en un fin de semana corto había llorado en sus brazos, y que le había dado su cuerpo y sus secretos más celosamente guardados.

Además, tendría que reconocer que estaba inevitable y peligrosamente enamorada de él.

Lo cual era completamente irracional, naturalmente. Esos sentimientos eran inevitables y peligrosos, precisamente por el mero hecho de que ella pensara que podía llegar a sentirlos al cabo de tan poco tiempo y después de conocerlo tan poco.

Evidentemente, no podía pensar con claridad. No podía mantener una distancia y analizar objetivamente cuando estaba abrumada por unos sentimientos que la habían abordado de repente.

Una vez que Seth estuviera instalado, una vez que se hubieran resuelto todos los detalles, tendría que volver a encontrar esa distancia. El método más sencillo y lógico era poner tierra de por medio y volver a Nueva York.

Seguro que recobraría el juicio cuando volviera a tener las riendas de su vida y recuperara la deliciosa rutina. Por muy aburrido y desdichado que le pareciera en ese momento.

Se cepilló el pelo con calma, se puso crema en la cara y se cerró las solapas del albornoz. Si ya le costaba bastante recomponerse con las técnicas de respiración, ni que decir tenía con la pesadilla de la resaca.

Sin embargo, salió del cuarto de baño con la cara como nueva y entró en la sala, donde Phillip estaba sirviendo el café que había llevado el servicio de habitaciones.

—He pensado que te vendría bien.

—Sí, gracias.

Evitó mirar hacia la botella de champán vacía y el barullo de ropa que no había recogido la noche anterior porque estaba demasiado borracha.

—¿Te has tomado una aspirina?

—Sí. No me pasa nada.

Lo dijo con solemnidad, aceptó la taza de café que le ofrecía Phillip y se sentó con el cuidado desesperante de una inválida. Sabía que estaba pálida y que tenía ojeras. Se había mirado en el espejo empañado de vapor.

Miró detenidamente a Phillip. Él no estaba nada pálido ni tenía ojeras.

Una mujer más mezquina lo despreciaría por eso.

La cabeza embotada empezó a aclararse mientas observaba a Phillip y se bebía el café. ¿Cuántas veces le había llenado él la copa? ¿Cuántas veces había llenado la suya? Le dio la sensación de que había mucha diferencia entre las dos respuestas.

El resentimiento empezó a apoderarse de ella mientras le veía ponerse una generosa ración de jamón en una tostada. Incluso la idea de comer le revolvía el inestable estómago.

—¿Tienes hambre? —le preguntó ella con toda amabilidad.

—Me muero de hambre. —Quitó la tapa de una fuente de huevos revueltos—. Deberías intentar comer un poco.

Antes muerta.

—¿Has dormido bien? —Siguió preguntándole Sybill.

—Sí.

—¿No estamos muy vigorosos y animados esta mañana?

Phillip captó el tono y la miró con cautela. Él había querido tomárselo tranquilamente y darle tiempo para que se recuperara antes de hablar del tema, pero parecía que ella se recuperaba rápidamente.

—Tú bebiste algo más que yo —le explicó Phillip.

—Me emborrachaste. Lo hiciste a propósito. Me engatusaste y no dejaste de servirme champán.

—Claro, tuve que taparte la nariz y metértelo por la garganta…

—Utilizaste las disculpas como excusa. —Le empezaron a temblar las manos y dejó la taza en la mesita—. Tenías que saber que estaba enfadada contigo y pensaste que el Dom Perignon te allanaría el camino a mi cama.

—El sexo fue idea tuya —le recordó él—. Yo quería hablar contigo y la verdad es que te saqué más cosas cuando estabas achispada que las que te habría sacado de cualquier otra manera. Te desinhibí. —Desde luego, no iba a sentir remordimientos—. Y tú te dejaste llevar.

—Desinhibirme —susurró Sybill mientras se levantaba lentamente.

—Quería saber quién eres. Tengo derecho.

—Tú… lo planeaste. Planeaste venir aquí y hacerme beber lo bastante como para sonsacarme mi vida personal.

—Te quiero.

Se acercó a ella pero ella le apartó la mano de un tortazo.

—Ni se te ocurra. No soy tan tonta como para picar dos veces.

—Te quiero y ahora sé algo más de ti y te entiendo mejor. ¿Qué tiene de malo, Sybill?

—Me engañaste.

—Es posible. —La agarró con fuerza de los brazos para que ella no se apartara—. Espera. Tuviste una infancia privilegiada y organizada. Yo, no. Tuviste ventajas, sirvientes y cultura. Yo, no. ¿Me desprecias porque estuve por las calles hasta los doce años?

—No, pero no tiene nada que ver con esto.

—A mí tampoco me quiso nadie —siguió él—, hasta que tuve doce años. De modo que conozco los dos lados. ¿Crees que voy a despreciarte porque sobreviviste a la frialdad?

—No voy a hablar de eso.

—Eso ya no funciona. Toma un poco de sentimiento. —La besó en la boca y la arrastró en un torbellino—. A lo mejor yo tampoco sé qué hacer con esto, pero está ahí. Has visto mis cicatrices, están a la vista. Ahora, yo he visto las tuyas.

Estaba consiguiéndolo otra vez, estaba ablandándola y haciendo que lo deseara. Podía apoyar la cabeza en su hombro, podía hacer que la rodeara con sus brazos, sólo tenía que pedirlo. Pero no podía.

—No hace falta que sientas lástima de mí.

—Cariño… —Esa vez sus labios se rozaron suavemente—. Sí hace falta. Además, admiro lo que has llegado a ser a pesar de todo.

—Bebí demasiado —replicó Sybill precipitadamente—. Hice que mis padres parecieran fríos y desalmados.

—¿Alguno de los dos te dijo alguna vez que te quería?

Sybill abrió la boca y suspiró.

—Sencillamente, no éramos una familia muy expresiva. No todas las familias son como la tuya. No todas las familias muestran sus sentimientos y se tocan y…

Se calló al oír el tono de defensa aterrada en su voz.

—No —siguió—. Ninguno de los dos me lo dijo. Ni a Gloria, que yo sepa. Cualquier psicólogo del montón llegaría a la conclusión de que las hijas reaccionaron a ese ambiente represivo, excesivamente estricto y exigente, y cada una eligió un extremo distinto. Gloria eligió una conducta alocada para llamar la atención. Yo me conformé con la aceptación. Ella identificaba el sexo con el poder y el cariño, y fantaseaba con que la deseaban y forzaban hombres con poder, incluso su padre legal y su padre biológico. Yo evitaba la intimidad del sexo por temor al fracaso y elegí un campo de estudio donde podía observar a los demás sin exponerme a los sentimientos. ¿Ha quedado claro?

—La palabra clave es «elegir». Ella eligió hacer daño y tú que no te hicieran daño.

—Así es.

—Pero no has sido capaz de mantenerlo. Te arriesgaste a que Seth te hiciera daño y estás arriesgándote a que yo te haga daño —dijo acariciándole una mejilla—. Yo no quiero hacerte daño, Sybill.

Seguramente ya era demasiado tarde para evitarlo, se dijo Sybill, pero sucumbió lo bastante como para apoyar la cabeza en su hombro. No tuvo que pedirle que la rodeara con sus brazos.

—Veamos qué pasa después.

20

El miedo, escribió Sybill, *es un sentimiento humano muy corriente. El ser humano es tan difícil de analizar como el amor y el odio, la avaricia, la pasión. Los sentimientos, y sus causas y efectos, no son mi campo de estudio concreto. El comportamiento es instintivo y aprendido y, a menudo, no tiene una verdadera raíz sentimental. El comportamiento es mucho más sencillo, por no decir elemental, que los sentimientos.*

Tengo miedo.

Estoy sola en este hotel y soy una mujer adulta, culta, inteligente, sensata y capaz. Aun así, tengo miedo de descolgar el teléfono que hay en mi mesa y llamar a mi madre.

Hace unos días, no lo habría llamado miedo sino poca disposición o rechazo. Hace unos días, habría defendido, y con razón, que hablar con ella del asunto de Seth sólo perturbaría el orden de las cosas y no daría resultados constructivos. Por lo tanto, hablar con ella era inútil.

Hace unos días, podría haber razonado que mis sentimientos hacia Seth brotaban de una sensación de obligación moral y familiar.

Hace unos días podría haberme negado, cosa que hice, a reconocer que tenía envidia de los Quinn por su comportamiento y su relación ruidosa, desorganizada e indisciplinada.

Habría reconocido que su comportamiento y su relación eran interesantes, pero nunca habría reconocido que yo deseaba entrar en esa pauta y ser parte de ella.

Naturalmente, no puedo y lo acepto.

Hace unos días, intenté negar la profundidad y el significado de mis sentimientos hacia Phillip. Me dije que el amor no llegaba tan deprisa y tan intensamente; que aquello era atracción, deseo e incluso lujuria, pero que no era amor. Es más fácil negarlo que afrontarlo. El amor me da miedo. Me da miedo lo que exige, lo que pide y lo que entrega, y me da más miedo, mucho más, que no me corresponda.

Aun así, puedo aceptarlo. Entiendo perfectamente las limitaciones de mi relación con Phillip. Los dos somos adultos que hemos elaborado nuestras pautas y hemos tomado nuestras decisiones. Él tiene sus necesidades y su vida como yo tengo la mía. Puedo estar contenta de que nuestros caminos se hayan cruzado. He aprendido mucho durante el poco tiempo que he estado con él. He aprendido mucho de mí misma.

No creo que vuelva a ser la misma de antes.

No quiero serlo, pero para cambiar realmente, para crecer, tengo que tomar algunas medidas.

Escribir esto me ayuda, aunque esté desordenado y no tenga mucho sentido.

Acaba de llamarme Phillip desde Baltimore. Me ha parecido que estaba cansado, incluso nervioso. Tenía una reunión con el abogado para hablar de la reclamación del seguro de vida de su padre. La compañía de seguros lleva meses sin acceder a pagar. Abrió una investigación sobre la muerte del profesor Quinn e insinuó que podía haber sido un suicidio. Naturalmente, eso complica la situación económica de los Quinn, ahora que tienen que hacerse cargo de Seth y también tienen un negocio nuevo, pero han seguido obstinadamente con las acciones legales.

Creo que hasta hoy no me había dado cuenta de lo importante que es para ellos ganar esta batalla. No por el dinero, como yo había supuesto en un principio, sino por borrar toda sombra del nombre de su padre. No creo que el suicidio sea siempre un acto de cobardía. Yo misma me lo planteé una vez. Escribí una nota y tenía las pastillas en la mano, pero sólo tenía dieciséis años y era, lógicamente, irreflexiva. Rompí la carta, tiré las pastillas y me olvidé del asunto.

Para mi familia, el suicidio habría sido desagradable e improcedente.

¿Suena amargo? No sabía que yo había acumulado tanta rabia.

Sin embargo, para los Quinn el suicidio es egoísta y cobarde. Han rechazado completamente aceptar que ese hombre al que tanto querían pudiese ser capaz de hacer algo tan egoísta. Parece que por fin van a ganar esa batalla.

La compañía de seguros ha ofrecido un acuerdo. Phillip cree que mi declaración puede haber influido en esta reacción. Puede que tenga razón. Naturalmente, los Quinn son de los que no aceptan acuerdos, quizá sea una cuestión genética. Phillip me lo planteó como una cuestión de todo o nada. Él cree, como su abogado, que muy pronto van a tener todo.

Me alegro por ellos. Aunque nunca he tenido el privilegio de conocer a Raymond y Stella Quinn, los siento a través de mi relación con su familia. El profesor Quinn se merece descansar en paz. Igual que Seth se merece llevar el apellido Quinn y tener la seguridad de una familia que lo quiere y se preocupa por él.

Puedo hacer algo para garantizar que eso sea así. Tendré que hacer esa llamada. Tendré que tomar una postura. Me *tiemblan las manos sólo de pensarlo. Soy una cobarde. No, Seth me llamaría una cagueta, que es bastante peor.*

Ella me aterra. Mi propia madre me aterra. Nunca me ha levantado la mano y muy pocas veces me ha levantado la voz, pero me moldeó a su gusto. Yo no me resistí.

¿Mi padre? Estaba demasiado ocupado en ser importante como para darse cuenta.

Sí, noto mucha rabia.

Puedo llamarla, para conseguir lo que quiero de ella puedo emplear la categoría que ella se empeñó que yo alcanzara. Soy una científica respetada, soy una figura pública a pequeña escala. Me despreciará si le digo que aprovecharé mi posición si ella no hace una declaración por escrito al abogado de los Quinn en la que explique las circunstancias del nacimiento de Gloria y reconozca que el profesor Quinn intentó varias veces ponerse en contacto con ella para verificar la paternidad de Gloria. Me despreciará, pero lo hará.

Sólo tengo que descolgar el teléfono y hacer por Seth lo que no hice hace años. Puedo darle un hogar, una familia y la seguridad de que no tiene nada que temer.

—Hijo de perra. —Phillip se secó el sudor de la frente con el dorso de la mano. Sangraba por un pequeño arañazo. Sonrió como un tonto ante el casco que él y su hermano acababan de dar la vuelta—. Es un cabrón bien grande.

—Es un cabrón maravilloso.

Cam encogió los doloridos hombros. Dar la vuelta al casco significaba algo más que un avance. Era un triunfo. Barcos Quinn volvía a conseguirlo.

—Tiene una línea preciosa. —Ethan pasó la mano callosa por los listones—. Y una forma preciosa.

—Cuando empiezo a pensar que un casco puede ser sexy —comentó Cam—, me voy a casa con mi mujer. Bueno, podemos marcarle la línea de flotación o seguir admirándolo un rato.

—Márcale la línea de flotación —le propuso Phillip—. Yo voy a subir para preparar el papeleo de la factura. Va siendo hora de sacarle algo de dinero al pescador ese. Nos vendrá bien.

—¿Has hecho los cheques del salario? —le preguntó Ethan.

—Sí.

—¿El tuyo?

—No lo...

—... necesito —terminó Cam—. Cóbralo, maldita sea. Cómprale algún capricho a esa amiga tuya tan sexy. Gástatelo en algún vino carísimo o juégatelo a los dados, pero cobra esta semana. —Volvió a mirar el casco—. Esta semana es importante.

—Puede serlo —reconoció Phillip.

—La compañía de seguros va a dar su brazo a torcer —siguió Cam—. Vamos a ganarlo.

—La gente ya empieza a cambiar de actitud. —Ethan quitó una capa de serrín de un listón—. Ya no van diciendo mentiras en voz baja. Eso ya lo hemos ganado. Has trabajado mucho para conseguirlo —le dijo a Phillip.

—Sólo soy el que se ocupa de los detalles. Si cualquiera de vosotros dos hubiera tenido una conversación de cinco minutos con un abogado... Bueno, tú te habrías quedado dormido de aburrimiento, Ethan, y Cam habría acabado pegándole. Yo he ganado por incomparecencia.

—Es posible —dijo Cam —, pero has sacado mucho trabajo hablando por teléfono, escribiendo cartas, mandando faxes... Has resultado ser toda una secretaria, pero sin piernas y culo bonitos.

—Eso no sólo es sexista, sino que, además, tengo unas piernas y un culo impresionantes.

—¿Ah, sí? Vamos a comprobarlo.

Se abalanzó sobre Phillip, que cayó sentado sobre su afamado culo. *Tonto* se despertó de la siesta y fue corriendo a jugar con ellos.

—¡Estás loco! —La risa impidió que Phillip se soltara—. Quítate de encima, tarado.

—Échame una mano, Ethan. —Cam sonrió y soltó una ristra de improperios cuando *Tonto* le lamió la cara. Phillip se resistió sin mucho convencimiento cuando Cam se sentó encima de él—. Vamos —le apremió Cam cuando Ethan sacudió la cabeza—. ¿Cuándo fue la última vez que le quitaste los pantalones a alguien?

—Hace bastante —dijo Ethan mientras Phillip empezaba a pelear con más fuerza—. Quizá fuera en la despedida de soltero de Junior Crawford.

—Eso fue hace diez años —gruñó Cam mientras Phillip estaba a punto de quitárselo de encima—. Vamos, se ha puesto más fuerte durante estos meses y está peleón.

—Bueno, por los viejos tiempos. —Ethan esquivó un par de patadas y agarró con fuerza la cinturilla del vaquero de Phillip.

—Perdón.

Fue todo lo que consiguió decir Sybill cuando entró, oyó todos los insultos y vio que Phillip estaba tumbado

382

en el suelo de madera mientras sus hermanos lo agarraban y… la verdad era que no sabía qué querían hacerle.

—Hola. —Cam esquivó por los pelos un puñetazo a la mandíbula y sonrió de oreja a oreja—. ¿Quieres echarnos una mano? Intentamos quitarle los pantalones. Presume mucho de piernas.

—Yo…, mmm.

—Suéltalo, Cam. Estás abochornándola.

—Por Dios, Ethan, ella ya le ha visto las piernas. —Aunque sin la ayuda de Ethan o le soltaba o podía salir malparado. Era mejor soltarlo, aunque también más aburrido—. Terminaremos luego.

—Mis hermanos se han olvidado de que ya no están en el colegio. —Phillip se levantó y se recompuso la ropa y la dignidad—. Se sentían un poco exaltados porque hemos dado la vuelta al casco.

—Ah. —Sybill miró el casco y abrió los ojos como platos—. Habéis avanzado mucho.

—Todavía le queda bastante. —Ethan también lo miró y se lo imaginó terminado—. La cubierta, la cabina, el puente, el camarote… El tío quiere una suite de hotel.

—Mientras lo pague… —Phillip se acercó a Sybill y le acarició el pelo—. Anoche llegué demasiado tarde para ir a verte, lo siento.

—No importa. Ya sé que estuviste muy ocupado con el trabajo y el abogado. —Se cambió de mano el bolso—. Tengo algo que puede ayudaros con el abogado, con las dos situaciones, bueno… —Abrió el bolso y sacó un sobre—. Es una declaración de mi madre. Son dos copias certificadas ante notario. Me las ha mandado de un día para otro. No he querido decir nada hasta haberla visto… Creo que puede ser útil.

—¿De qué trata? —preguntó Cam mientras Phillip echaba una ojeada a la declaración de dos páginas.

—Confirma que Gloria era la hija biológica de papá; que él no lo sabía y que intentó ponerse en contacto con Barbara Griffin varias veces desde diciembre pasado hasta este marzo. Hay una carta que papá le escribió en enero en la que le habla de Seth y del acuerdo que había alcanzado con Gloria para hacerse cargo del niño.

—He leído la carta de vuestro padre —le dijo Sybill—. Quizá no debiera haberlo hecho, pero lo he hecho. Si estaba enfadado con mi madre, no se nota en sus palabras. Sólo quería que ella le dijera si era verdad. Iba a ayudar a Seth en cualquier caso, pero quería poder darle los derechos de nacimiento. Un hombre que se preocupaba tanto por un chico no se quita la vida. También tenía mucho que dar y estaba dispuesto a darlo. Lo siento mucho.

—«Él sólo necesita una oportunidad y una alternativa —leyó Ethan cuando Phillip le pasó la carta y luego se aclaró la garganta—. No pude dársela a Gloria, si es hija mía, y ahora no va a aceptarla, pero me ocuparé de que Seth tenga las dos cosas. Sea de mi sangre o no, ahora ya es mi hijo.» Es muy propio de él —comentó Ethan—. Seth debería leerla.

—¿Por qué tu madre ha aceptado hacerlo ahora, Sybill? —le preguntó Phillip.

—La convencí de que era lo mejor para todos los implicados.

—No. —Le tomó la barbilla con la mano y le levantó la cara para mirarla de frente—. Hay algo más. Lo sé.

—Le prometí que su nombre y todos los detalles se mantendrían en el mayor secreto posible. —Hizo un movimiento de intranquilidad y resopló—. También la amenacé con escribir un libro sobre este asunto si no hacía la declaración.

—¿La chantajeaste? —exclamó Phillip con admiración.

—Le di a elegir y eligió esto.

—Tuvo que costarte mucho hacerlo.

—Había que hacerlo.

Phillip le tomó la cara entre las manos.

—Ha sido difícil, valiente e inteligente.

—Lógico. —Sybill cerró los ojos—. Sí, me ha costado mucho. Mi padre y ella están furiosos. A lo mejor no me lo perdonan. Son capaces de no perdonarme.

—Ellos no te merecen.

—La cuestión es que Seth sí os merece, así que…

Se calló cuando él la besó en los labios.

—Vale, apártate un poco. —Cam le dio un codazo a su hermano y agarró a Sybill por los hombros—. Has hecho muy bien —le dijo antes de darle un beso que la dejó parpadeando.

—Ah… —Fue lo único que ella pudo decir.

—Tu turno. —Cam empujó un poco a Sybill hacia Ethan.

—Mis padres habrían estado orgullosos de ti. —La besó y le dio unas palmadas en los hombros cuando se le empañaron los ojos.

—Ah, no, no le dejes que haga eso. —Cam la tomó del brazo y la llevó donde estaba Phillip—. No están permitidos los llantos en el astillero.

—Cam se pone nervioso si ve llorar a una mujer.

—No estoy llorando.

—Siempre dicen lo mismo —farfulló Cam—, pero no lo dicen en serio. Fuera. Si alguien llora tiene que irse fuera. Es una nueva norma.

Phillip la llevó hacia la puerta entre risas.

—Vamos. Además, quiero estar un rato contigo.

—No estoy llorando, pero no me esperaba que tus hermanos... no estoy acostumbrada a... —Se calló—. Es maravilloso que te demuestren que les gustas y que te aprecian.

—Yo te aprecio. —La abrazó y añadió—: Y me gustas.

—Y también es maravilloso. Ya he hablado con tu abogado y con Anna. No he querido mandar los documentos por fax desde el hotel porque he prometido que no desvelaría su contenido, pero los dos están de acuerdo en que este documento acelerará las cosas. Anna cree que la petición de custodia definitiva se tramitará la semana que viene.

—¿Tan pronto?

—No hay obstáculos. Tú y tus hermanos sois hijos legales del profesor Quinn. Seth es su nieto. Su madre aceptó, por escrito, darle la custodia. Si se echa atrás, podría retrasar la sentencia, pero nadie cree que ya podría cambiarla. Seth tiene once años y a esa edad se tendrán en cuenta sus deseos. Anna va a presionar para que haya una vista a principios de la semana que viene.

—Parece raro que todo se junte a la vez.

—Sí. —Sybill levantó la mirada al ver una bandada de gansos que pasaba por encima de ellos y pensó que estaba cambiando la estación—. He pensado ir al colegio dando un paseo. Me gustaría hablar con él y contarle algo de todo esto.

—Creo que es una buena idea. Has calculado muy bien los tiempos.

—La planificación se me da bien.

—¿Qué te parece planificar una cena esta noche en casa de los Quinn para celebrarlo?

—Muy bien. Iré con Seth.

—Perfecto. Espera un segundo. —Phillip volvió al astillero y salió con *Tonto* atado a una correa roja—. También le vendrá bien un paseo.

—Bueno, yo...

—Conoce el camino. Sólo tienes que sujetar el extremo de la correa. —Phillip, divertido, le dio la correa y la miró a los ojos mientras *Tonto* salía como una flecha—. Dile que te siga de cerca —le gritó mientras ella correteaba detrás del perro—. No te hará caso, pero parecerá que sabes lo que haces.

—No tiene gracia —contestó Sybill, que seguía a *Tonto* como podía—. Despacio. ¡Alto!

Tonto se paró y metió el hocico en un seto con tanta decisión que Sybill temió que fuera a atravesarlo y a arrastrarla detrás de él, pero se limitó a levantar la pata y a poner una expresión de inmensa satisfacción consigo mismo.

Sybill contó que *Tonto* levantó la pata ocho veces antes de dar la vuelta a la esquina y ver los autobuses del colegio.

—¡Menuda vejiga tienes —exclamó mientras buscaba a Seth y sujetaba con fuerza la correa para que no fuera corriendo hacia los niños que salían del edificio—. No. Siéntate. Puedes morder a alguno.

Tonto la miró como si se hubiera vuelto loca, pero se sentó y le golpeó rítmicamente los talones con la cola.

—Saldrá enseguida.

Sybill soltó un grito cuando *Tonto* se levantó y salió disparado. Había visto a Seth antes que ella.

—No, no, no.

Sybill resopló inútilmente y Seth los vio. Él también soltó un grito de felicidad y se lanzó sobre el perro como si los hubieran separado cruelmente durante años.

—¡Hola! —Seth se rió cuando *Tonto* dio un salto de alegría y le lamió la cara—. ¿Qué tal, colega? Buen perro. Eres un perro bueno. —Miró a Sybill al cabo de un rato—. Hola.

—Hola. Toma —dijo dándole la correa—. Aunque tampoco sirve de mucho.

—No hemos tenido mucho éxito con el adiestramiento para la correa.

—No me digas… —Esbozó una sonrisa que abarcaba a Seth, y a Danny y Will, que habían aparecido detrás de él—. He pensado que podía acompañarte al astillero. Me gustaría hablar contigo.

—Claro, guay.

Se apartó del camino de *Tonto* y luego volvió a toda velocidad cuando un coche deportivo rojo frenó con un chirrido estruendoso y se paró junto al bordillo. Gloria iba en el asiento del copiloto.

Sybill se movió rápida e instintivamente y se puso delante de Seth para protegerlo.

—Vaya, vaya. —Gloria arrastró las palabras y los miró desde la ventanilla.

—Vete a buscar a tus hermanos —le ordenó Sybill a Seth—. Vete inmediatamente.

Seth no podía moverse. Sólo podía quedarse allí mirándola mientras notaba que el estómago se le llenaba de bolas de hielo.

—No voy a ir con ella. No voy a ir. No voy a ir.

—No, no vas a ir. —Lo agarró de la mano con fuerza—. Danny, Will, id corriendo al astillero. Decidles a los Quinn que los necesitamos. Deprisa.

Oyó la carrera, pero no se volvió para mirar. No apartó los ojos de su hermana mientras Gloria se bajaba del coche.

—Hola, hijo. ¿Me has echado de menos?

—¿Qué quieres, Gloria?

—Todo lo que pueda conseguir. —Se apoyó un puño en la cadera cubierta por unos vaqueros rojos y guiñó un ojo a Seth—. ¿Quieres ir a dar una vuelta? Podemos ponernos al tanto.

—No voy a ir a ninguna parte contigo. —Deseó haber salido corriendo. Tenía un escondite en el bosque que se había hecho él. Pero estaba demasiado lejos. Notó la mano firme y fuerte de Sybill—. Nunca más voy a ir contigo.

—Harás lo que yo te diga. —Los ojos le resplandecían de rabia y fue hacia Seth. *Tonto*, por primera vez en su vida, le enseñó los dientes y gruñó amenazadoramente—. Sujeta a ese perro de los cojones.

—No —se limitó a decir Sybill, que sentía un repentino amor por *Tonto*—. No te acerques, Gloria. Te morderá. —Echó una ojeada al coche y vio a un hombre con cazadora de cuero que seguía el ritmo de una canción atronadora—. Parece que has puesto los pies en la tierra.

—Sí, Pete está bien. Vamos a California. Tiene contactos. Necesito dinero.

—Aquí no vas a conseguirlo.

Gloria sacó un cigarrillo y sonrió a Sybill mientras lo encendía.

—Mira, no quiero al chico, pero voy a llevármelo si no me dais mi parte. Los Quinn pagarán para recuperarlo. Todo el mundo contento y nadie resultará dañado. Si complicas las cosas, Sybill, le diré a Pete que salga del coche.

Los gruñidos de *Tonto* se hicieron más intensos y enseñó más dientes todavía. Sybill arqueó una ceja.

—Muy bien. Díselo.

—Quiero lo que es mío, maldita sea.

—Ya has recibido mucho más de lo que te corresponde.

—¡Una mierda! Tú te lo llevaste todo. La hija perfecta. No te soporto. Te he odiado toda mi vida. —Agarró a Sybill por la chaqueta y estuvo a punto de escupirle en la cara—. Me encantaría que estuvieras muerta.

—Ya lo sé. Ahora, suéltame.

—¿Crees que puedes conmigo? —Gloria empujó a Sybill con una carcajada—. Nunca has tenido agallas. Vas a tragártelo, vas a tragártelo y a darme lo que quiero, como siempre. ¡Calla a ese perro! —gritó a Seth mientras *Tonto* tiraba de la correa—. Cállalo y móntate en el coche antes de que…

Sybill no vio cómo levantaba la mano, ni siquiera se dio cuenta de que la orden había partido del cerebro y había llegado a su brazo, pero notó que se le tensaban los músculos y que la rabia se apoderaba de ella; luego sólo vio que Gloria estaba tirada en el suelo y la miraba atónita.

—Móntate en ese maldito coche —dijo tranquilamente Sybill sin mirar siquiera al jeep que había frenado junto al bordillo. Tampoco parpadeó cuando *Tonto* tiró de la correa y de Seth hasta gruñir junto a la mujer que estaba en el suelo—. Vete a California, vete al infierno, pero aléjate de este chico y aléjate de mí. No te metas en esto —le espetó a Phillip cuando él y sus hermanos se bajaron del jeep—. Móntate en el coche y lárgate, Gloria, o vas a pagar en este instante todo lo que le has hecho a Seth. Todo lo que me has hecho a mí. Levántate y vete o quedará muy poco de ti cuando venga la policía para detenerte por huir cuando estás bajo fianza y además te acusemos de maltrato infantil y de extorsión.

Gloria no se movió y Sybill se agachó y, con una fuerza fruto de la furia, la puso de pie.

—Móntate en el coche, vete y no intentes volver a acercarte a este niño. Tú sí que no vas a poder conmigo, Gloria. Te lo juro.

—No quiero al maldito chico. Quiero algo de dinero.

—Procura no salir muy mal parada. Te doy treinta segundos y después no voy a contener ni al perro ni a los hermanos Quinn. ¿Quieres vernos en acción?

—Gloria, ¿vienes o no? —El conductor tiró el cigarrillo por la ventana—. No puedo perder todo el día en este pueblucho de mierda.

—Sí, ya voy. —Echó la cabeza hacia atrás—. Lo único que ha hecho es retrasarme y cruzarse en mi camino. Voy a triunfar en Los Ángeles. No necesito nada de ti.

—Perfecto —susurró Sybill mientras Gloria se montaba otra vez en el coche—, porque no vas a sacar nada de mí.

—La has tumbado. —Seth ya no temblaba ni estaba pálido. El coche deportivo desapareció y Seth miró a Sybill con gratitud y admiración—. La has tumbado.

—Eso parece. ¿Qué tal estás?

—Ella no me miró siquiera. *Tonto* iba a morderla.

—Es un perro maravilloso. —*Tonto* apoyó las patas delanteras en el pecho de Sybill y ella le abrazó el cuello—. Es un perro fabuloso.

—Pero tú la has tumbado. Sybill la ha tirado de culo —gritó mientras Phillip y sus hermanos se acercaban.

—Eso he visto. —Phillip le acarició la mejilla—. Bien hecho. ¿Qué tal estás?

—Estoy… bien. —Se dio cuenta de que no tenía dolor de cabeza, ni calambres ni escalofríos—. Bien, me siento bien. —Parpadeó cuando Seth la rodeó con los brazos.

—Has estado genial. Ella no volverá. La has dejado temblando.

Se sorprendió por la risita gorgojeante que le brotó de la garganta. Se inclinó y ocultó la cara entre el pelo de Seth.

—Ahora todo es como tiene que ser.

—Vamos a casa. —Phillip le pasó un brazo por los hombros—. Vamos todos a casa.

—Va a pasarse semanas contando esa historia —aseguró Phillip—. Semanas.

—Ya está adornándola. —Sybill, increíblemente serena, paseaba con Phillip al borde del mar mientras el heroico *Tonto* y *Simon* los seguían—. Ya cuenta que machaqué a Gloria y que *Tonto* lamió la sangre.

—No parece que te disguste.

—Nunca había tumbado a nadie. Nunca había defendido así mi terreno. Me gustaría poder decir que lo hice sólo por Seth, pero creo que también lo hice por mí. No volverá, Phillip. Ha perdido. Está perdida.

—Creo que Seth no volverá a tenerle miedo.

—Está en su hogar. Éste es un buen sitio. —Giró sobre sí misma para ver la casa, los bosques oscuros al anochecer y el último destello del sol reflejado en el agua—. Lo echaré de menos cuando vuelva a Nueva York.

—¿Nueva York? Todavía falta mucho para que vuelvas.

—La verdad es que tengo pensado volver después de la vista de la semana que viene.

Lo había decidido. Tenía que reanudar su vida. Si se quedaba más tiempo, sólo conseguiría complicar más la situación sentimental.

—Un momento. ¿Por qué?

—Tengo trabajo.

—Estás trabajando aquí.

Phillip se preguntó por qué había sentido pánico. ¿Quién había pulsado el botón?

—Tengo reuniones con mi editor que he pospuesto. Tengo que volver. No puedo vivir eternamente en el hotel y Seth ya está instalado.

—Te necesita cerca. Él…

—Vendré a visitarle y espero que le dejéis ir a visitarme. —Lo tenía todo pensado y le sonrió—. Prometo llevarle a un partido de los Yankees la primavera que viene.

Era como si todo hubiera terminado; Phillip se dio cuenta de ello mientras hacía un esfuerzo por no dejarse llevar por el pánico. Como si ella ya se hubiera marchado.

—Has hablado con él del asunto.

—Sí, creía que tenía que decírselo.

—¿Y así me lo dices a mí? —le replicó él—. ¿Ha sido un placer haberte conocido…?

—Me parece que no te sigo.

—Nada. No hay nada que seguir. —Se apartó. Él también quería volver a vivir su vida, ¿no? Allí tenía la oportunidad de hacerlo. Se acabaron las complicaciones. Sólo tenía que desearle lo mejor y decirle adiós—. Eso es lo que quiero. Es lo que siempre he querido.

—¿Cómo dices?

—No quiero otra cosa. Como ninguno de los dos. —Se dio la vuelta para mirarla con los ojos como ascuas—. ¿No?

—No sé bien lo que quieres decir.

—Tú tienes tu vida y yo la mía. Nos hemos dejado llevar por la corriente y aquí estamos. Ha llegado el momento de salir del agua.

Efectivamente, decidió ella, no le seguía.

—Muy bien.

—De acuerdo, muy bien.

Phillip se aseguró de que estaba bien, de que estaba tranquilo. Incluso complacido. Volvió hacia ella.

El último rayo de sol resplandecía en su pelo, en sus ojos increíblemente claros y también oscurecía el hueco que se le formaba en el cuello justo encima del borde de la blusa.

—No. —Phillip se oyó decirlo y la garganta se le quedó seca.

—¿No?

—Un minuto, sólo un minuto. —Volvió a alejarse. Fue hasta la orilla del mar y se quedó allí como si estuviera pensando tirarse de cabeza—. ¿Qué tiene de malo Baltimore?

—¿Baltimore? Nada.

—Tiene museos, buenos restaurantes, personalidad y teatros.

—Es una ciudad muy bonita —corroboró Sybill con cierta cautela.

—¿Por qué no puedes trabajar allí? Si tienes que ir a Nueva York para una reunión, puedes ir en avión o en tren. También puedes ir en coche en menos de cuatro horas.

—Estoy segura. Si estás proponiéndome que me mude a Baltimore…

—Es perfecto. Seguirías viviendo en una ciudad, pero verías a Seth cuando quisieras.

También le serviría a él, se dijo Sybill imaginándose la situación. Sería demasiado para ella. Sabía que acabaría con la felicidad que sentía y con su nuevo ser que había descubierto.

—No es práctico, Phillip.

—Claro que es práctico. —Phillip se dio la vuelta y fue hacia ella—. Es completamente práctico. Lo que no es práctico es que te vayas a Nueva York y vuelvas a alejarte. No va a funcionar, Sybill. No va a funcionar.

—No tiene sentido comentarlo ahora.

—¿Crees que es fácil para mí? —explotó Phillip—. Tengo que quedarme aquí. Tengo responsabilidades y compromisos, por no decir nada de las raíces. No tengo alternativa. ¿Por qué no cedes?

—No entiendo.

—¿Tengo que deletreártelo? Maldita sea. —La agarró por los hombros y la sacudió con impaciencia—. ¿No lo entiendes? Te quiero. No puedes pretender que te deje escapar. Tienes que quedarte. Al infierno con tu vida y mi vida; tu familia y mi familia. Quiero una vida nuestra y una familia nuestra.

Sybill se quedó mirándolo fijamente y la sangre le palpitaba en los oídos.

—¿Qué? ¿Cómo has dicho?

—Has oído lo que he dicho.

—Has dicho que me querías. ¿Lo has dicho en serio?

—No, estoy mintiendo.

—Hoy ya he tumbado a una persona. Puedo repetirlo.

En ese momento, Sybill pensó que podía hacer cualquier cosa. Realmente, cualquier cosa. Le daba igual que los ojos de Phillip brillaran de furia y que le hubiera clavado los dedos en los brazos. Le daba igual que pareciera dispuesto a matarla. Podía manejarlo. Podía manejar cualquier cosa.

—Si lo has dicho en serio —dijo con una voz admirablemente equilibrada—, me gustaría que lo repitieras. No lo había oído nunca.

—Te quiero. —Más sereno, le besó la frente—. Te deseo. —Le besó cada sien—. Necesito que te quedes conmigo. —Le besó la boca—. Dame algo de tiempo y te enseñaré lo que será estar juntos.

—Ya sé lo que será estar juntos y quiero que estemos juntos.

Sybill dejó escapar un resoplido vacilante y contuvo las ganas de cerrar los ojos. Tenía que verle la cara y recordarla exactamente como era en ese momento, con el sol poniéndose, el cielo tornándose morado y rosa y una bandada de pájaros cruzando el cielo sobre sus cabezas.

—Te quiero —siguió Sybill—. Tenía miedo de decírtelo. No sé por qué. Creo que ya no tengo miedo de nada. ¿Vas a pedirme que me case contigo?

—Iba a intentar resolver esa parte. —Le quitó la diadema blanca que le sujetaba el pelo y la tiró por encima de sus hombros entre las muestras de felicidad de los perros, que fueron tras ella—. Quiero tener tu pelo entre mis manos —susurró él mientras le pasaba los dedos entre el tupido pelo castaño—. Durante toda mi vida he dicho que no iba a hacer esto porque ninguna mujer conseguiría que quisiera o necesitara hacerlo. Estaba equivocado. Te he encontrado. La he encontrado. Cásate conmigo, Sybill.

—Durante toda mi vida he dicho que no iba a hacer esto porque no habría ningún hombre que me deseara o me necesitara o me gustara lo suficiente como para que yo lo deseara. Estaba equivocada. Te he encontrado. Cásate conmigo, Phillip, y pronto.

—¿Qué tal te viene el próximo sábado?

Se sintió abrumada por la emoción que le desbordaba el corazón con una oleada cálida y real.

—¡Sí!

Lo abrazó con todas sus fuerzas.

Phillip dio una vuelta con ella en vilo y durante un segundo, como un destello, le pareció ver dos figuras en el embarcadero. El hombre tenía el pelo canoso y unos ojos de un azul brillante, la mujer era pecosa y el viento de la tarde le agitaba una melena rojiza e indomable. Tenían las manos entrelazadas. Los vio y desaparecieron acto seguido.

—Esto sí que tiene importancia —susurró él mientras la abrazaba con toda su alma—. Esto es importante para los dos.